DIDIER LASSINAT

La Villa Fauve

- Roman -

DL Édition

ISBN : 978-2-9575693-0-4
Editeur :
DL Édition - 6027 Rue de La Rémassière - 34230 Le Pouget
Tél : 06 28 49 71 46
Mail : myami34800@yahoo.fr

Dépôt légal : Janvier 2021

Illustration de couverture :
« Tableau de Vie® - La Villa Fauve »
Œuvre originale réalisée par CHAP - Christophe Heymann
Artiste Peintre
www.christophe-heymann.com

À mes parents.

Prologue

Assis sur le tabouret numéro 17, au bout du bar du Jimmy's, je repensais à ce roman incroyable, d'une intensité inhabituelle, que je venais de lire. Six cent cinquante pages dévorées en deux semaines. Les destins entremêlés de deux écrivains à travers le meurtre d'une jeune fille, vingt ans auparavant.

Soudain, Henry et Michael, les deux principaux personnages du roman, entrèrent dans le « diner », souriants et détendus malgré les dernières révélations du Lieutenant Turner au cours de l'épilogue.

Michael, le jeune écrivain à succès de l'histoire, s'approcha de moi, posa sa main sur mon épaule et, sur le ton que l'on prend lorsque l'on s'adresse à un enfant, me dit:

— Cher ami, il faut savoir accepter l'idée qu'un roman n'est qu'un roman. Il faut partir maintenant. Le bar dans lequel nous sommes n'existe pas. Tout ceci n'est que le fruit de l'imagination de l'auteur.

— Oui Michael, je sais bien tout cela, mais je n'arrive pas à m'y résoudre. J'étais bien ici, dans cette petite ville côtière du Massachusetts, à vos côtés, à suivre votre enquête. J'aimais le cri des mouettes aussi.

C'est alors que Nina apparut dans l'encadrement de la porte de son arrière-cuisine, vint vers moi et, se penchant par-dessus le bar ajouta : « Ils ont raison, ce roman est fini. Ce soir le Jimmy's éteindra ses néons roses et bleus pour toujours. »

Même Nina, pourtant assassinée dès les premières pages, était réapparue pour me confirmer ce que je ne voulais pas entendre. Ce roman n'était qu'un roman.

Me résignant à cette réalité, je descendis de mon tabouret bleu turquoise aux pieds chromés, et me dirigeai en silence vers la sortie. Je m'apprêtai à franchir la porte lorsque j'entendis derrière moi une voix à l'intonation légèrement irritée. Irritée, mais toutefois bienveillante.

En me retournant je reconnus, assis sur une des banquettes, bleu turquoise elle aussi, John Evans, l'éditeur de Mickael dans le roman.

— Puisque vous aimez tant ce genre de roman, écrivez le vôtre. Tenez, prenez cette carte de visite. C'est celle d'un ami new-yorkais spécialisé dans l'édition de nouveaux auteurs. Allez le voir de ma part. Il s'appelle Ken McCoy.

— Mais Monsieur Evans, je ne sais pas écrire, je suis le lecteur dans cette histoire, pas l'auteur, lui répondis-je.

Il éclata alors de rire.

— Mon cher, les auteurs sont les premiers lecteurs de leurs ouvrages. Mais à la différence des autres lecteurs, ils peuvent en changer le cours comme bon leur semble. C'est cela l'écriture, tordre le réel, le manipuler, en jouer, donner vie ou mort à qui l'on veut... Écrire c'est aussi donner sens aux mots, jouer de leur mélodie, s'enivrer de leur parfum... Écrire est un privilège qui vous rend maître de l'espace et du temps.

Ses derniers mots me décidèrent. Je pris la carte, me retournai vers la porte et sortis sans un mot.

Dehors, le père de Nina s'apprêtait à partir sur sa vieille Harley, enfin réparée.

— Je vous dépose quelque part ? Il faut que vous sortiez ce livre de votre esprit. Une balade à moto vous fera le plus grand bien, me dit-il en ajustant son vieux casque de l'US

Army sur sa tête, seul souvenir de son père mort en 1945 sur les plages de Normandie.

— Oui, à la gare la plus proche, s'il vous plaît révérend.

Et c'est sur la moto du révérend Kevin que je quittai avec nostalgie ce roman que j'avais tant aimé. Mais aussi exalté par les perspectives qui m'attendaient si je suivais les conseils de John Evans.

Chapitre 1

Gospel et coupe-papier

Samedi 05 Mai
18 h 30
New York

Après avoir entièrement traversé le Massachusetts et le Connecticut du nord au sud, mon train arriva à la nuit tombée à la gare centrale de New York, chef d'œuvre d'architecture et fierté des New-Yorkais.

Les bureaux de Ken McCoy se trouvaient au cœur de Manhattan sur la 59ème Rue, à deux pas de la gare en remontant tout droit vers le nord par Park Avenue.

Je décidai d'y aller à pied.

J'adore me promener à pied dans les grandes capitales à la nuit tombante. Au lever du jour aussi, surtout à Paris, la plus belle de toutes.

Un léger vent venu du nord rafraichissait l'atmosphère. New York semblait plus calme qu'avant. Paradoxalement, malgré le risque terroriste, je m'y sentais plus en sécurité que par le passé.

Arrivé sans rendez-vous, je tendais à la secrétaire - une femme de trente-cinq ans environ, plantureuse et souriante, aux cheveux noirs de jais et aux yeux malicieux, noirs eux aussi - la carte de visite que m'avait donnée John Evans et lui expliquai que je venais rencontrer Ken McCoy de sa part.

Elle se leva, et du haut de ses *Louboutin* traversa la pièce comme s'il s'agissait d'un podium de la Fashion Week et frappa à la porte de McCoy.

— Monsieur McCoy, il y a quelqu'un qui souhaiterait vous voir. Il vient de la part d'un certain John Evans.

— Oui Monica, faites-le entrer.

— Evans m'a téléphoné cet après-midi pour me prévenir de votre visite, m'annonça d'entrée Ken McCoy - quinquagénaire grand, sec et grisonnant, au regard jovial. Il m'a expliqué que vous étiez un de ses lecteurs et que les personnages de son dernier roman vous poursuivaient jusque dans vos rêves. Il a surtout ajouté que vous devriez arrêter de lire et vous mettre à écrire.

— Pour vous dire franchement, j'ai lu nombre de livres tout aussi passionnants que celui-ci. Mais cette fois-ci c'était différent, le lien avec les personnages était bien plus fort. Et je dois reconnaître que c'est la première fois que cela me procure une telle envie d'écrire à mon tour. Cette histoire d'écrivains, ces personnages mystérieux, ces meurtres étranges, ce « *diner* », cette forêt, ces mouettes, m'ont aspiré avec volupté de l'autre côté du miroir.

— Écoutez, si John vous a envoyé chez moi, c'est qu'il y a certainement quelque chose à tirer de vous. Je suis prêt à voir ça de plus près. Mais là je dois m'en aller, j'ai rendez-vous pour dîner avec une amie, française… comme vous, non ?

— Oui, absolument je suis français. Mon accent est donc si horrible ?

— Comme chez tous les Français mon cher. Ne vous en faites pas. Bon, je suis déjà en retard. Repassez me voir demain après-midi vers 16 heures, que l'on reparle un peu de tout cela plus en détail.

— En tout cas je vous remercie d'avoir accepté de me recevoir si rapidement. Je serai là, demain, à 16 heures Je vous laisse en attendant ces quelques feuillets, ajoutai-je, en sortant de ma poche les pages écrites rapidement le matin même dans le train. Je vous note aussi mes coordonnées, au cas où.

Dimanche 06 Mai
10 h 30
New York City

L'Empire State Building me narguait du haut de ses 102 étages à travers la fenêtre de la chambre du Waldorf Astoria où je venais de passer la nuit.

Pourquoi le "Waldorf, me direz-vous ?

Pour trois raisons, la première étant que cet hôtel ne se trouve qu'à quelques rues des bureaux de McCoy et donne de ce fait une cohérence géographique à l'histoire.

La deuxième parce que, comme me l'a dit Evans avant qu'on ne se quitte, un auteur « est maître de l'espace et du temps ». Il a le choix de faire dormir ses personnages où bon lui semble, alors pourquoi se priver d'un si bel endroit...

Et la troisième, plus intime, plus secrète si je ne vous la dévoilais ici.

Parce qu'il y a bien longtemps, en 1977 pour être précis, mon père et ma mère sont venus y passer quelques jours avant d'aller admirer ensemble les chutes du Niagara, gelées cette année-là. Une folie au vu de leurs moyens mais ils ont bien fait. Ils sont morts peu de temps après. J'ai toujours, au fond d'une vieille boîte à chaussures, une photo de ma mère, seule, tournant le dos aux chutes glacées, bien couverte dans son manteau de vrai lapin. Elle sourit à mon père, caché derrière l'objectif.
Les selfies n'existaient pas encore.

Ce choix est un clin d'œil à leur intention. Privilège de l'auteur qui est le seul à connaître les souvenirs réels qui se cachent parfois derrière la fiction.

C'était dimanche. Il était onze heures. J'avais du temps devant moi avant d'aller au rendez-vous que m'avait fixé Ken McCoy. L'idée soudaine d'assister à une messe gospel à Harlem me traversa l'esprit.

Je patientais dans la file d'attente devant l'entrée de la célèbre Abyssinian Church depuis près d'une heure, au milieu de centaines de touristes venus du monde entier, quand je me mis à penser aux propos de McCoy la veille au soir.

J'étais peut-être à un tournant de ma vie. Il fallait que je saisisse cette occasion. Le temps passe vite. Les opportunités que l'on ne saisit pas se transforment trop souvent en regrets. J'allais pouvoir, comme mon héros favori, passer mes journées à écrire sur la terrasse d'une grande maison victorienne en bois blanc, face à l'océan, avec les mouettes pour seule compagnie. C'était du moins comme cela que je voyais les choses évoluer avec mon optimisme débordant… qui me faisait souvent de mauvaises blagues d'ailleurs.

J'adore le Gospel, mais cette fois, avec le rendez-vous qui m'attendait ensuite, j'eus un mal fou à me laisser emporter par ses chants dont chaque note, chaque silence, vient recouvrir avec magnificence le bruit des chaînes. Malgré tout, impossible de résister aux vagues de frissons qui traversèrent mon corps de part en part lorsque les chœurs entamèrent le célèbre « Amazing Grace ». Instant magique. Une larme vint même caresser délicatement ma joue.

Ce cantique écrit en 1761 par John Newton, un négrier devenu un des plus virulent défenseur de l'abolition de l'esclavage, a inspiré nombre de compositeurs. Il est devenu, au-delà de son texte originel, un hymne de révolte populaire contre la ségrégation raciale. Ce chant avait réussi à me faire oublier durant quelques instants les raisons pour lesquelles j'étais à Manhattan.

Il était 13h30 lorsque je sortis de l'Abyssinian Church. Largement le temps de rejoindre les bureaux de mon futur éditeur - du moins je l'espérais - à pied en me permettant même une petite pause *Chez Lucienne*, un bistrot français de Harlem, où l'on mangeait un excellent bourguignon, assis sur des chaises de terrasse typiquement parisiennes en rotin canné.

L'endroit était si agréable que je ne vis pas le temps passer. Finalement, j'ai dû prendre un taxi pour rejoindre à temps les bureaux de McCoy, sans imaginer une seule seconde ce qui m'attendait.

Dimanche 06 Mai
16 h 05
New York City - Bureau de Ken McCoy

— Allo Cristo…

— Oui… Salut mon ami.

— Dis-moi, tu es bien à New York en ce moment ?

— Oui, mais je repars demain. J'ai mon expo qui vient de se finir. Je suis d'ailleurs en train de ranger mes toiles dans leur caisse. Après je fonce chez le transporteur pour les mettre dans un conteneur qui part pour Montpellier demain matin. Pourquoi ? T'es dans le coin aussi ?

— Oui, à Manhattan. Chez un éditeur avec qui j'avais rendez-vous. Je t'appelle car j'ai comme un petit problème. Un gros petit problème en fait. J'ai besoin de ton avis, voire d'un petit coup de main. Est-ce que tu peux me rejoindre au plus vite ici, dans les bureaux de l'éditeur au n° 219 sur la 59ème. Les Editions McCoy…

— Qu'est ce qui t'arrive ?

— Peux pas te le dire là au téléphone. Viens, j'ai vraiment besoin de ton aide.

— Bon ok. Dans une demi-heure, ça te va ?

— Fais au plus vite, c'est vraiment chaud.

Cristo est un ami Artiste peintre qui vit dans une petite ville du Sud de la France au bord du Salagou, un lac magnifique où nous aimons aller boire un verre dans l'une des guinguettes les soirs d'été. A la tombée du jour le soleil vient frapper la roche volcanique rouge qui entoure l'étendue d'eau, donnant cette étrange couleur orangée que l'on ne trouve qu'à cet endroit.

Il a une gueule de cow-boy, mais cow-boy à la Léone mon Cristo. Avec les yeux bleus qui vont bien et tout le reste

- bronzage, sourire, rides, etc. Ne lui manque que la Winchester. L'a remplacé par un pinceau. Qui flingue lui aussi, parfois.

Une demi-heure plus tard, Cristo apparut à la porte du bureau de McCoy.

— Ah oui quand même !!! M'attendais pas à ça, me dit-il en voyant McCoy, assis dans son grand fauteuil de cuir blanc, la tête renversée en arrière, un coupe-papier au manche d'ivoire planté dans la poitrine au niveau du cœur.

— Il est mort, me demanda-t-il le regard étonné ?

— Demande lui, répondis-je sans rire.

— Tu l'as tué ?!! Raconte-moi…

— Bien sûr que non que je ne l'ai pas tué. J'avais rendez-vous avec lui pour signer mon premier contrat d'auteur, avec certainement une avance sur recettes à la clé. Tu penses bien que sa mort ne m'arrange pas du tout.

— Que s'est-il passé exactement ?

— Je suis arrivé à 16 heures pile comme prévu pour notre entretien. Il n'y avait personne dans les couloirs. Sa porte était entrouverte. Aucun bruit ne filtrait. Je l'ai appelé. J'ai frappé. Pas de réponse. Du coup, j'ai poussé la porte et je suis entré dans son bureau. Et là, je l'ai trouvé… Raide mort dans son fauteuil.

— Et tu n'as croisé personne dans les couloirs ? Tu n'as pas vu le tueur ?

— Non absolument personne et le problème c'est que je suis le dernier à l'avoir rencontré. Hier sa secrétaire m'a vu et a entendu qu'il me donnait rendez-vous pour aujourd'hui. Sans parler du taxi qui se souviendra de m'avoir déposé devant ses bureaux. Cerise sur le gâteau, je lui ai laissé hier soir lors de notre premier entretien quelques feuillets avec mes coordonnées dessus, et je n'ai pas réussi à les retrouver, ni dans ses poches, ni dans son bureau. Tu sais que statistiquement, 90 % des homicides sont commis par la dernière personne disant avoir vu la victime vivante. Et les flics adorent les statistiques.

Mes rêves de villas victoriennes s'éloignaient d'un coup aussi vite que je prenais conscience de la situation. D'une part je perdais la chance de devenir écrivain. D'autre part je risquais de me retrouver à passer les vingt prochaines années à Rikers Island, la deuxième plus grande prison des États-Unis installée sur une île au milieu de l'East River, à deux pas d'ici. Avec une jolie vue sur Manhattan quand même, me direz-vous…

Maintenant que j'étais lancé dans ce travail d'écriture, il était impensable que je finisse mon premier roman à la septième page avec mon arrestation comme point final. Il fallait que je trouve une issue à cette situation délicate…

— Je pense que le mieux est de faire disparaître le corps. Pas de corps, pas de meurtre, pas de meurtre, pas d'emmerdes. Qu'est-ce que tu en penses, me dit Cristo ?

— Je le pense aussi. Je préfère flipper quelques heures le temps de le faire disparaître plutôt que de passer ma vie à angoisser en attendant que le FBI vienne sonner à ma porte un matin…. Et tu vois comment on pourrait faire ?

— J'ai ma petite idée... Est ce qu'il y a ses clefs de voiture quelque part ?

— Oui, elles sont là, posées sur le bureau avec sa carte d'entrée du parking souterrain.

— Impec. Il faut donner l'impression qu'il est reparti seul. Tu vas mettre sa veste et te mettre au volant de sa voiture. On va le sortir par le parking, caché dans le coffre. Je suis garé devant l'immeuble. Tu me suivras jusqu'aux quais de l'East River. On en est tout près. Ensuite on le met dans ma camionnette, et après je m'en occupe, fais-moi confiance. Toi tu retourneras à l'hôtel et demain tu prends le premier vol pour la France. En attendant il faut déjà le descendre de son bureau jusqu'au parking sans croiser personne. Heureusement on est dimanche, mais bon il y a toujours le risque de tomber sur un agent d'entretien.

— Faut trouver un grand tapis, un carton ou un truc du genre pour le planquer, dis-je en commençant à faire le tour des bureaux.

— Non, j'ai mieux. Dans la camionnette il me reste une housse de protection pour mes toiles dont je n'ai pas eu besoin. Elle est assez grande pour le contenir. Et en plus totalement hermétique. Aucun risque de laisser de traces de son passage, ni dans le coffre, ni ailleurs. Je descends la chercher.

— Ok. Pendant ce temps-là je vais m'occuper de nettoyer la pièce. S'ils trouvent le moindre cheveu, une empreinte ou une trace de sueur de l'un de nous deux, on est morts.

Lundi 07 Mai
18 h 10
Manhattan - Bureau de Ken McCoy

Monica Breizh, la fidèle secrétaire de Ken McCoy, s'était décidée à appeler la police en fin d'après-midi. Il lui semblait étrange que son patron ne la rappelle pas de toute la journée et ne soit pas allé à ce déjeuner d'affaires, prévu de longue date, avec les dirigeants d'un important groupe d'édition chinois.

— La dernière fois que je l'ai vu remonte à samedi en fin de journée quand je suis allée le voir dans son bureau, avant de partir, pour savoir s'il avait encore besoin de moi.

— À quelle heure environ ?

— Un peu après 19 heures.

— Il était seul ?

— Non, il y avait un homme avec lui.

— Vous avez son nom ?

— Non Capitaine, il n'avait pas pris rendez-vous et n'était donc pas dans l'agenda. Je peux juste vous dire qu'il avait dans les quarante ans, peut-être un peu plus, grand, mince, brun, une coupe à la *Mick Jagger*, enfin mal coiffé je veux dire, mais de façon calculée… des yeux bleus malicieux, de race blanche, et qu'il est venu de la part d'un certain John Evans, éditeur dans le Massachusetts. C'est du moins ce qu'il m'a dit en se présentant à l'accueil. Ah oui aussi, il parlait américain avec un fort accent français.

— Votre patron a-t-il pu revenir à son bureau hier dimanche ?

— Oui, j'ai entendu monsieur McCoy proposer à son visiteur de revenir hier vers 16 heures pour reprendre leur entretien. Mais je ne sais pas s'ils se sont vus finalement.

— Leur rencontre semblait plutôt de nature cordiale ou avez-vous senti des tensions entre eux ?

— A priori tout à fait cordiale et décontractée. Je connais bien monsieur McCoy et il m'a semblé totalement détendu.

— Votre patron vous a-t-il paru contrarié ces derniers temps ?

— Non pas le moins du monde. Identique à lui-même, serein et souriant.

— Avait-il des problèmes d'argent ?

— Pas à ma connaissance. Ses affaires marchent très bien. Notre maison d'édition jouit d'une réputation internationale. Tous les auteurs rêvent de publier chez nous.

Charly Bronston, le capitaine du NYPD de Lenox Hill, dans la 67ème rue Est – grand black chauve, aux épaules larges et au regard inquisiteur – pensa, après avoir entendu la secrétaire du disparu, qu'il était peut-être utile de faire venir la brigade scientifique pour étudier tout cela d'un peu plus près.

Ken McCoy était une personnalité éminente du tout New York. Il ne fallait rien laisser au hasard. Les seules certitudes à cet instant étaient qu'il n'avait donné aucun signe de vie depuis 48 heures et qu'aucun ravisseur ne s'était manifesté. Par ailleurs rien n'avait été volé, il ne s'agissait donc pas d'un cambriolage qui aurait mal tourné.

Chapitre 2

Gambas et ADN

Jeudi 10 Mai
18 h 45
France – Occitanie - Lac du Salagou

Cela faisait maintenant trois jours que Cristo et moi étions rentrés en France, dans cette magnifique région que l'on appelle depuis peu de ce nom à consonance moyenâgeuse : l'Occitanie.

Il faut reconnaître qu'elle le porte bien. Terres des Cathares et du protestantisme, ce territoire traversé d'Est en Ouest par le Canal du Midi, regorge de lieux historiques remontant jusqu'à bien avant le néolithique.

Des grottes de Tautavel aux remparts d'Aigues-Mortes, le passage des hommes à travers le temps y est inscrit dans chaque pierre.

Les derniers rayons du soleil coloraient encore la roche volcanique du Salagou lorsque la serveuse de la guinguette déposa notre troisième verre de Pic Saint Loup sur la petite table de la terrasse, où nous nous étions installés pour mieux profiter de la beauté du lieu.

— Ce n'était pas gagné mais on a réussi. Trinquons, me dit Cristo, rompant brusquement le reposant silence qui nous accompagnait depuis notre arrivée.

— Bon, maintenant que l'on est loin du danger, tu peux me le dire… Comment tu t'y es pris ? Où es-tu allé avec le corps après m'avoir laissé sur les quais ?

— Bien sûr que je vais te le dire. Mais pas tout de suite. J'ai un travail à finir avant. Et crois-moi, tu ne seras pas déçu d'avoir attendu. De la bombe pour ton manuscrit.

— Je dois t'avouer que je flippe encore un peu.

— Mais non. Pourquoi ? « Pas de corps, pas de meurtre ». Crois-moi, on ne risque rien, me répondit Cristo avant d'avaler d'une traite la moitié de son grand verre tulipe.

— T'as raison, et puis l'objectif pour moi, c'est de trouver de la matière pour écrire. Et là, j'ai de quoi faire.

A propos… A tout hasard, t'aurais pas, parmi tes amis, un éditeur à me présenter ?

— Si si… Bob Meyer, un type un peu sulfureux parfois, mais très efficace, et très sympa. Il est également mon agent, et m'a vendu pas mal de toiles.

Vendredi 11 Mai
09 h 45
Manhattan - Bureaux du NYPD

Le capitaine Bronston venait de recevoir le rapport du labo.

Aucune empreinte ou trace ADN n'avait été découverte, ni dans le bureau, ni dans la voiture de McCoy retrouvée abandonnée sur un quai de Red Hook, à l'ouest de Brooklyn.

Il y avait bien quelques traces de sang sur le fauteuil et la moquette du bureau, mais inutilisables car n'ayant pas de corps pour prélever et comparer les ADN, rien ne permettait d'affirmer qu'il s'agissait bien du sang de l'éditeur, bien que cela soit fort probable. A moins que ce ne fut celui de son éventuel kidnappeur. Il ne restait plus qu'à en envoyer un échantillon au fichier central et croiser les doigts en espérant qu'un nom en sorte.

Il faut maintenant que je me décide. Certes, cela faisait bien longtemps que j'hésitais à me lancer dans l'écriture. Oui j'avais déjà quelques nouvelles à mon actif, des trucs « à l'eau de rose » en général. Et bien entendu qu'écrire est un truc de malade qui vous rend accro.

Mais serai-je capable d'arriver au bout de ce manuscrit ? Serai-je capable de vous amener jusqu'à son dénouement, de vous surprendre à la dernière page ? A la dernière phrase ? Vous entrainer sur de fausses pistes, vous faire aimer certains personnages, en haïr d'autres. Vous transporter dans des lieux prestigieux, envoutants ou mystérieux... réels ou fruits de mon imaginaire...

De toute façon, l'éditeur qui aurait pu lancer ma carrière de romancier est mort, alors pour l'instant c'est plutôt mal barré.

Lundi 14 Mai
14 h 15
La Grande Motte - Restaurant Le Bucket's Beach

Le Bucket's Beach était plutôt calme en ce début d'après-midi printanier. Les montpelliérains étaient retournés à leur bureau, sans avoir oublié de prendre la petite photo qui va bien, pour montrer aux « amis » que oui, ce midi, on avait déjeuné au Bucket's.

Ne restait plus que quelques touristes, principalement étrangers, affalés sur leur transat, et seule au bar, une femme à l'allure mystérieuse sirotant son mojito avec nonchalance.

Cet endroit, magnifiquement décoré comme il se doit, à coup de bois précieux, déco exotique et palmiers éclatants, au milieu des dunes, entre garrigue et sable fin, était le spot du moment où il fallait absolument être vu. Restaurant, bar, plage privée et discothèque à la fois. Salades au prix d'une côte de bœuf. Côtes de bœuf hors de prix. Mais c'était justement pour cela qu'il fallait y être vu.

Le soir, des concours de champagne y étaient parfois improvisés. Celui qui commandait le plus de bouteilles gagnait l'admiration des uns et la jalousie des autres, attirant aussi au passage à sa table quelques jolies filles dont les tenues moulaient admirablement la silicone.

C'est donc ici, au Bucket's Beach, que m'avait donné rendez-vous Bob Meyer, l'éditeur dont Cristo m'avait parlé.

C'était un grand gaillard, la cinquantaine bien entamée. Ses cheveux, qu'il portait longs, tombant sur les épaules, étaient déjà gris, presque blancs. Sa barbe également. Sa peau burinée et bronzée aux rayons de soleils tropicaux faisait ressortir des yeux bleus profonds qui me scrutaient avec une sorte de jubilation.

Nous étions installés à une table face à la mer, à la limite du sol en teck et du sable fin. D'où j'étais, je voyais que la femme présente au bar en entrant était toujours là, pianotant sur son smartphone.

Alors qu'il attaquait sa dernière gambas, les doigts suintants de persillade, Bob Meyer me dit soudain :

— Vous m'êtes sympathique. Votre façon cash d'avancer me plait. Et votre histoire d'éditeur dont vous faites disparaitre le corps me parle bien, forcément, me dit-il en souriant. Mais sachez qu'écrire est un travail de très longue haleine, fait de remises en question permanentes. De moments de grâce parfois, mais d'angoisses souvent aussi. Nombre d'auteurs plongent dans la folie, les excès. Les écrivains ne sont pas des gens comme les autres. C'est une espèce à part.

Ses yeux n'avaient pas quitté les miens de tout le temps où il parla. Comme s'il cherchait à percer je ne sais quel secret que je détiendrais.

— Je sais bien tout cela, lui répondis-je. Mais il est trop tard pour moi de reculer. Je crois que le virus s'est installé dès les premières pages écrites. Je commence à entrevoir le fonctionnement de l'intérieur d'un cerveau d'écrivain et je jubile à l'idée que cela puisse se prolonger au fil des chapitres à venir.

Et ce sentiment de liberté. Plonger avec délectation dans un monde réinventé dont on est maître. Aspirer le réel et le rendre aux autres remodelé à son goût.

Et il faut que je le reconnaisse, j'ai toujours rêvé d'être schizophrène.

— Vous me plaisez vraiment, vous semblez avoir le profil, me répondit-il dans un grand éclat de rire, les mains plongées dans son rince-doigts. Venez jeudi soir à la maison. Nous y continuerons cette conversation. J'organise une petite soirée dans la nouvelle villa que j'ai acquise récemment sur le Mont Saint Clair. Par beau temps on y a une vue exceptionnelle qui va de la Camargue aux Pyrénées. Mais je l'ai surtout choisie pour sa piscine intérieure, très pratique en hiver. Je vous présenterai aussi quelques amis, dont certains, sous votre regard, deviendront sûrement de futurs personnages.

Avant de partir je me dirigeai vers les toilettes du restaurant. Elle était toujours là, au bar. C'est en ressortant que je vis le mot, écrit au rouge à lèvres, sur le miroir au-dessus du lavabo… « Trouvez la toile, et vous trouverez le tueur… »

Quand je suis revenu dans la salle, elle avait disparu.

Qui était cette fille ? Comment savait-elle que je serais au Bucket's ce midi ? Qui l'a prévenue ? L'éditeur ? Cristo ? Les deux seuls, à ma connaissance, à me savoir ici. Et pourquoi ce message ? Quelle toile, quel tueur ? Celui de l'éditeur new-yorkais ? Comment aurait-elle pu savoir ?

— Oh merde, encore son répondeur. « Oui salut Cristo. Très bon contact avec Bob ce midi. A priori c'est bien parti pour qu'on bosse ensemble. Il m'a invité jeudi soir à sa petite sauterie dont tu m'avais parlé. Par contre, il s'est passé un truc bizarre… Faut absolument que je t'en parle dès qu'on se voit. Allez bise, à jeudi ».

La route de la mer pour rentrer sur Montpellier longeait des étangs où les flamants roses venaient prendre possession des lieux une partie de l'année. Des emplacements avaient été installés pour que les touristes puissent s'arrêter quelques instants pour les prendre en photo. L'endroit était magnifique, à couper le souffle selon la luminosité du soleil et le mouvement des nuages. De l'autre côté de la route à double voie, des campings, beaucoup de campings, beaucoup moins photogéniques.

Mercredi 16 Mai
13 h 50
Manhattan - Bureaux du NYPD

— Quel con… mais quel con !! Bien sûr que l'on avait l'ADN de McCoy. Il suffisait de retourner chez lui. Il y avait bien un de ses cheveux dans un peigne ou sa salive sur un verre. Bronston était furieux de n'avoir pas pensé à cela plus tôt. Le B.A.-BA du métier. Il prit immédiatement son téléphone et appela ses collègues de la scientifique.

Jeudi 17 Mai
21 h 00
Sète - Villa de Bob Meyer

Effectivement la villa de Bob Meyer dominait la colline qui faisait de Sète une ville à part du littoral plutôt plat dans l'ensemble, constitué d'étangs, de dunes, de garrigue et de stations balnéaires bétonnées.

Pour arriver chez lui il fallait partir des quais au bout du port, juste avant le Théâtre de la Mer, puis remonter de petites rues sinueuses prolongées en ruelles de plus en plus étroites et raides. C'est avec soulagement que j'arrivai devant le portail de la maison. Un très haut portail, ceinturé de caméras vidéo, qui s'ouvrit automatiquement dès que je m'en approchai.

J'adore le bruit que font les pneus roulant sur du gravier. Pas vous ?

J'aurais aimé prolonger ma manœuvre pour m'en délecter un peu plus. Mais bon je n'étais pas là pour ça.

Il y avait déjà de nombreux véhicules garés sur la partie de pelouse dédiée à cet effet. On entendait le brouhaha des invités venant de la terrasse en contrebas. Des spots placés aux pieds des arbres ou dans les bosquets, mêlés aux torches plantées dans la pelouse, diffusaient une lumière vaporeuse et envoutante.

Je m'avançais vers le buffet quand Cristo me sauta dans les bras.

— Super ! tu es venu. Viens, on va chercher un truc à boire.

— Ok, mais avant il faut que je te parle de la fille au bar du Bucket's l'autre jour.

— Quoi, quelle fille au bar ? T'as fait une touche avec une escort ? Mort de rire !

— Arrête, déconne pas. Non, non, c'est sérieux. Le jour où j'ai rejoint ton ami Bob au Bucket's, il y avait une fille au bar qui m'a parue étrange. Elle n'a pas bougé de son tabouret durant tout notre repas. Mais quand je suis allé aux toilettes, elle m'a suivi et a laissé un mot écrit au rouge à lèvres sur le miroir : « *Trouvez la toile, et vous trouverez le tueur* ». Ça te parle toi ça !?!? Et évidemment elle avait disparu quand je suis ressorti.

— Elle était comment cette fille ?

— Belle. Très belle. Grande. Très grande. Dans les 35 ans.

— Mais encore ?

— De longs cheveux noirs descendants jusqu'à la taille avec une frange sur le devant, faisant ressortir des yeux couleur émeraude, en amandes.

— Et son look, quel genre ?

— Elle était habillée d'une robe noire, moulante et largement échancrée dans le dos. J'ai remarqué aussi un petit tatouage discret sur son épaule gauche. Sinon je ne sais absolument rien d'elle, ni pourquoi elle m'a laissé ce message. Seule certitude, elle aime le mojito.

— Le problème mon ami, c'est que des belles brunes en robe moulante et tatouage sur l'épaule, qui aiment le mojito, il y en a pléthore dans la région.

— Peut-être, mais pas avec des yeux d'émeraude…

En fait, Bob, il s'appelait « Robert » dans sa vie précédente. Mais tout le monde l'avait oublié depuis longtemps. Du temps où il n'avait pas encore édité de roman, ni produit d'album, ni vendu de toile. Mais tout cela a évolué très vite. Robert était gourmand, très gourmand. De fric, de coke, de filles, de montres suisses et de gambas. Il aimait beaucoup l'art, et les artistes aussi. Vraiment.

Il a fait d'une pierre deux coups et est rapidement devenu incontournable dans tous les business liés à la littérature, la peinture ou la musique. Une sorte de multicarte des arts.

En revanche il n'avait jamais investi le moindre dollar dans quelque production cinématographique que ce soit. Il trouvait le cinéma trop technique, pas assez artistique. « Un divertissement, pas un espace d'émotion pour moi », disait-il.

Quand il me vit, il s'empressa de me prendre par le bras et de me présenter à ses prestigieux invités.

Je fis ainsi la connaissance d'un sous-préfet habillé normalement - je veux dire, sans ce costume brodé de la guirlande idoine avec lequel on les voit habituellement, et surtout sans cette casquette ridicule - mais aussi d'une actrice coréenne tatouée de la tête au pied, au visage magnifique heureusement épargné, sans oublier un patron de club de foot bedonnant et vulgaire, un député à l'air satisfait de lui-même, et de quelques starlettes en quête de mâles influents et généreux. Il m'annonçait comme « son nouveau poulain ». J'aimais bien.

Et soudainement, comme dans un rêve, je l'aperçus. Elle était là, ondulant lascivement sur la piste aménagée dans le prolongement de la terrasse. Vêtue de la même robe que la dernière fois, mais rouge cette fois. Une musique *latino-house* des plus glamour sortait des enceintes et se diffusait comme un parfum oriental autour de corps se mouvant au rythme d'envoutantes percussions. Ce coup-ci, il ne fallait pas qu'elle m'échappe. Je décidai d'attendre qu'elle quitte le dancefloor pour aller lui parler.

Une femme - certainement bien plus âgée que ses liftings ne le laissaient supposer - me racontait son calvaire de veuve d'un des plus importants producteurs de coquillages de la région, s'ennuyant dans son immense domaine surplombant l'Etang de Thau quand, par-dessus son épaule, je vis ma messagère mystérieuse quitter la piste de danse et se diriger tranquillement vers le fond du parc, dans sa partie la plus sombre. Je m'excusai brièvement auprès de cette veuve plutôt joyeuse en lui promettant de passer lui rendre visite un de ces jours.

— Aimez-vous les coquillages, charmant jeune homme… ? l'entendis-je ajouter dans mon dos alors que je m'éloignais.

Ma mystérieuse femme aux yeux d'émeraude était assise sur un petit banc de pierre, sous un immense saule pleureur dont les branches retombantes créaient une intimité qui tranchait avec l'ambiance festive cent mètres plus loin.

— Vous me devez une explication. Que veut dire ce message, attaquai-je d'entrée en m'asseyant à côté d'elle sur le banc de pierre ?

— Bonsoir « Monsieur le futur Steinbeck », me répondit-elle avec une pointe d'ironie.

— Merci pour la référence, mais comment savez-vous que j'écris ?

— Chaque chose en son temps, dit-elle entre douceur et autorité, avec un regard devant lequel on ne pouvait que s'incliner. Allez plutôt nous chercher du champagne, que nous trinquions à notre rencontre.

Ce que je fis immédiatement.

Mais qu'est-ce que cette femme, aussi belle que mystérieuse, pouvait bien attendre d'un type comme moi, me demandai-je en remontant vers le buffet dressé près de la maison. Voulait-elle m'aider, ou au contraire se servir de moi pour je ne sais quelle besogne peu claire ?

« Oh non !!! C'est pas vrai » m'exclamai-je en revenant vers le banc.

Elle n'était plus là. Elle avait profité de mon aller-retour au bar pour disparaître à nouveau… Mais que voulait dire ce jeu de cache-cache mystérieux ?

Après avoir longuement tenté de la retrouver parmi les nombreux invités encore présents, mais sans y croire vraiment, je me dirigeai finalement vers le bar pour y noyer ma déconvenue.

Je devais en être à mon quatrième ou cinquième gimlet (*oui j'arrête le mojito, du moins ce soir. Le Gimlet ça fait plus « Hemingway »)* quand une femme portant élégamment la cinquantaine - vêtue d'une robe fourreau longue, faite de fines perles grises, fendue sur le côté jusqu'aux hanches - s'approcha de moi un verre dans une main, une cigarette dans l'autre et me dit d'un ton langoureux tentant désespérément de rappeler celui de Rita Hayworth dans ses meilleures répliques :

— Vous avez du feu ?

— Oui je crois, lui répondis-je avec la voix de Sean Connery dans Goldfinger, épicée d'une pointe d'ironie qu'elle ne sembla pas saisir.

C'est en mettant la main dans ma poche pour y chercher mon briquet que je senti un bout de papier plié à l'intérieur. Je le sortis rapidement, le dépliai et le lus… « *Un tueur peut en cacher un autre...* ». La garce ! Elle avait réussi à glisser ce mot dans ma poche sans que je m'en aperçoive, alors que nous étions assis sur le petit banc de pierre. Mais qu'est-ce que cela signifiait ? Qu'espérait-elle que je trouve ? Dans quel but ? Pour qui ?

— Vous avez des soucis ? me demanda la quinquagénaire en fourreau, voyant ma tête décomposée.

— Non, non, merci. Juste un rébus infernal à décrypter, sinon ça va.

— Cette soirée m'ennuie terriblement. Et tous ces gens qui viennent pour être vus, pour se rendre importants, m'insupportent. Ils me fatiguent avec leurs problèmes de jardinier, de cuisinière ou de skipper quand ce ne sont pas leurs discussions sur le mauvais temps à l'Ile Maurice, ou leur dernière chasse en Sologne.

J'irais bien regarder la mer. Vous m'accompagnez ?

Personne ne m'attendait. La nuit était douce et cette femme me plaisait bien avec son franc-parler sur ses congénères. Et puis elle dégageait un truc hyper sexy sous des airs de grande bourgeoise. Et ça, j'adore.

J'acceptai son invitation et c'est bras-dessus, bras-dessous, d'une démarche incertaine, que nous descendîmes vers le fond du parc, là où la vue sur la mer s'étend à plus de 180 degrés

— Que faites-vous dans la vie charmant monsieur ? me demanda-t-elle en marchant.

— Je mets des mots les uns derrière les autres en essayant d'y donner un sens, lui répondis-je.

— Ah vous écrivez ! J'adoooore les écrivains. Des gens complètement hors normes, détachés du monde réel. Observateurs de la folie des hommes.

— Et vous, si je peux me permettre cette indiscrétion ?

— Permettez-vous, mon cher, il n'y a rien de confidentiel. Mon métier à moi, c'est femme de député. Et croyez-moi, c'est bien plus difficile que d'écrire des romans.

En fait je vois très peu mon mari. Il est toujours par monts et par vaux - commissions de ceci ou cela, votes au parlement, inaugurations diverses et variées - sans parler des associations qu'il préside : artistiques, économiques ou culturelles. Le pire se sont les commémorations locales car je me dois de l'accompagner. « Tu comprends chérie, c'est important pour ma carrière » me dit-il à chaque fois. Mais je m'en tape moi de sa carrière. Je n'ai plus envie de faire la potiche devant des monuments aux morts. J'ai envie de vivre moi aussi. A ce propos, cela vous embêterait-il de me faire l'amour, là, maintenant, sous ce clair de lune qui semble n'être là que pour nous deux. Bob a fait construire une petite terrasse avec jacuzzi un peu en contrebas. Vous venez ? dit-elle en me prenant la main sans attendre ma réponse.

Après avoir descendu un escalier étroit recouvert de magnifiques tomettes aux couleurs de Toscane, nous arrivâmes sur une petite terrasse isolée du parc par des haies de bambous. Encastré en son milieu, face à la mer, un jacuzzi bouillonnant nous attendait sous une véranda à demi ouverte, éclairée simplement de bougies.

Un mini bar se trouvait discrètement installé dans un coin. A l'intérieur, deux bouteilles de Cristal Roederer 1994, une de Perrier, ainsi qu'un petit pot en verre, hermétique, rempli d'une cristalline poudre blanche. Décidemment, Bob savait vraiment bien recevoir…

— Après vous, me dit-elle en faisant glisser délicatement la bretelle de sa robe d'une main, tout en m'indiquant la direction du jacuzzi de l'autre. Majeur tendu. Ongles longs. Même rouge que ses lèvres.

Va falloir assurer, ça va être chaud, me dis-je en me glissant dans le bain, parfumé d'essences exotiques rares.

— Vous aimez mes seins ? me questionna-t-elle en me rejoignant dans le bassin. Ils sont naturels vous savez... Caressez-les ... Je vous les offre. Regardez-les se dresser au contact de vos doigts malicieux... Sentez leur poids dans le creux de vos mains. La douceur de leur courbe. Prenez-les... Prenez-moi...

Cette femme était incroyable. Ce fut un réel plaisir que de combler ses attentes. On sentait chez elle le besoin de rattraper des années de frustration. Sa façon de prendre goulument mon sexe à pleine bouche ou de remuer son bassin quand je la pénétrais en était la preuve flagrante. Cela dit, une petite voix intérieure me disait que j'étais en train de faire une grosse connerie. On verra bien. Honorons madame comme il se doit en attendant. Au bout d'un moment les contractions de ses jambes, sa position arc-boutée, ses seins tendus et le rictus de ses lèvres me prévenaient que ma mission était accomplie. Madame venait de s'offrir un orgasme digne d'une femme de député libre, indépendante et désinhibée.

— Mon mari va finir par s'inquiéter. Il faut que je retourne m'afficher dans cette comédie. Je pars devant. Attendez quelques minutes que l'on ne nous voit pas revenir ensemble.

Après s'être rhabillée, elle fit quelques pas avant de s'arrêter, se retourna et me regarda longuement en souriant.

— Merci monsieur l'Écrivain, au plaisir de vous revoir, ajouta-t-elle avant de se remettre à marcher en direction de la maison.

Je me demandai encore si je n'avais pas rêvé quand je retrouvai mon nouvel ami Bob et mon vieil ami Cristo allongés dans des transats au bord de la piscine, un bucket de mojito avec deux pailles, posé devant eux. Un peu plus haut sur le dancefloor la fête battait son plein. Il faut dire que Bob Meyer avait réussi à arracher pour une soirée le DJ alors le plus coté d'Ibiza, un certain Bob lui aussi, et ce, en plein début de saison. La France a raté le virage du Rock, en ne produisant que des ersatz du genre, à quelques exceptions près, mais en tout cas pas celui de l'électro où nous sommes précurseurs et leaders. Qu'on aime ou pas, il faut le reconnaître.

— Alors, où étais-tu passé ? me demandèrent en chœur les deux acolytes, goguenards.

— Dans un jacuzzi face à la mer, avec une femme exquise, leur répondis-je.

— Eh bien parfait cher ami, me dit Bob. Je vois que vous entrez avec aisance dans la peau de votre personnage et que vous commencez à comprendre nos codes. C'est de bon augure pour la suite. Vous m'excuserez mais je dois aller voir mes autres invités. Je vous laisse, à plus tard. Vous êtes ici chez vous tous les deux, mes peintre et écrivain préférés.

Bon ok, Meyer est à cette heure-là complètement défoncé mais quand même, ça fait plaisir de savoir que celui qui vit grâce à votre talent vous aime bien aussi pour ce que vous êtes…

Chapitre 3

Jacuzzi et Garde à vue

Vendredi 18 Mai
16 h 30
Montpellier - Commissariat de police

Cela faisait maintenant plusieurs heures que j'étais retenu dans ce commissariat, à attendre que l'on m'interroge depuis que la femme du député avait été retrouvée morte noyée, dans le jacuzzi de la villa de Meyer deux heures après notre escapade.

La situation était délicate pour l'équipe du SRPJ de Montpellier chargée de l'enquête. La personnalité de la victime et des autres invités de Bob incitait à ne pas faire de vague et à éviter que la presse ne soit prévenue. Alors évidemment, moi, au milieu de tout cela, j'étais le coupable idéal. En plus, j'aurais été, paraît-il, le dernier à l'avoir vue vivante.

A peine commençais-je à oublier mes mésaventures new-yorkaises, que je me retrouvais à nouveau au cœur d'une scène de crime. Pourvu que je ne sois pas le prochain sur la liste.

— Vous êtes le dernier à l'avoir vue vivante. Des témoins vous ont aperçus, vers une heure du matin, descendre ensemble vers le fond du parc, non loin de la scène de crime. On a trouvé des empreintes sur les coupes de champagne posées près du jacuzzi. Certainement les vôtres, le labo confirmera. Qu'avez-vous à répondre à çà ?

Grande, formes généreuses, cheveux gris-blancs aux reflets métalliques, coupés courts, la commissaire Nathalie Lamy portait fièrement sa cinquantaine. Ses yeux bleus et froids vous traversaient le cerveau de part en part. Pas le genre à qui l'on raconte n'importe quoi.

— Oui c'est exact, nous sommes bien allés marcher dans le parc, puis dans le jacuzzi boire une coupe de champagne. Mais je ne la connaissais pas une heure avant, Commissaire. Je vous assure. J'ai fait sa connaissance au bar. Une histoire de cigarette à allumer et de feu intérieur à éteindre. Rien d'extraordinaire. La routine de la vie.

— Eh bien dites donc, vous êtes un rapide vous…

— Non, elle. Moi je n'aurais jamais osé prendre une telle initiative. Suis bien trop timide. Vous savez comme moi Commissaire, qu'en règle générale l'homme propose et la femme dispose. Comme chez nos cousins bonobos, d'ailleurs. Eh bien cette fois-ci ce fut l'inverse. Elle seule avait connaissance d'un jacuzzi isolé dans le bas de la propriété et m'y a entrainé. Et croyez-moi, j'ai particulièrement apprécié la démarche.

— En dehors de vos ébats, vous avez bien dû discuter un peu ? Avez-vous parlé peinture ?

— Peinture… ? Non, pourquoi ? Pas du tout.

— Elle ne vous aurait pas fait quelques confidences sur les us et coutumes de ce milieu dont son mari fait partie, et auquel vous semblez vous intéresser d'après certains témoignages ?

— Non. Elle m'a bien parlé de son mari et de ses fonctions d'élu qui l'éloignaient d'elle. De son ennui, de ses envies, mais pas de peinture. Elle m'a surtout parlé de ses seins… enfin c'est ce qui m'a le plus marqué. Et puis aussi de ma…

— Racontez-moi comment elle vous a sucé pendant qu'on y est… !!! Incroyable... !!! Je vous rappelle que vous êtes ici en tant que suspect dans une affaire de meurtre. Alors merci de rester dans le cadre de cet interrogatoire. On parle d'une scène de crime, pas d'une scène de cul. OK ? conclu-t-elle, a priori très en colère.

— Bon reprenons, me dicta le jeune et sec inspecteur qui avait pris le relais de la commissaire pour m'interroger, arborant une barbe de trois jours comme il se doit pour ressembler aux « vrais faux flics » des séries télé. Je ne sentais pas bien la suite…

— Donc, vous dites être descendu avec elle en contrebas du parc vers deux heures du matin ?

— Non, inspecteur, un peu plus tôt, vers une heure.

— Admettons. Vous y êtes restés un peu plus d'une demi-heure et ensuite vous êtes repartis, chacun de votre côté, elle vers la maison, et vous vers la piscine où vous avez retrouvé vos amis ?

— C'est bien cela inspecteur.

— Et vous ne la connaissiez pas ?

— Je vous dis et vous répète que non inspecteur ! Se laisser séduire et répondre aux avances d'une inconnue ne fait pas de moi un coupable. Cette femme était charmante, nous avons partagé un moment d'intimité des plus agréables et nous comptions bien nous revoir. Et pour quel mobile l'aurais-je tué, d'abord ? Vous pouvez me le dire ?

— C'est bien ce que je vais découvrir, faites-moi confiance. En attendant je vous mets au frais. On reverra tout ça quand le labo m'enverra le résultat des éléments récupérés sur les lieux et que le légiste nous donnera l'heure exacte du décès.

Allez, en garde à vue !!

Après avoir déposé, montre, smartphone, ceinture et lacets dans une boite prévue à cet effet et avoir procédé aux prises d'empreintes d'usage, un gardien m'accompagna jusqu'à ma « chambre » au sous-sol du commissariat.

Je m'assis, dépité, sur le banc en béton face à moi, qui a priori, devait également servir de matelas.

A ma gauche se trouvait un chauffard avec 2,5 grammes dans la tronche et deux blessés graves sur le dos. A ma droite un jeune roumain, pris la main dans le sac d'une vieille dame dans le centre-ville.

Je n'avais pas dormi de la nuit. J'étais épuisé. Je m'endormis, recroquevillé en chien de fusil sur le banc en béton, bien calé entre mes deux nouveaux amis.

Samedi 19 Mai
10 h 30
Montpellier - Commissariat de police

— Mon client n'a rien à voir avec cette affaire. Levez immédiatement sa garde à vue !! Vous n'avez aucune preuve et surtout aucun mobile à avancer pour justifier cette décision.

Maître Christian Payet, ténor du barreau local, avait été appelé en urgence par Bob pour venir me sortir de ce cauchemar. C'était un homme d'une bonne cinquantaine d'années, à la silhouette athlétique, aux tempes grisonnantes et à la voix grave et profonde.

La commissaire rageait au fond d'elle. Elle avait trouvé le coupable idéal et voilà qu'elle allait devoir le libérer. Cela dit, l'avocat n'avait pas tort, et le procureur le suivrait, d'autant plus qu'ils étaient amis… et fréquentaient la même loge maçonnique. Il n'y avait aucune preuve tangible de la culpabilité de ce romancier inconnu malgré ses empreintes sur la bouteille de champagne. De plus, d'après le légiste, la mort remontait aux alentours de quatre heures du matin, soit au moins deux heures trente après que le suspect l'ait quittée. L'eau dans ses poumons était la même que celle du jacuzzi, la noyade ne faisait donc aucun doute. Aucune trace de violence n'apparaissait non plus sur le corps. Trouvée entièrement nue, ses vêtements étaient posés près du bassin. Peut-être que l'autopsie en dira un peu plus.

Samedi 19 Mai
12 h 00
Sète - Villa de Bob Meyer

« Génial, absolument génial ! » Nous étions retournés directement à Sète en sortant du commissariat de Montpellier. Meyer jubilait.

— Un crime, un vrai crime dans ma baraque, mais que rêver de mieux ?! Des papiers vont sortir sur cette histoire... Un mois de promo cadeau... Que du bonheur ! Et vous mon ami, vous avez là de quoi remplir au moins un chapitre. *La femme d'un député meurt mystérieusement noyée dans un jacuzzi lors d'une soirée mondaine chez un grand éditeur...* Du pain béni pour un futur best-seller. Allez, au boulot !

Au boulot, au boulot, il est marrant Meyer. Encore me faudrait-il plus de matière pour avancer. Qu'avons-nous pour l'instant ? D'un côté, un éditeur mort dans son bureau de New York juste avant notre rendez-vous, et d'un autre, une femme délaissée, morte mystérieusement peu de temps après notre rencontre au cours d'une soirée dans une villa sur les hauteurs de Sète. Et pour seules pistes, des messages sibyllins qui me parlaient de tableaux et de meurtres.

Il y a deux façons d'écrire un roman. En commençant par le début et en laissant filer son imagination, ou bien, en commençant par la fin et en remontant la chronologie des faits qui ont amené à cet épilogue. Sauf que dans les romans policiers, il faut avoir trouvé un coupable pour pouvoir mettre un point final à l'histoire. Et pour l'instant je n'avais que des victimes sur les bras.

Les événements qui venaient de se dérouler décidèrent Bob Meyer à me signer mon contrat de suite. La seule condition était que mon manuscrit soit terminé pour la rentrée littéraire d'octobre prochain. Nous étions au milieu du printemps. Cela me laissait cinq mois pour boucler cette histoire.

Chapitre 4

Cyprès et escarpins

Samedi 19 Mai
18 h 30
Mas des Herbes Bleues

Le domaine « *Jean-Paul Mèzon* » s'étendait sur près de deux cents hectares dont une grande partie destinée à la production de vin. Quelques parcelles étaient dédiées à la culture des oliviers, le reste étant réservé à une activité hôtelière avec restaurant gastronomique pour touristes férus de grands vins, de vieilles pierres et de chant des cigales.

Comme il se doit, une haie de cyprès bordait chaque côté du chemin qui menait au bâtiment principal. Au centre de ce dernier, un escalier accédait à un perron qui longeait toute la façade, elle-même encadrée de deux imposantes tours carrées.

Jean-Paul Mèzon m'attendait au pied des marches.

— Bienvenue au Mas des Herbes Bleues, cher ami. Vous êtes ici chez vous. Les amis de Bob sont mes amis. Vous verrez, vous serez tranquille pour écrire. Je vous ai réservé la chambre bleue. Elle possède une petite terrasse ombragée sans vis-à-vis avec vue sur le Pic Saint Loup. Vous allez adorer.

La chambre était spacieuse, lumineuse et délicieusement décorée, associant avec goût, art contemporain et mobilier rustique occitan.

La terrasse tenait ses promesses. Le paradis pour romancier en mal d'inspiration.

La salle du restaurant était pratiquement vide quand je descendis dîner. Nous n'étions qu'au tout début de la saison. Un vieux couple de touristes anglais était attablé dans un coin de la salle. Un groupe d'Allemands occupait bruyamment une grande table au centre de la pièce. Un homme seul au bar enchainait les dégustations que lui proposait le sommelier. Un autre couple, elle la quarantaine, blonde et voluptueuse, lui la soixantaine, grisonnant et enveloppé, mangeaient sans échanger un mot, comme pour garder un secret inavouable qu'eux seuls connaissaient.

Je dînai rapidement d'une simple salade César, mais façon Mas des Herbes Bleues. Poulet de Bresse garanti et Parmesan produit par un des meilleurs fromagers de la province de Bologne.

Avant de remonter dans ma chambre, je me permis un petit gimlet au bord de la piscine, avec en prime ce soir-là, le spectacle d'une extraordinaire Voie lactée.

J'avais presque fini mon verre quand je les entendis rire derrière moi. Elles étaient deux. Elles me regardaient. Une blonde aux cheveux longs, une brune aux cheveux courts. Tee-shirt Chanel, jeans déchirés moulants et escarpins aux pieds toutes les deux. Le contraste qui tue. Le truc qui te dit, je te séduis, mais pas touche. En d'autres temps j'aurais pris ça pour un défi, en bon mâle chasseur-cueilleur que je suis encore, malgré 15 000 ans d'évolution, et je serais allé leur proposer un dernier verre ou une partie de *Scrabble* sur ma terrasse.

Mais le cœur n'y était pas. J'avais l'esprit entièrement concentré sur la suite de mon roman. Et je n'avais aucune envie de les retrouver demain matin toutes les deux mortes étranglées dans mon lit. Je préférais rester prudent après ce qu'il venait de m'arriver.

En passant devant elles pour rejoindre l'intérieur de l'hôtel, je me permis tout de même un petit sourire en coin, du genre « je ne suis pas dupe les filles ». On ne sait jamais ce que demain nous réserve.

Dimanche 20 Mai
09 h 10
Mas des Herbes Bleues

— Où suis-je ? Quelle heure est-il ?

Voilà les deux questions qui démarrèrent ma journée quand j'entendis frapper à la porte.

— Room service. Votre petit déjeuner monsieur.

— Entrez c'est ouvert.

Quelle ne fut pas ma surprise de voir apparaître, un plateau des plus prometteurs dans les mains, l'une des deux filles croisées la veille au soir au bar de la piscine. La brune en l'occurrence. Elle, de son côté, semblait plutôt amusée de la situation. Tee-shirt et jeans avaient été remplacés par un chemisier blanc strict et une jupe noire, courte mais pas trop. Bien entendu des mocassins sobres avaient remplacé les escarpins provocateurs.

Après avoir déposé le plateau sur la table en mosaïque de la terrasse, elle repartit sans un regard pour moi jusqu'au moment de refermer la porte, où elle se retourna avec un sourire presque complice avant de disparaître.

Cristo devait me rejoindre à 13 heures pour déjeuner. Cela me laissait largement le temps de faire une relecture de mon manuscrit, confortablement installé sur un transat de ma nouvelle terrasse et d'y traquer les fautes, les répétitions et les redondances toujours prêtes à se cacher au détour d'une phrase.

La terrasse du restaurant était presque pleine lorsque nous arrivâmes. Notre table nous attendait sous une tonnelle de toile beige, un peu en retrait des autres.

Après nous avoir commandé deux tartares de saumon, deux salades vertes et une bouteille de rosé du domaine, j'attaquai d'entrée.

— Cristo, franchement je dois lui faire confiance à ton Bob ? Il est un peu *space* quand même. Et la femme de Philippe Vigneaux morte dans le jacuzzi, c'est chaud non ?

— T'inquiète, Bob est avant tout un excellent businessman qui te fera gagner plein de fric. Tu sais, une bonne partie de mes toiles sont vendues grâce à lui. Ok il a quelquefois été mêlé à des trucs pas très clairs. En général des histoires de cul ou de dope. Mais en affaires il est carré de chez carré. La preuve, regarde sa place dans le milieu. Il n'en serait pas là sinon.

— T'as une idée de qui a pu la tuer ?

— T'es trop parano mon ami. Elle a sûrement fait un malaise et s'est noyée toute seule comme une grande. L'enquête le confirmera tu verras. Et sinon, ton manuscrit il en est où ?

— Je dois t'avouer que je rame un peu. J'ai plusieurs pistes pour développer mais j'hésite. La plus intéressante étant aussi la plus complexe à mettre en forme. Je ne m'inquiète pas pour autant, je sens que d'autres événements vont rapidement arriver et rebattre les cartes.

— Je dois descendre à Collioure livrer des tableaux après-demain. Ça te dit de m'accompagner ?

— Moi tu sais, dès qu'il y a des paysages, des lumières, des personnages et des événements à découvrir je suis partant. A quelle heure veux-tu passer me chercher ?

Chapitre 5

Volets bleus et flamants roses

Mardi 22 Mai
14 h 00
Collioure - Galerie de Catherine de La Tour

On arrive toujours à Collioure par le haut. Au détour d'un virage, tout un panorama s'offre soudainement à vous. En contrebas on découvre le port encadré de sa fameuse église Notre-Dame des Anges et de l'imposant Château Royal - successivement occupé par les comtes du Roussillon, puis par les rois d'Aragon et enfin, par ceux de Majorque.

Entre ces deux monuments, une plage, puis la vieille ville avec ses maisons aux façades colorées.

Lieu privilégié de nombreux peintres, Collioure est une œuvre d'art en soi.

La galerie dans laquelle Cristo avait rendez-vous était située en face du Musée d'Art Moderne, dans une vieille et grande maison aux murs crépis rose pastel et aux volets d'un bleu éclatant. L'intérieur, aux murs intégralement blancs, recélait de trésors artistiques. Toutes les œuvres exposées dégageaient une force incroyable. Le fauvisme y avait une place prépondérante. Ce qui était la moindre des choses dans la cité de Matisse et de Derain.

Catherine de La Tour, la directrice de la galerie, nous accueillit d'un sourire éclatant et d'une poignée de main ferme, comme pour bien rappeler que nous étions venus pour parler affaire. De taille moyenne, les cheveux acajou et la poitrine généreuse, elle portait un tailleur blanc, aussi strict que suggestif.

— Vous m'avez amené les trois toiles comme prévu ? demanda-t-elle en se tournant vers Cristo.

Lui, toujours souriant, lui répondit d'un ton bienveillant qu'elle n'avait pas à s'inquiéter. Il lui livrait les deux « Tableaux de Vie » commandés, l'un par une grande famille de la région qui s'était enrichie grâce aux anchois (grande spécialité locale incontournable), et l'autre, destiné à un restaurateur dont l'établissement se trouvait accroché à la pointe rocheuse, plongeant dans la mer, à l'extrémité sud de la ville. Le Tout Collioure s'y battait pour avoir la table la mieux placée de la terrasse afin d'admirer le soir les reflets de la lune sur la Méditerranée tout en dégustant les meilleurs poissons pêchés du jour. Ses plateaux de fruits de mer étaient connus de Marseille à Barcelone.

La troisième toile, qui devait être mise à la vente dans la galerie, représentait un envol de flamants roses, mais à la sauce Pop Art, comme il en avait l'habitude et le talent. Le prix n'avait pas encore été fixé. Catherine de La Tour et Cristo montèrent dans le bureau de celle-ci, au 1er étage de la galerie, pour en discuter en toute discrétion.

Je profitai de ces quelques instants seul pour aller me poser sur un banc face à la mer, à quelques rues de la galerie. Il faisait beau et presque chaud en ce milieu d'après-midi printanier. Les mouettes semblaient de bonne humeur. Moi aussi.

Après s'être enfermés tous les deux durant près d'une heure, mon Cristo en ressorti avec un sourire inhabituel, suivi de Catherine de La Tour qui semblait plus détendue qu'à notre arrivée. La négociation semblait s'être bien passée.

— Voulez-vous que j'apporte moi-même la toile chez Joël Lacaze ma chère Catherine ?
— Avec grand plaisir, vous me ferez gagner du temps, et de plus, je suis certaine qu'il sera enchanté de vous revoir.

Mercredi 23 Mai
10 h 15
Mas des Herbes Bleues

« Un restaurateur de Collioure retrouvé mort dans des conditions étranges... ».

Ainsi commençait l'article paru ce matin-là dans le quotidien régional que ma charmante femme de chambre avait déposé avec le petit déjeuner.

« Joël Lacaze, le célèbre restaurateur catalan a été retrouvé mort, hier en fin d'après-midi, à quelques mètres de son établissement, le restaurant « Coté Mer », célèbre pour ses spécialités méridionales qui lui avaient valu sa première étoile au guide Michelin.
Son corps gisait sur les rochers en contrebas de la terrasse de son restaurant. Il est impossible de savoir pour l'instant s'il s'agit d'un accident ou d'un acte criminel. L'enquête a été confiée à la police judiciaire de Perpignan. Joël Lacaze était aussi connu pour être un grand amateur d'art, possédant une riche collection d'œuvres.

Je savais bien qu'il se passerait quelque chose qui me ferait avancer, pensai-je en repliant le journal.
Bon, au boulot maintenant ! Comme dirait mon éditeur.

Chapitre 6

Brune et blonde

Dimanche 27 Mai
12 h 30
Mas des Herbes Bleues

Cela faisait maintenant huit jours que je m'étais installé au Mas des Herbes Bleues. Il suffisait de rentrer dans ma chambre pour s'en rendre compte. Des feuillets trainaient partout. Un organigramme, avec fiches des personnages et flèches dans tous les sens, remplissait mon paperboard. Sans oublier les cartes de New York et de l'Occitanie qui étaient épinglées au mur. Et je vous fais grâce des cendriers pleins et des verres vides. J'avais demandé que l'on ne fasse pas le ménage. J'aimais mon bordel. C'était le mien. A moi de le ranger, quand j'en aurai envie. En revanche, draps et serviettes étaient changés tous les jours. J'y tenais.

Bob avait souhaité que je m'installe ici, bien entendu aux frais de sa maison d'édition. Il considérait qu'un écrivain devait être peinard pour écrire, loin des soucis du monde, des factures et des tentations diverses. Je ne pouvais qu'être d'accord avec lui.

— Alors, comment vous sentez-vous ici ? Avez-vous tout ce qu'il vous faut ?

Jean-Paul Mèzon avait tenu à ce que je déjeune à sa table. C'était un homme qui avait certainement bien entamé sa soixantaine mais en paraissait dix de moins. Les cheveux légèrement grisonnants, le visage carré, les épaules larges, on sentait le travail de la terre et la vie en plein air se dégager du bonhomme.

— Oui je vous remercie. Tout baigne. Le cadre est exceptionnel, la nourriture excellente, les vins délicieux. Que pourrais-je souhaiter de plus... (Hormis les deux filles du room service dans mon lit, pensais-je intérieurement… peut-être un peu trop fort au vu de sa question suivante).

— Au fait, avez-vous fait connaissance avec Valérie et Emma ?

— Valérie et Emma ?

— Oui, nos deux charmantes employées au service. Il faut que je vous prévienne, elles sont en couple. Je veux dire en couple… toutes les deux… Ensemble. Vous comprenez ? me dit-il à voix basse.

Bien sûr que je comprenais. Je comprenais que j'avais un super challenge à relever. Entrainer un couple de filles dans mon lit.

Mais bon, ce n'était pas la priorité du moment. La priorité c'était d'avancer et de noircir des pages. Une trentaine par semaine minimum m'avait demandé Bob. J'en étais loin…

— Vous exploitez ce domaine depuis longtemps ? lui demandai-je histoire de changer de sujet.

— Depuis quatre générations maintenant. J'ai repris la suite de mon père il y a près de 25 ans. Entre temps sont arrivés les pesticides, les vins étrangers, l'arrachage massif et Internet. Heureusement on a su s'adapter. En se lançant dans l'oeno-tourisme comme on dit maintenant sur les plaquettes en papier glacé des offices de tourisme. En offrant un choix étendu de vins et en montant en gamme. En proposant des promenades à cheval dans les vignes. En organisant des événements culturels au domaine, etc. Et plus récemment, en développant cette activité de chambres d'hôtes haut de gamme pour répondre à la demande internationale actuelle. Savez-vous, mon cher, que le Languedoc est le plus grand vignoble d'un seul tenant à l'échelle mondiale ? La culture de la vigne, y est présente depuis 2 500 ans. Ce sont les Grecs qui l'ont introduite au Vème siècle avant J.C. Et c'est sous l'impulsion des Romains qu'elle a pris son essor.

Mon arrière-grand-père a acquis le mas juste après les révoltes de 1907 quand la surproduction des années précédentes, associée à des fraudes massives, avait entrainé une chute des cours qui a ruiné de nombreuses exploitations.

— Votre arrière-grand-père avait l'air d'avoir le sens des affaires.

— Oui, répondit-il en souriant. Disons qu'il savait saisir les opportunités…

— C'est le moins que l'on puisse dire. Mais bon, c'est bien connu, le malheur des uns fait le bonheur des autres. On n'y changera rien.

— Bob m'a appris que votre roman se déroulait dans le milieu de la peinture. Le sujet vous intéresse ? Il faudra que je vous montre ma collection. J'en suis très fier. Sinon, un petit café gourmand, ça vous dit pour finir ?

— Avec plaisir.

— Emma, deux gourmands s'il vous plait. Et remettez-nous deux cognacs avec. Merci.

Le repas terminé je remontais dans mon antre pour me remettre au boulot, sans un regard pour les filles. Un truc que m'avait appris un ami de mon père quand j'étais gosse : « Si tu veux conquérir une fille, c'est simple… tu fais semblant de l'ignorer, et tu verras, elle viendra à toi » disait-il. J'ai découvert au fil du temps qu'il avait raison.

— Vous êtes ce soir sur notre plateau pour nous parler de votre premier roman, « La Villa Fauve », un thriller qui nous entraîne dans le milieu de la peinture dans le sud de la France. Pouvez-vous nous en dire un peu plus ?

En dire un peu plus, tu parles ! J'avais l'impression que les mots restaient collés à mon palais. Aucune syllabe n'arrivait à sortir. Le joint d'herbe colombienne fumé dans les loges avec ce chanteur exilé au fin fond de l'Amérique du sud, de passage pour sa promo, m'avait vraiment mis la tête complétement à l'envers. Les mots de l'animateur faisaient écho jusqu'au fond de mon cerveau. Les autres invités me semblaient ridicules sur leur tabouret, attendant gentiment leur tour pour vendre leur histoire à un public endormi aux quatre coins du pays dans les mêmes canapés suédois. Une terrible envie de rire montait en moi. Je voyais le visage des deux hyènes payées pour découper mon ouvrage à la tronçonneuse se rapprocher et leurs traits se déformer quand je sentis soudain quelqu'un me tirer par le bras….

— Eh ! oh ! Réveille-toi… il est 18 heures. Qu'est-ce que tu fous à dormir comme ça ?

C'était la voix de Cristo. J'ouvris les yeux. J'étais allongé en travers de mon lit, un stylo dans la main et mon bloc-notes par terre. La chaleur, le repas arrosé et la fatigue avaient eu raison de moi.

— Pourquoi tu m'as réveillé ? J'étais en train de passer à la télé. T'es con !

Il haussa les épaules en levant les yeux au ciel.

— Mon pote, si tu veux passer dans les talk-shows, faudrait peut-être d'abord que tu finisses ton bouquin. Et ce n'est pas en faisant la sieste tout l'après-midi que tu vas y arriver.

— Ok… Ok. Doit y avoir du Perrier dans le mini bar. Tu peux me passer la bouteille s'te plaît… Cette herbe m'a complètement asséché la gorge.

— Quoi… ? Quelle herbe... ?

— Non rien, cherche pas. C'est « oniro-somatique ».

— Ah !! parce qu'en plus t'inventes des mots improbables. Elle devait vraiment être bonne…

Après avoir pris une douche et repris mes esprits, je partis rejoindre Cristo qui était descendu m'attendre au bar. En fait il ne m'attendait plus vraiment. Il était en pleine discussion avec Blonde et Brune. Évidemment qu'avec sa gueule de cow-boy sur fond de soleil couchant ça ne pouvait se passer que comme ça.

— Eh les filles ! Vous me le rendez ou vous comptez en faire votre dîner ?

— On n'a pas encore pris notre décision, me répondirent-elles d'une seule voix affirmée.

— Pour ce soir c'est tout vu, je vous le reprends mesdames, on a des choses à se dire... Entre hommes…

Et je suis sûr que vous saurez très bien vous passer de lui, ai-je ajouté avant de signer la note du bar et de partir en direction du parking en tirant mon pote par le bras.

Nous roulions à vive allure en direction des plages pendant que le soleil distribuait avec subtilité ses derniers rayons du jour. Nous n'avions pas encore parlé de la mort du restaurateur de Collioure. Cristo n'en semblait pas particulièrement affecté. Après avoir survolé par la voie rapide l'immense zone commerciale qui s'étendait de la sortie du centre-ville jusqu'aux abords du littoral, coincée entre autoroute et voies de TGV, je me décidai à aborder le sujet.

— T'en penses quoi, toi, de la mort de Lacaze ? lui demandai-je.

— Ça m'est égal. La toile a été livrée et payée à temps. C'est tout ce qui compte. Cela dit, j'ai eu du pot. A quelques heures près je me retrouvais avec une toile sur les bras.... « Voire un crime sur le dos », pensai-je en moi-même.

Cristo avait inventé il y a quelques années le concept des « Tableaux de Vies ». De grandes toiles où étaient reproduits tous les moments importants de la vie de l'acquéreur, dans un patchwork de formes et de couleurs.

Ce genre de tableaux ne se réalisait que sur commande et ne pouvait être qu'unique.

Une idée géniale en tout cas qui avait beaucoup de succès. Il faut reconnaître que de se retrouver reproduit sur une toile avec autour de soi sa famille, ses amis, ses passions est un truc vraiment trop top. Une sorte de galerie de portraits comme on en voit encore dans certaines vieilles demeures de grandes familles le long de l'escalier ou dans le hall d'entrée, mais rassemblés sur une grande toile, version

Pop Art. Depuis quelques temps il lui arrivait aussi d'en réaliser pour des régions, des villes, voire des entreprises.

— C'est tout ce que ça te fait ?! Tu n'es pas curieux de savoir ce qui lui est arrivé ? Tu livres un « Tableau de Vie » à un mec qui meurt dans les heures qui suivent et ça te laisse de marbre. J'en reviens pas !!! Bon, sinon, où est-ce que tu m'emmènes dîner ?

— Au Bucket's mon ami, au Bucket's…

Chapitre 7

Gratte-ciels et vieilles demeures

Lundi 04 Juin
09 h 30
Manhattan - Bureaux du NYPD

Le capitaine Bronston tournait en rond en se rongeant rageusement le pouce de la main droite dans son bureau de Manhattan au 32ème étage de l'immeuble du NYPD. La disparition de Ken McCoy avait fait grand bruit dans le milieu de l'édition new-yorkaise et bien au-delà. Le procureur le harcelait pour qu'il résolve cette affaire au plus vite.

La seule information nouvelle de la semaine venait du labo qui avait comparé le sang sur le fauteuil à la salive trouvée chez lui sur une tasse à café posée sur sa table de chevet. Même ADN pour les deux. Le sang dans le bureau était bien celui du disparu.

Celui-ci n'avait ni femme, ni enfant, ni concurrent jaloux, ni tout autre ennemi apparent, ni aucun problème avec la justice ou le fisc. On ne lui connaissait aucune maîtresse. C'est du moins ce qui ressortait du rapport d'enquête après trois semaines d'investigations. La perquisition à son domicile n'avait rien donné non plus, hormis ses traces d'ADN trouvées. D'après les déclarations de sa femme de ménage, rien n'avait bougé depuis le vendredi lorsqu'elle était passée lui déposer ses courses pour le week-end, comme à son habitude. Son témoignage n'apportait rien de neuf, à part la confirmation qu'il était un homme sympathique qui menait une vie tranquille et dont la réussite n'avait pas altéré les qualités humaines. Sa seule passion en dehors de son job et de la littérature semblait être la peinture. Il possédait d'ailleurs une importante collection de toiles de maître qu'il avait réparties entre son loft et ses bureaux. Pas question de les enfermer dans un coffre malgré leur valeur. Pour lui la seule raison d'être d'un tableau était qu'il soit vu par le plus grand nombre d'amateurs. Il lui arrivait d'ailleurs bien souvent d'en prêter pour des expos ici ou là.

La seule piste qui restait à étudier pour Bronston et son équipe était celle de la secrétaire, Monica Breizh, mais il n'y croyait pas trop. Et sur quelle base avancer ? Quel secret aurait-il pu la lier à cette disparition ? Était-elle sa maîtresse ?

Les seuls éléments sûrs étaient les suivants :

— Un, les empreintes effacées dans la voiture prouvaient qu'il n'était pas seul dans son véhicule. Quel intérêt aurait-il eu à effacer ses propres empreintes ?

— Deux, son badge avait été utilisé le dimanche à 14 h 53 pour entrer dans le parking et à 18 h 15, pour en ressortir. La vétusté du matériel de surveillance, que le syndic de l'immeuble trainait depuis des années à changer ne donna rien de probant. Sur les bandes vidéo de l'entrée du parking on discernait bien une silhouette au volant portant a priori la veste de McCoy mais impossible d'être sûr que ce soit lui. On ne distinguait par contre personne d'autre assis dans le véhicule.

— Trois, d'après le témoignage de la secrétaire, son coupe-papier était la seule chose ayant disparu de son bureau. Aucune trace de vol. Même les toiles de maitre accrochées aux murs de son bureau étaient restées à leur place.

— Quatre, la dernière personne à l'avoir vu d'après sa secrétaire aurait été un individu français (ou du moins quelqu'un parlant anglais avec un fort accent français) venu sur recommandation d'un certain éditeur littéraire du nom de John Evans, demeurant dans le Massachusetts. Le problème était que ce dernier n'apparaissait dans aucun fichier professionnel, administratif, fiscal ou judiciaire, ni sur aucun réseau social ou annuaire téléphonique. Ce John Evans semblait ne pas exister. La seule piste pour retrouver ce « Français » disparaissait avec lui !

— Cinq, le sang trouvé appartenait bien à McCoy ce qui laissait supposer qu'il s'était passé une scène violente sur les lieux. A moins qu'il ne se soit blessé tout seul. Rien n'indiquait le contraire non plus. Malgré tout, la disparition du coupe-papier était un élément des plus inquiétants.

Cette affaire était un vrai casse-tête. Enlèvement, meurtre ou disparition volontaire, tout était possible.

Lundi 04 Juin
10 h 50
Mas des Herbes Bleues

— Vous avez du courrier, m'annonça Emma (la brune) en déposant le plateau de mon petit déjeuner sur la table de la terrasse.

— Quelle heure est-il, balbutiai-je tout en m'étirant sous les draps ?

— Bientôt onze heures.... du matin... pas du soir, rassurez-vous, ajouta-t-elle avec son regard moqueur qui me plaisait de plus en plus au fil des jours.

On sentait bien que cette fille avait en elle bien d'autres talents que celui de porter des petits déjeuners dans les chambres ou des tartares de saumon sur les tables. Je l'imaginais volontiers comédienne, danseuse ou écrivaine. Je le sentais à sa voix. C'est très important le son de la voix. Les femmes y sont d'ailleurs particulièrement sensibles.

Nous les hommes, beaucoup moins. Nous sommes bien trop rustres pour capter des choses aussi subtiles.

Du courrier ? Qui pouvait bien m'avoir écrit ? J'attendis son départ pour me lever, pudeur oblige.

A peine la porte refermée, je sautai du lit et allai directement chercher cette lettre posée sur la table. Ni timbre ni adresse, juste mon nom sur l'enveloppe. J'attrapai rapidement le couteau prévu à l'origine pour beurrer mes tartines et ouvrai l'enveloppe. A l'intérieur, une feuille pliée en quatre, avec un mot très bref écrit à la main ; « *A chaque toile sa part de vérité* ».

Ce message rappelait étrangement ceux de ma mystérieuse femme aux yeux d'émeraude. Il était clair qu'il venait d'elle.

Par conséquent, elle savait que je logeais au Mas !

Mardi 05 Juin
10 h 30
Montpellier - Cabinet de Maître Payet

Ils arrivèrent pratiquement tous les quatre en même temps au 52 de la rue de l'Ancien Courrier, dans le cœur du vieux Montpellier, à l'adresse du cabinet de Maître Christian Payet.

— Je vous ai réunis aujourd'hui pour la signature des actes de transmission sous seing privé, de la collection de tableaux, répertoriée en annexe, de Joël Lacaze, restaurateur à Collioure, décédé accidentellement le 22 mai dernier. Comme convenu dans vos accords passés, la répartition des œuvres se fera par tirage au sort et ce, quelle que soit la valeur estimée pour chacune et sans recours possible de contestations.

Dans la mesure où le nombre d'œuvres ne serait pas divisible par le nombre de parts, en l'occurrence quatre, les, une, deux ou trois œuvres restantes seront mises en vente aux enchères, selon votre souhait, au profit de la Fondation « Arts d'Oc », dont le siège se trouve à Pézenas, 3 rue des Chevaliers Blancs, pour son action pour la promotion et le développement de l'art pictural dans la région.

Les actes seront, bien entendu, rédigés au nom de vos sociétés fiduciaires respectives.

Je vous rappelle pour information que vos accords prévoient que vous puissiez revendre entre vous les toiles acquises lors de ce leg. A contrario, les revendre à une tierce personne vous exclurait de fait du consortium qui vous lie tous les quatre.

Il ne vous reste plus qu'à parapher ces documents et je m'occupe du reste, soyez tranquille. Et en toute discrétion, bien entendu.

Mardi 05 Juin
18 h 50
Mas des Herbes Bleues

J'avais passé la journée scotché à mon clavier et avais pas mal avancé. La situation se clarifiait dans mon esprit. Je sentais que les choses allaient se cristalliser dans les prochaines pages.

La journée se terminait tranquillement. Un très léger vent soufflait par instant. L'odeur des pins parasols environnants embaumait la terrasse - J'adore les pins parasols. Ils me rappellent mon enfance. Mes madeleines à moi. Quand on allait en vacances l'été sur la Côte d'Azur, mon frère et moi calés à l'arrière de la R16 dont mon père était si fier. Surtout avec les glaces électriques. Une innovation technologique majeure à l'époque. Un signe extérieur de richesse. On allait à Sainte-Maxime, dans le golfe de Saint-Tropez. Pourtant mes parents n'étaient pas spécialement aisés, juste un peu snobs. Issus tous les deux de la classe ouvrière des banlieues nord de Paris mais ayant su prendre leur place dans l'ascenseur social qui fonctionnait à plein régime à l'époque.

Nous louions chaque année la même maison où venait se retrouver toute la famille. Quand le mistral avait bien soufflé, on allait dans la forêt, sur la colline surplombant la ville, pour y ramasser les pommes de pin qui jonchaient le sol et en extraire les précieux pignons que l'on cassait avec nos boules de pétanque.

Ce midi je me suis fait monter un plateau-repas. C'est Emma qui est venue me l'apporter. Cette fille dégage une douce sensualité qui me bouleverse. J'adore ses petites mèches remontant sur ses tempes. Ses yeux noisette pétillants. Ses mains longues et fines. La douceur de sa voix.

Bon, mais on en fait quoi de ça maintenant. Je tombe amoureux... ou pas ?

Je pense que ce serait bien pour mettre un peu de romantisme dans cette histoire. En plus, j'ai envie de tomber amoureux. Vraiment. Mais en même temps je me connais. Si ça arrive je vais partir en vrille. Je vais vouloir l'emmener caresser les étoiles, pique-niquer sur la Lune ou que sais-je encore. Et pendant ce temps-là mon roman va faire du surplace et Meyer va me tomber dessus. Conclusion, gardons nos distances, tant que c'est possible. Vous allez me dire que de toute manière cette fille est homo, et en couple de surcroît. Je sais. Je m'en fous. Je sais d'expérience que la vie peut être surprenante et peut changer de direction à tout moment. Par ailleurs, la rivalité avec sa copine aurait plutôt tendance à me stimuler, voire m'exciter si je laissais aller ma part de perversité.

Bon cela dit on n'est pas là pour faire du Ronsard non plus. Pas le temps d'aller voir si la rose est éclose. On a des morts suspectes à élucider. Trois, au moment où j'écris ces lignes. Et dieu sait ce qui nous attend encore...

Vendredi 08 Juin
11 h 30
Manhattan - Bureaux du NYPD

L'idée du capitaine Bronston de diffuser la photo de Ken McCoy dans la presse commençait à porter ses fruits. Un homme était venu au commissariat raconter qu'il l'avait vu dîner avec une femme le samedi soir de sa disparition dans le restaurant, sur la cinquième avenue, où il travaillait comme sommelier. D'après sa description, c'était une très belle femme, grande, mince, avec de longs cheveux noirs et un accent français prononcé. Ils ne semblaient pas être en couple, mais plutôt dans une relation d'affaire, avait-il précisé.

Ne restait plus qu'à découvrir qui était cette femme.

Bronston avait également prévu d'auditionner à nouveau Monica Breizh dont le bornage du téléphone laissait supposer qu'elle était revenue au bureau le dimanche. La trace de celui de son patron s'arrêtait le samedi à 20 h 30 sur la cinquième avenue, près du restaurant où il avait été vu. Ce qui confirmait le témoignage du sommelier. L'éteignant certainement juste avant d'entrer dans l'établissement. Une chose était sûre, il ne l'avait pas rallumé depuis.

Vendredi 08 Juin
20 h 30
Mas des Herbes Bleues

Le jour commence à tomber. Les couleurs du soir teintent l'horizon d'un dégradé glissant du rose pastel au bleu électrique. Appuyé sur la rambarde de la terrasse de ma chambre, je regarde le soleil se retirer en douceur derrière la cime des montagnes, partant réveiller l'autre côté de l'humanité.

Ces instants-là sont des instants rares. Ils nous ramènent à notre juste dimension. Ils nous entrouvrent les portes de l'insondable. Rien de tel qu'un coucher de soleil comme seule la nature sait en peindre pour méditer sur l'infiniment grand, l'infiniment petit, l'éternité, le temps qui passe, et nous avec, au milieu de tout ça, de tout ce bordel auquel on ne comprend rien. Il y a bien parfois un scientifique barbu, ou chauve, ou les deux, qui vient nous expliquer tout ça sur des chaines sérieuses de la télévision. Il nous parle particules élémentaires et vitesse de la lumière, trous noirs, énergie, photons... Mais rien n'y change. On reste toujours en admiration béate devant le spectacle de l'univers. D'autant que le « Comment », on s'en fout. C'est le « Pourquoi » qui est important. J'avais comme l'intuition que tout avait été « construit » pour que l'on ne sache jamais la vérité. Plus l'homme avançait dans le savoir et plus il s'enfonçait dans l'insondable. Dieu est espiègle. Il joue à cache-cache et l'univers est son terrain de jeu.

En attendant c'était le spectacle d'Emma se déplaçant avec efficacité et discrétion entre les tables des clients dans la salle du restaurant en contrebas qui me rendait béat.

Mais bon, on s'est mis d'accord vous et moi. On est ok. Pas touche… Le bouquin, le bouquin, que le bouquin…

Il est bientôt minuit. J'ai bossé toute la journée. Mes pensées se mélangent un peu les pinceaux dans mon cerveau. Faut que je décroche sinon je vais écrire des conneries. Allez, un petit bédo pour me tenir compagnie sous les étoiles et au lit. Je l'ai bien mérité. Tiens, la lune a remplacé le soleil. Je ne l'ai pas entendu arriver.

Samedi 09 Juin
09 h 00
Mas des Herbes Bleues

Hier soir, j'ai mis le réveil pour 8 heures avant de m'endormir. Le but était de surprendre ma soubrette. D'être déjà habillé et au boulot lorsqu'elle viendrait m'apporter mon plateau du matin. Ça n'a pas marché. J'étais encore à poil dans mon lit quand elle est entrée sur le coup des 9 heures. On me l'avait pourtant déjà dit qu'il ne fallait pas aller contre sa nature. Et moi ma nature, elle ne reconnaissait pas l'autorité du réveil matin, ni de qui que ce soit d'autre d'ailleurs. Pourquoi croyez-vous que je sois écrivain ? Le matin je me lève quand mon corps le décide. Et ça peut être très tard. Socialement compliqué. En même temps dès que j'ouvre un œil et que je perçois le soleil je me lève immédiatement. Je me fous qu'il soit 6 heures du mat'. Je ne veux rater aucune minute de vie.

— Je n'ai pas aperçu votre amie hier soir en salle. Elle ne travaillait pas ? lui demandai-je avant qu'elle ne sorte.

— Non, elle a pris quelques jours pour aller dans sa famille du côté de Collioure. Elle doit enterrer son père qui vient de décéder.

— Il était malade ?

— Non, un accident. Il est tombé de la terrasse de son restaurant.

— Décidément, la vie ne tient qu'à un fil, dis-je bêtement, ne sachant quoi répondre. J'étais soufflé par ce que je venais d'apprendre. Il ne pouvait y avoir deux restaurateurs morts cette semaine à Collioure en tombant de leur terrasse. Cette Valérie, la compagne de celle qui embaumait mon cœur chaque matin, employée au Mas des Herbes Bleues, était donc la fille de Joël Lacaze… !!

Lundi 11 Juin 2018
15 h 30
Manhattan - Bureaux du NYPD

Bronston n'était pas le genre à lâcher l'affaire. Il avait convoqué à nouveau Monica Breizh. Interrogée sur le bornage de son téléphone près des bureaux de la maison d'édition le dimanche de sa disparition, elle avait expliqué qu'elle venait souvent le dimanche dans le quartier, à la « Maison du macaron », maison française réputée dans tout New York, pour y faire quelques achats. Ce qui fut par la suite confirmé par la vendeuse de la boutique. Cependant Bronston avait le pressentiment que cette Monica Breizh ne lui disait pas tout.

Une autre piste se dessinait. Une enquête de voisinage avait permis de trouver un témoin qui avait vu, à proximité d'où avait été abandonnée la voiture de McCoy sur les quais de Red Hook, une camionnette avec le logo de l'Aphora Gallery, garée dos à dos à la sienne, et, détail important, les hayons arrière des deux véhicules étaient ouverts. Malheureusement le témoin disait avoir continué son chemin et n'avoir rien remarqué de plus.

Une petite visite à l'Aphora Gallery s'imposait. C'était la seule piste qu'il restait au capitaine du NYPD de Manhattan pour avancer dans son enquête.

La galerie était située entre la 10ème et la 11ème avenue dans le sud de Manhattan. L'entrée de l'immeuble était imposante, avec d'immenses colonnes de marbre de chaque côté. L'intérieur était épuré, les murs comme les gens. Le Capitaine Bronston demanda à rencontrer le directeur des lieux.

Une grande et belle femme aux longs cheveux noirs et aux yeux d'un vert exceptionnel arriva d'un pas décidé à la rencontre de Bronston qui l'attendait dans le grand hall d'accueil. Ses hauts talons claquaient à chacun de ses pas sur le sol comme pour marquer son territoire.

— Bonjour Capitaine. Je suis Clotilde Casanova, la directrice de cette galerie. Que puis-je pour vous ?

— Je voudrais tout d'abord savoir si vous possédez bien des camionnettes de service, marquées du logo de votre galerie.

— Oui bien sûr. Nous avons une petite flotte de véhicules qui nous servent principalement à transporter des œuvres. Pourquoi cette question ?

— Excusez-moi madame, mais les questions c'est moi qui les pose.

Bien que troublé par la beauté de la femme lui faisant face, Bronston, en bon professionnel, gardait sang-froid et autorité.

— Connaissez-vous un certain Ken McCoy ? enchaina-t-il de suite

— Oui, de réputation, comme tout le monde ici à New York. Il paraît qu'il a disparu. C'est pour cela que vous êtes venu me voir ?

— Je viens vous voir parce que l'un de vos véhicules a été vu à côté de celui de Ken McCoy le jour de sa disparition, le dimanche 6 mai dernier dans des conditions qui nous paraissent suspectes. Tenez-vous un registre des déplacements de votre flotte ?

— Malheureusement non Capitaine. J'aurais bien aimé vous aider mais nos véhicules vont et viennent. Les clés sont toujours accrochées à un tableau où chacun peut venir se servir en fonction de ses besoins. Cela dit, je veux bien faire une enquête interne et vous tenir informé de ce que je pourrais apprendre. En revanche, vous verrez cela avec mon assistante car je pars pour le sud de la France d'ici quelques jours. Une série d'expos à organiser pour cet été.

— Euh… Une dernière question… Vous êtes française ? demanda Bronston en se grattant le front à la Columbo, un tic dont il ne pouvait se défaire.

— Oui Capitaine. Occitane plus précisément. Je viens d'une famille d'ostréiculteurs du Bassin de Thau.

Chapitre 8

Pacte secret et Picpoul frais

Mardi 12 Juin
18 h 30
Mèze - Villa de Chantal Casanova

— Chers amis, je tenais à vous réunir au plus vite, maintenant que les démarches ont été effectuées chez notre avocat, car notre Pacte vient de prendre une nouvelle dimension. La mort de Lacaze serait a priori accidentelle mais rien n'est moins sûr. Ce qui veut dire qu'il y a peut-être un meurtrier parmi nous, prêt à éliminer les trois autres pour s'accaparer l'ensemble de nos toiles. Ou quelqu'un qui en voudrait aux membres de notre Pacte. Je conseille donc à chacune et chacun d'entre vous d'être sur ses gardes tant que les conclusions de l'enquête ne seront pas connues. Je vous rappelle que le principe de nos accords est de protéger et conserver nos collections réciproques. D'empêcher qu'elles ne se dispersent aux quatre coins du monde, dans les coffres-forts d'Emirats, de nouveaux riches chinois ou de mafieux russes. Ces chefs-d'œuvre doivent rester sur notre sol. Nous en sommes les garants. C'est notre devoir. Et maintenant si personne n'a de question je vous propose que l'on passe à table.

La salle à manger était immense. De nombreux tableaux de maîtres en coloraient les murs blancs, principalement issus du cubisme, mais aussi quelques peintres contemporains. A travers les baies vitrées on découvrait l'étang de Thau dans son ensemble - de Marseillan à Sète - avec ses centaines de casiers à huître, minutieusement alignés sur toute la partie du bassin entre Balaruc-Les-Bains et Mèze. En face, on distinguait le Mont Saint-Clair et les premières lumières du soir qui s'allumaient les unes après les autres. Pour parfaire le tableau, un croissant de lune éclatant était suspendu fièrement au-dessus de la ville.

Compte tenu des derniers événements, l'atmosphère était légèrement tendue autour de la table. Mais les plateaux de fruits de mer et les bouteilles de Picpoul aidèrent à détendre progressivement l'ambiance. Au moment de se quitter, plus aucun d'entre eux ne pensait au pauvre Lacaze, ni à un éventuel tueur parmi eux.

Mercredi 13 Juin
13 h 30
Cœur d'Hérault - Villa de Cristo

Cet après-midi-là je devais passer chez Cristo. Je lui avais demandé de travailler sur la couverture de mon roman. Le manuscrit était maintenant assez avancé pour entrevoir ce que l'on pourrait mettre comme illustration. Je lui faisais confiance, il allait encore faire un truc de malade.

Il habitait en plein cœur de l'Hérault. A trente kilomètres de Montpellier et de la mer. Dans une charmante petite ville de dix mille habitants qui eu son heure de gloire avec son marché millénaire, son atypique église fortifiée et ses nombreuses animations rurales. Mais les choses avaient changé. Les foires aux truffes ou aux olives n'attiraient plus que quelques anciens qui descendaient de leurs hameaux pour l'occasion. Entre temps, les hypermarchés ont fleuri en périphérie. Les boutiques du centre-ville ont fermé les unes après les autres. Les jeunes sont partis ailleurs.

Sa villa se trouvait en plein centre-ville mais quand on y pénétrait, on était immédiatement transportés dans un autre univers.

Pour entrer dans la maison il fallait passer par le jardin, admirablement entretenu, décoré de sculptures et statuettes disséminées entre de nombreux arbres exotiques, en particulier un majestueux palmier des Canaries ainsi qu'un arbre de Judée, d'un rose flamboyant en cette saison. Quelques pieds de cannabis étaient discrètement plantés dans un recoin du jardin, encore petits et fragiles, mais plein de promesses. Comme son carré de simples placé stratégiquement près de la cuisine.

La villa était sur deux niveaux. En bas, un salon et une cuisine d'été avec véranda donnant sur la piscine pour recevoir les amis, et à l'étage, l'atelier de peinture et les appartements privés.

Cristo était en plein travail, assis à la terrasse de son atelier à l'étage quand je suis arrivé. Des feuilles de papier froissées s'empilaient autour de lui. Un bac à crayons de couleurs, un autre à feutres et un troisième pour mettre tout le reste, étaient posés à ses côtés sur la table. Un cendrier, un verre de vin et la bouteille qui va avec complétaient le décor. Et comme à leur habitude, Andy et Pablo dormaient tranquillement au pied de leur maître avec malgré tout une oreille qui restait tendue au cas où quelqu'un sonnerait à la porte.

— Il faut mettre la photo d'une toile. Et dans cette toile, il faut y mettre les éléments clés de l'histoire, me dit-il d'entrée quand j'arrivais près de lui. Je t'ai préparé plusieurs ébauches. Tu me diras ce que tu en penses.

Toutes ses ébauches étaient réussies, jolies, explicites et accrocheuses. Difficile de choisir. Mais on avait encore du temps devant nous.

— Et si on mettait aussi une illustration à chaque début de chapitre sur la page de gauche ? Un truc stylisé du lieu où se passe la séquence. Mais pas trop détaillé non plus, pour laisser de la place à l'imaginaire du lecteur, pensai-je à haute voix.

— Bonne idée, me répondit-il direct. Je vais y réfléchir. Sinon tu as des projets pour samedi ? Ça te dit un petit vernissage ? C'est une amie peintre, propriétaire d'une galerie à Aigues-Mortes qui organise cet événement pour nous présenter ses dernières œuvres, en général des portraits de femmes. Tu verras, tu devrais aimer. Et puis tu vas pouvoir remplir ta besace de plein de nouveaux personnages.

L'idée me plaisait bien, toujours à l'affut de matière pour mon bouquin.

— Bon il faut que je te laisse, j'ai rendez-vous à Montpellier dans une demi-heure, ajouta-t-il en commençant à ranger tout son matériel pour le rentrer dans l'atelier. De nos jours, il faut toujours s'attendre à ce qu'il pleuve à tout moment.

La route pour rentrer de chez Cristo au Mas des Herbes Bleues était un véritable régal pour les yeux. Elle serpentait d'abord le long de gorges encaissées, avec ses falaises de craie et ses arbres accrochés à la roche comme par magie. Puis d'immenses étendues de vignes vous accompagnaient jusqu'au domaine en suivant de longues lignes droites bordées de platanes centenaires. En arrière-plan, le Pic Saint-Loup s'imposait majestueusement.

Mercredi 13 Juin
18 h 30
Montpellier - Place de La Comédie.

— Bon alors qu'est-ce qu'il s'est passé avec ce flic ? Il est venu te voir à la galerie ?

— Oui. Il cherche McCoy. Il n'a aucune preuve qu'il soit mort. Par contre, il a appris pour la camionnette de la galerie. Mais là aussi il ne peut rien prouver. Juste un témoin oculaire qui a vu les véhicules garés côte à côte sur les quais, mais qui n'a aperçu personne.

Clotilde Casanova venait d'arriver de New York. Elle avait immédiatement rejoint Cristo qui l'attendait, installé à l'une des terrasses de la place de La Comédie, au cœur de Montpellier. Un peu plus loin, près de la fontaine des Trois Grâces, un groupe de musiciens amérindiens avaient créé un attroupement autour d'eux. Toutes les trois minutes, un tram aux couleurs chatoyantes traversait la place. Le manège de chevaux de bois devant le Monoprix, comme chaque jour de l'année, tournait avec son lot d'enfants, souriants, riants...ou inquiets...

Une foule ininterrompue se croisait entre le centre-ville et l'immense galerie marchande à l'autre bout de l'esplanade. Hoverboards, gyropodes, et autres trottinettes s'y glissaient au milieu avec aisance.

— Il faut que je me dépêche d'aller faire un saut à Genève pour faire certifier la procuration. Après il sera trop tard. On aura fait tout cela pour rien, ajouta la fille de Chantal Casanova.

— Oui, mais bon, là où il est, il ne risque pas de réapparaitre. On a le temps d'ici la vente, lui répondit Cristo sur un ton sarcastique.

— Je dois aussi passer voir Sandrine Chassagne à Aigues-Mortes. Ma mère veut que je la fasse exposer chez moi à Manhattan. Elle a bien insisté. Je vais y être obligée.

— Elle m'a envoyé récemment une invit' pour un vernissage à sa galerie. Tu n'as qu'à venir.

— Oh que non. Je m'en tape toute l'année des vernissages. J'irai la voir un autre jour

— Tu vas t'installer chez ta mère durant ton séjour ?

— Oui. Elle y tient. Je n'ai pas le choix.

— C'est vrai qu'il est connu dans le milieu que l'on ne dit pas non à Madame Chantal Casanova.

— Sinon, tu en es où avec la toile ? Tu as tout ce qu'il te faut maintenant pour t'y mettre, non ?

— Il me manquait encore un cadre certifié d'époque mais j'ai eu la chance d'en trouver un, aux bonnes dimensions, chez un antiquaire de Pézenas. Il date de la fin XIXème. Impeccable.

Vendredi 15 Juin
18 h 30
Montpellier - Bureaux du SRPJ

La commissaire Nathalie Lamy du SRPJ de Montpellier était en train de se demander si elle n'allait pas proposer au procureur de classer cette affaire sans suite. L'autopsie de l'épouse du député n'avait rien donné. Pas de traces de violences particulières sur le corps, ni de strangulation, ni de points de pression, et aucune substance toxique trouvée dans l'organisme hormis un taux d'alcool que l'on pouvait qualifier de normal compte tenu du contexte. L'eau dans ses poumons était bien la même que celle du jacuzzi. Elle était donc bien morte noyée.

Tous les invités de la soirée avaient été entendus. Personne n'avait rien remarqué de particulier. Personne ne s'était apparemment absenté pendant la soirée, Le mari paraissait a priori au-dessus de tout soupçon. Son audition n'avait rien donné.

Elle n'avait pas d'amant connu et menait une vie tranquille de notable. Elle semblait s'être bêtement noyée, seule, dans un bassin de six mètres carrés.

Même la piste de l'écrivain qui avait couché avec elle ce soir-là ne menait nulle part. Aucun lien ne les reliait hormis cette escapade dans le jacuzzi.

Malgré tout, le procureur lui, restait persuadé qu'il ne s'agissait pas d'un accident. Une femme de député ne peut pas se noyer dans un jacuzzi au cours d'une soirée mondaine sans que personne ne l'ait aidée. Mais qui ? Pourquoi ?

La personnalité de la victime faisait qu'il ne pouvait clore ce dossier. Il fallait poursuivre l'enquête et il en fît part à la commissaire.

Vendredi 15 Juin
19 h 00
Mas des Herbes Bleues

Emma faisait le service au bar quand j'arrivai en fin de journée.

« Non, non et non, tu ne vas pas la voir », me dis-je intérieurement. Tu l'as promis à tes lecteurs. Tu la laisses tranquille. Tu montes dans ta chambre et tu retournes écrire. En même temps sa copine allait bientôt rentrer de Collioure. Le temps m'était compté.

Dans un effort surhumain je parvins à longer le bar et rejoindre l'escalier qui menait à ma chambre sans m'arrêter pour lui adresser la parole. Je me suis juste permis un petit sourire amical au passage. J'ai bien senti, une fois passé devant elle, qu'elle me regardait avec interrogation. C'est incroyable ce truc. Nous arrivons à sentir quand quelqu'un nous regarde, même en lui tournant le dos. Je me suis souvent interrogé sur ce phénomène, sans jamais y avoir trouvé de réponse.

J'entrais dans une période où l'inspiration me jouait des tours. Plein d'idées me venaient à l'esprit mais impossible de les coucher sur papier. Jusqu'à présent les mots coulaient et s'enchainaient au fil des événements que je vivais sans avoir à faire véritablement d'effort. Mais là, silence radio en provenance du cerveau. C'était assez énervant. D'autant que j'étais impatient de connaître la suite.

Bon, refaisons le point…

— Nous avons un éditeur new-yorkais retrouvé assassiné dans son bureau juste avant mon rendez-vous avec lui, la conjointe d'un député découverte noyée, peu de temps après lui avoir fait l'amour dans le jacuzzi de la villa de mon éditeur, et un restaurateur de Collioure tué en tombant de sa terrasse juste après que Cristo lui ait livré le « Tableau de Vie » qu'il lui avait commandé.

— Trois équipes de police enquêtaient sur ces événements. Une aux USA à New York, et deux en France, à Montpellier et à Perpignan.

— Une mystérieuse femme aux yeux d'émeraude essayait de m'orienter sur des pistes à coup de petits messages, pour l'instant incompréhensibles pour moi.

— Un Pacte avait été signé entre cinq collectionneurs d'art dont on ne connaissait pas les noms, hormis Lacaze, le restaurateur de Collioure décédé depuis.

— La serveuse de l'hôtel où je me trouvais était la fille de ce Lacaze.

— Une femme avait dîné avec McCoy la veille de sa disparition.

Et quelques autres petits indices qui semblaient sans importance, apparemment.

Voilà, débrouille-toi avec ça Coco…

Samedi 16 Juin
13 h 30
Manhattan - Bureaux du NYPD

« Bon sang... mais c'est bien sûr !!! ». Charly Bronston se mit d'un coup à danser dans son bureau de Manhattan comme un joueur de foot venant de marquer un but. Une phrase de la secrétaire, Monica Breizh, venait de lui revenir à l'esprit : « il est arrivé en me tendant une carte de visite » Personne n'avait pensé à vérifier s'il y avait des empreintes sur cette carte. Celles du visiteur français devaient logiquement y être. Il fallait la retrouver d'urgence et l'analyser.

Monica Breizh n'était pas venue en Europe depuis bien longtemps. Sa maison d'édition venait de lui octroyer des congés après la disparition de son patron. L'occasion pour elle d'aller passer quelques temps dans le sud de la France qu'elle affectionnait particulièrement, avec ses petits villages millénaires et leurs marchés incontournables, son climat ensoleillé et ses restaurants incomparables.

Elle avait choisi de séjourner en chambre d'hôte, plus pittoresque que ces chaines d'hôtels impersonnelles où toutes les chambres se ressemblent quel que soit le pays où vous êtes.

Chapitre 9

Mojitos et fraises Tagada

Lundi 18 Juin
22 h 30
Mas des Herbes Bleues

Appuyé sur le rebord de la terrasse de ma chambre, je regardais tranquillement les étoiles s'allumer les unes après les autres à l'autre bout de la galaxie. Je ne l'ai pas entendue arriver derrière moi. J'ai simplement senti une coulée de lave me traverser les reins quand ses mains se sont délicatement posées sur ma taille, m'ont poussé à me retourner par leur douce pression, et qu'elle, sur la pointe des pieds, le visage rayonnant et vainqueur, m'a attrapé les lèvres, les a mordillées avec tendresse, avant de les forcer avec autorité de sa langue gourmande. Moment unique du premier baiser, qui vient confirmer notre désir l'un de l'autre, et sceller ainsi notre complicité naissante.

Mardi 19 Juin
09 h 30
Mas des Herbes Bleues

« Tu es beau quand tu dors ». C'est par ces mots délicieux que je fus réveillé.

Emma, vêtue simplement d'un de mes tee-shirts qui la rendait terriblement désirable, beurrait délicatement des tartines, assise en tailleur sur le fauteuil face au lit.

Vous constaterez que je ne suis en rien responsable de la situation. C'est elle qui est venue vers moi. Je n'ai pas trahi la promesse que je vous ai faite. Je ne l'ai pas séduite. J'ai répondu à son désir. Ce n'est pas pareil.

— Alors comme ça tu es écrivain. C'est sexy comme job je trouve.

— Non, je ne suis pas écrivain. J'écris. Ecrivain, je ne pourrai prétendre l'être que lorsque j'aurai fini ce manuscrit.

— De quoi il parle ton bouquin ?

— Ça, désolé, je ne peux rien t'en dire hormis que c'est un thriller avec plein de meurtres et de rebondissements. La seule chose que je puisse te révéler c'est que tu fais partie de mes personnages. Tu l'étais au départ comme la charmante employée du domaine, et depuis ce matin comme l'amante de l'écrivain.

— Génial. J'adore. Mais dis-moi…. Tu ne vas pas me faire tuer au prochain chapitre... ?

— Je ne sais pas encore. Peut-être.

— Salaud, me dit-elle en riant avant de se glisser sous les draps et de venir se blottir dans mes bras.

Aujourd'hui était son jour de repos. Après demain son amie Valérie reprenait son service au mas. J'avais décidé de ne pas la quitter une seconde et de profiter avec elle des quelques heures qu'il nous restait. Nous ressentions une complicité naturelle, l'impression que tout était déjà écrit, que l'on s'attendait.

Nous avons trainé au lit jusqu'en début d'après-midi puis avons décidé de sortir pour aller vérifier si les humains n'avaient pas eu la bonne idée de disparaître, afin de nous laisser tranquilles, tous les deux, seuls au monde. Malheureusement il n'en était rien. Ils étaient toujours là. Ce qui ne nous empêcha pas de prendre la voiture et de partir au bout du monde… Ou presque…

Mardi 19 Juin
17 h 00
Palavas-les-Flots - Bord de mer

Pendant qu'elle conduisait d'une allure vive et sûre sur la quatre-voies qui menait aux plages, je regardais défiler la route. Bitume avalé sans complexe. Palmiers en pointillé alignés.

J'enclenchai le CD qui dépassait de la chaîne intégrée au tableau de bord. Un délicieux saxo surgit des enceintes et nous accompagna voluptueusement tout le long du trajet.

Lorsque nous arrivâmes au bout de ce quai désert, un frisson de bonheur intense me secoua jusqu'au fond de mon âme. Cette balade avec elle à mes côtés - belle, souriante, heureuse à en croire ses yeux pétillants – à laquelle s'ajoutait la magnificence de la nature autour de nous, m'avait bouleversé. Puis nous partîmes nous promener sur la plage immense et sauvage. Un léger vent frais nous accompagnait.

Emma se mit à courir comme une enfant après les mouettes qui tournaient autour d'elle en poussant de petits cris. J'avais complètement oublié le manuscrit qui m'attendait dans ma chambre.

Puis, main dans la main, nous partîmes vers le port pour trouver un marchand de glaces. Elle avait envie d'une boule parfum « mojito » et d'une autre « fraise Tagada ». Moi, j'avais juste envie de la regarder.

On finit par atterrir au *Bistrot du Port*. Un endroit chaleureux où l'on ne trouvait que des gens du coin, sans avoir à supporter les touristes bruyants et envahissants qui débarquaient dans la station chaque été. On y servait des assiettes d'huitres accompagnées du petit blanc local qui va bien pour quelques euros. Assis en terrasse avec les bateaux de pêche et leurs filets séchant au soleil en arrière-plan, je la regardais. Elle était si belle, son visage si doux. Elle adorait les huitres. Pas moi. Je ne lui ai pas dit. Inutile de plomber l'ambiance.

Elle venait de finir sa deuxième assiette quand je me décidai à lui parler du sujet qui fâche.

— Je me sens bien avec toi, tu sais, lui dis-je d'une voix douce que je ne me connaissais pas.

— Moi aussi je me sens bien avec toi, me répondit-elle en posant sa main sur la mienne. Tout me semble plus beau depuis ce matin.

— Que vas-tu dire à Valérie quand elle rentrera ? Tu vas lui parler de notre rencontre ?

— Je ne sais pas. Tout cela est compliqué. Un peu rapide. N'en parlons plus. Profitons du temps qu'il nous reste.

Je ne pouvais qu'être d'accord. Et j'enchainai immédiatement en commandant une autre bouteille de blanc pour nous deux, et une troisième assiette d'huîtres pour elle.

Jeudi 21 Juin
09 h 30
Perpignan - Commissariat de police

Le commissaire Lopez, Yann Lopez, de la PJ de Perpignan venait de recevoir les conclusions du Parquet. Classement sans suite. Cause de la mort, accidentelle.

Il ouvrit le placard derrière lui, en sortit une bouteille de Jack Daniel's dont il se servit un grand verre. Sa façon à lui de jouer au flic américain. Comme dans les séries qu'il regardait depuis son enfance. Il le but d'un coup sec avant de s'essuyer les lèvres d'un grand revers de manche.

— Le proc' m'emmerde. Il n'a rien compris. La mort de Lacaze n'est pas accidentelle. Je le sais, je le sens. Mon instinct de flic me le dit, aboya-t-il devant son équipe médusée.

Pourquoi s'acharnait-il comme ça sur cette affaire, se demandaient-ils tous ? L'homme était mort en faisant une chute de plus de 15 mètres sur des rochers en contrebas de la terrasse de son restaurant. Aucun témoin ne l'avait vu tomber, et n'avait encore moins vu quelqu'un à ses côtés.

Aucune trace de pressions sur le corps non plus, le légiste était formel.

Leur conclusion fut que leur chef n'allait pas bien du tout et ils passèrent rapidement à autre chose, d'autant qu'une histoire de vol de tableaux venait de se produire dans une villa de Céret, village proche de la frontière espagnole connu pour son musée d'art moderne. Le procureur avait par ailleurs insisté pour que ce soit son équipe qui traite l'affaire.

Chapitre 10

Remparts et décadence

Vendredi 22 Juin
09 h 30
Aigues-Mortes - Galerie de Sandrine Chassagne

Aigues-Mortes est une commune atypique, entièrement ceinturée de remparts, placée entre mer et étangs, où les flamants roses viennent se poser à la saison des amours. La tour de Constance s'impose à l'entrée, marquée par le calvaire des protestants emprisonnés là durant les persécutions qui ensanglantèrent tout le sud du pays à la suite de la proclamation de l'édit de Fontainebleau par Louis XIV quelques années plus tôt.

La cité avait acquis ces dernières années une réputation d'endroit branché. De nombreux restaurants raffinés avaient ouvert, suivis par des boutiques d'artisanat d'art ou de mode, des galeries, des bars à thème et des hôtels de luxe.

La galerie de Sandrine Chassagne se trouvait sur la place centrale, au cœur de laquelle se dressait la statue de Saint Louis, fondateur de la ville, qui en avait fait le point de départ des croisades il y a 800 ans.

Il y avait déjà beaucoup de monde lorsque nous arrivâmes Cristo et moi. J'avais bien proposé à Emma de m'accompagner mais elle avait préféré rentrer et m'attendre au Mas. Elle n'aimait pas ce genre de soirées.

Sandrine Chassagne avait un carnet d'adresses incroyable. Du ministre à l'escort girl, en passant par le dealer de coke et le grand chef cuisinier. Banquiers, joueurs de foot, viticulteurs, avocats, , entrepreneurs, architectes, artistes, célèbres ou inconnus, complétaient la liste.

Ses œuvres étaient effectivement principalement des superbes portraits de femmes, légèrement teintés de Modigliani, auxquels s'ajoutaient quelques toiles abstraites, dont elle aurait pu se passer à mon goût. Des trucs glauques et sombres qui dégageaient une atmosphère angoissante.

A propos, saviez-vous que « glauque » est une couleur ? Oui, oui. Un vert tirant sur le bleu.... mais glauque.

— Salut les gars. Content de vous voir, dit la voix de Bob derrière nous, tout en posant ses grosses mains fermement sur nos épaules. Cristo et moi nous retournâmes avec de larges sourires. Nous savions qu'un pince-fesse mondain sans Meyer n'était pas un vrai pince-fesse mondain. Avec lui on était sûr qu'il se passerait des trucs pas ordinaires.

La galerie était sur trois niveaux auxquels s'ajoutait un « rooftop », comme il est de bon ton de le dire de nos jours. Avant on parlait de « terrasses tropéziennes », en référence à celles qui ont fleuri sur les toits des maisons du port de Saint-Tropez dans les années 50. Les rooftops sont souvent associés aux « afterworks ». On fait un « afterwork » sur le « rooftop ». Ce qui veut dire que l'on se fait un apéro sur la terrasse après le boulot. Bon ok, ça fait moins chic de le dire comme ça, mais le résultat est le même, on en redescend tous bourrés. Bref, nous étions montés nous réfugier sur le « rooftop » pour échapper au monde et au brouhaha d'en bas.

— Alors ça avance, me demanda Bob tout en regardant au loin les tours illuminées des remparts.

— Doucement, mais sûrement lui répondis-je. L'affaire est compliquée. Des décès étranges qui a priori n'ont aucun rapport les uns avec les autres, des suspects sans mobile et des policiers sans preuves. De plus je sens venir de nouveaux événements qui vont encore ajouter une note de mystère à tout cela. Je suis impatient de terminer pour connaître le dénouement.

Le vent léger qui soufflait sur la terrasse empêchait Bob de se faire un rail tranquillement, au risque d'en voir la moitié s'envoler. Il nous abandonna donc pour aller se le faire dans les toilettes de la galerie où déjà pas mal de monde faisait la queue pour les mêmes raisons. Une soirée, pardon un « after », était prévu après le vernissage dans la manade de l'un des invités, à quelques kilomètres de là, en pleine Camargue, loin des regards indiscrets.

En bas, c'était le cirque habituel. « Oh ! Très Chère, bonsoir, cette soirée est vraiment délicieuse »… « Oui les vernissages de Sandrine sont toujours une réussite »… « Vous avez vu ses dernières toiles, d'un érotisme sous-jacent absolument jubilatoire » … « Oui, seule une femme comme elle peut peindre la beauté de la femme avec autant de pudeur et de sensualité réunies »… « Votre robe est superbe, elle vient de chez qui ? »… « J'adore votre nouvelle coiffure » etc.

Cristo n'aimait pas trop ces soirées superficielles, mais il se fondait facilement dans la masse. Rare d'ailleurs qu'il ne revienne pas avec une ou deux commandes de ses fameux « Tableaux de Vie » à l'issue de ce genre de soirées. Il faut dire qu'il savait bien se vendre, ce qui est habituellement la principale difficulté des artistes. Dur de dire du bien de soi sans avoir l'air prétentieux ou mégalo.

Bob n'était pas encore remonté, Cristo était en grande discussion avec une célèbre chanteuse cubaine en vacances par ici chez des amis. Et moi, tranquille en train de penser à Emma, seul dans mon coin quand des bribes de conversation me parvinrent et m'interpellèrent : « … Elle n'a pas eu le temps de faire de révélations, on a eu du pot. Le travail a été bien fait ».

Je me tournai immédiatement vers le couple qui discutait et me dirigeai vers eux l'air de rien. C'est à cet instant que mon regard croisa celui de la femme qui était face à moi. Je la reconnu immédiatement… La commissaire du SRPJ de Montpellier en personne. La commissaire Nathalie Lamy. Elle aussi venait de me reconnaître. Impossible de m'esquiver. Je décidai d'aller jusqu'à elle.

— Bonsoir madame la Commissaire.

— Tiens, mon suspect séducteur, amateur de belles poitrines. Bonsoir. Vous êtes ici en quête de nouvelles victimes ?

— Et vous de coupable idéal… ?

Ma réponse sembla la mettre mal à l'aise.

— Tenez, je vous présente Pierre de La Farges, directeur de la « Fondation Arts d'Oc » qui fait un travail remarquable pour la promotion de nos artistes régionaux.

— Enchanté. N'est-ce pas vous qui organisez prochainement une vente aux enchères de toiles de Miró et de Derain ?

— Si, tout à fait. Je vous ferai parvenir un bristol si vous le souhaitez.

— Oui avec plaisir. Je loge au Mas des Herbes Bleues.

— Ah ! Chez notre ami Mèzon. Bel établissement. Et très belle collection d'œuvres.

— Bien, excusez-moi je dois rejoindre mes amis. A bientôt alors.

Il ne me servait à rien de rester près d'eux. Je n'en apprendrai pas plus ce soir.

— A bientôt, me répondirent-ils ensemble avant que je ne tourne les talons.

Cristo avait l'air d'avoir disparu avec sa belle cubaine, métissée de brésilien et de cheyenne m'avait-il dit. Tout un programme... Et toujours pas de Bob en vue. Je décidai de redescendre de la terrasse et pris l'escalier. En passant au niveau des toilettes je tentai ma chance à tout hasard et ouvris la porte. Bingo, mon Bob était toujours là, mais sans y être vraiment… Il était affalé sous le lavabo, une bouteille de vodka vide dans une main et le sein d'une fille étalée à ses côtés dans l'autre. Il avait également un billet de vingt euros enroulé dans la narine gauche. Ce qui n'avait pas l'air de le déranger le moins du monde. Ah oui ! Petit détail… ils étaient tous les deux complètement à poil…. Enfin presque. La fille avait gardé sa paire de *Dim Up* et Bob en portait le string assorti. Je préférai les laisser à leur bonheur et redescendis au rez-de-chaussée, où il y avait encore pas mal de monde. Et en meilleur état.

Bon, résumons... Il n'y avait plus de verrines ni de petits fours sur les plateaux du buffet. La glace des seaux à champagne avait fondu. Bob avait foutu son bordel, comme prévu. Cristo s'était encore fait attraper par une jolie fille et avait disparu, et moi j'avais découvert de nouveaux indices concernant la femme du député tout en me gavant de toasts au saumon. (*Oui, j'adore le saumon*). Bref, la soirée avait été bien remplie et je pouvais maintenant rentrer au domaine, la besace bien pleine de matière pour mon manuscrit, et y retrouver ma soubrette adorée… Cela faisait quatre heures maintenant que je l'avais déposée au Mas. Une éternité. L'espace d'un instant j'hésitai à aller comme les autres à *l'after* prévu plus tard. Mais l'image d'Emma m'attendant, couchée dans la chambre, l'emporta sur le désir de prolonger mes investigations.

Je vous l'avais bien dit que si je tombais amoureux ce serait au détriment de l'avancée du roman. Et bien en voilà la preuve…

Avant de la rejoindre dans le lit, je restais un bon moment à l'observer, assis sur le rebord du fauteuil. La lueur de la lune éclairait avec douceur son corps endormi, vêtu d'un simple drap blanc qui la mythifiait avec art. Manet pouvait aller se rhabiller.

Je n'osais la toucher. Porcelaine de Chine entre mes mains.

Je me suis simplement allongé à ses côtés. Elle a entrouvert les yeux. Ses bras se sont naturellement enlacés autour de mon cou, et nous nous sommes endormis, l'un contre l'autre, comme deux enfants rassurés.

Samedi 23 Juin
03 h 10
Hacienda en Camargue.

Il n'avait pas envie d'y aller, Cristo, à cet *after* mais sa diva des Caraïbes avait insisté et il avait cédé. La maison où ils arrivèrent appartenait à un célèbre animateur télé, réputé pour ses interviews choc et son goût pour la dope. Ou plutôt pour les dopes, avalant sans complexe tout ce qui passait à sa portée. Mais toujours avec classe, sans jamais se mettre vraiment minable, comme l'ami Bob, par exemple. C'était un vrai professionnel de la com'. Il avait d'ailleurs commencé à faire fortune dans la pub avant de passer à la production télévisuelle. Quelques-uns de ses slogans étaient encore dans l'inconscient collectif.

L'endroit était à tomber par terre. Une hacienda, comme celles que l'on ne voit qu'au Mexique. Les plus belles, avec leurs façades à colonnades en marbre et leur crépi blanc immaculé.

Celle-ci possédait une immense piscine tout en mosaïque andalouse, aux motifs d'un gris très doux. Fontaines et palmiers en complétaient le décor. On distinguait des silhouettes de taureaux au loin dans un pré. Un hennissement leur parvint des boxes situés à droite du bâtiment principal.

Un fois passée l'impressionnante porte d'entrée en bois massif, l'ambiance était tout autre.

Un gigantesque patio occupait le centre de la demeure. Une bonne partie des invités du vernissage avaient suivi et étaient présents. Sur une estrade, au-dessus d'un des bassins, un DJ officiait.

La Cubaine de Cristo qui avait usé et abusé d'ecstasy toute la soirée se sentait « envahie d'un sentiment d'amour profond pour toute la planète » disait-elle

Cristo sentait que la soirée allait se transformer en une énorme sauterie. Il commençait à se demander ce qu'il faisait là quand Bob, qui s'était à peu près rhabillé et semblait avoir partiellement repris ses esprits, apparut en compagnie du maître des lieux, bras dessus, bras dessous.

— Viens mon Cristo que je te présente à notre hôte. Ce Bob était vraiment un excellent agent, quelle que soit l'heure, pensa-t-il en s'approchant d'eux.

Puis il attaqua direct :

— Cristo est un peintre qui s'est spécialisé dans ce qu'il appelle des « Tableaux de Vie », un concept excellent qui a pas mal de succès. Une sorte de fresque de ta vie. J'en verrais bien une ici chez toi. Franchement, imagine, tes femmes, tes maitresses et tes potes réunis dans une même toile. De la tuerie, non ? Je vous laisse en discuter tranquillement, conclut-il avant de nous tourner le dos et de retourner au cœur de la soirée. En l'occurrence sur le dancefloor, se trémousser, coincé entre deux brésiliennes - certainement brésiliens d'ailleurs. Mais à cette heure-ci tout cela n'avait plus trop d'importance.

Samedi 23 Juin
11 h 00
Mas des Herbes Bleues

Nous nous sommes réveillés en fin de matinée, dans la même position où nous nous étions endormis. Son corps, abandonné dans mes bras, relança mon désir pour elle, et ce n'est que tard dans l'après-midi que nous sortîmes rejoindre la civilisation. Elle était de service ce soir-là. Elle partit vite se changer après m'avoir longuement embrassé. Son amie Valérie devait rentrer le soir même de Collioure.

Chapitre 11

Donjon et coffre-fort

Samedi 23 Juin
18 h 30
Mas des Herbes Bleues

La journée se terminait tranquillement. J'étais en pleine dégustation au bar avec le sommelier lorsque Mèzon apparut, jovial.

— Hello l'Écrivain ! Je vous avais promis de vous montrer ma collection. Suivez-moi…

Je laissai mon sommelier seul avec ses bouteilles et suivis le propriétaire des lieux. Après avoir traversé plusieurs salles et longé un couloir interminable, nous arrivâmes devant une porte que Mèzon ouvrit avec une carte magnétique. Derrière se trouvait un escalier qui menait au sous-sol. Je descendis derrière lui. Une fois en bas une deuxième porte, blindée celle-ci, se trouvait devant nous. Jean-Paul Mèzon posa sa main sur un boitier posé à côté de la porte qui s'ouvrit instantanément.

— Voici ma raison d'être, me dit-il fièrement en entrant dans l'immense salle en sous-sol, sans fenêtres, mais aux multiples caméras, où étaient exposés ses tableaux. Principalement des artistes des XIXème et début XXème comme Matisse, Monet, Gauguin, Chagall, Derain et quelques autres moins connus, mais également un autoportrait de Véronèse parfaitement conservé.

La collection était impressionnante. La valeur de l'ensemble devait se chiffrer en dizaines de millions d'euros. Ok, gérer un domaine comme celui-ci pouvait être une activité très rentable, mais quand même !! Comment avait-il pu constituer une telle collection ?

L'occasion était trop belle. C'était le moment ou jamais. Je me lançai.

— Vous connaissiez Joël Lacaze ?

— Oui, bien sûr. Le pauvre. Disparaître si bêtement. On se voyait peu, trop occupés chacun de notre côté avec nos affaires. On se croisait lors de vernissages ou de réunions patronales diverses. Il m'avait demandé si je pouvais trouver du travail pour sa fille pour la saison. J'ai bien entendu accepté de la prendre. A quoi serviraient les « Fraternelles » sinon ? Vous la connaissez, je vous en ai parlé, Valérie, la grande blonde. Je lui ai donné quelques jours de congés. Elle rentre aujourd'hui.

— Il avait paraît-il, comme vous, une très belle collection de tableaux.

— Effectivement, Joël était un grand passionné d'art. Plus encore que de gastronomie. C'était un acheteur avisé, spécialiste des peintres occitans et catalans, d'origine ou d'adoption. Allez venez, remontons au bar ouvrir une bonne bouteille à sa mémoire.

Valérie tournait en rond dans la chambre tout en parlant à Emma qui l'écoutait, nonchalamment allongée sur le lit.

— Je suis dégoutée. Toute la collection de tableaux de mon père part dans le coffre d'une banque suisse. En fait, pour être précise, les œuvres appartiennent à un Consortium de cinq personnes dont mon père. Et les quatre autres vont se partager sa collection. On a juste pu sauver la dernière commande qu'il avait passée. Un « Tableau de Vie » réalisé par Cristo, un artiste peintre de la région. Très émouvant d'ailleurs, toute sa vie y est représentée. Un bel album souvenir pour nous, au point de se demander s'il ne se doutait pas qu'il allait mourir en la commandant.

— Écoute ma belle, laisse tomber tes histoires d'héritage et viens plutôt m'embrasser. Tes lèvres m'ont manquées. Le temps presse. On bosse dans un quart d'heure

Je n'aurais pas dû accepter de boire cette bouteille « en mémoire » de Lacaze avec Mèzon. Mais il y tenait et je ne pouvais le décevoir. Du coup, du bar où nous étions installés, je n'arrêtais pas de voir passer et repasser ma soubrette adorée, les mains chargées d'assiettes. Sa copine Valérie avait repris son service. Elle aussi passait et repassait devant moi, comme pour me narguer. En fait elle ne me voyait même pas. Elle n'avait d'yeux que pour Emma. Rester coincé là, à les regarder, était une véritable torture.

— Vous êtes amateur d'art depuis longtemps ? demandai-je à Mèzon qui était en train de nous servir le reste de la bouteille.

— Je vous vois venir. Vous vous demandez comment j'ai pu réunir une telle collection ? Je vais vous rassurer, je ne l'ai pas volée. Quelques-uns de ces tableaux étaient déjà là avant ma naissance. Le goût de l'art est héréditaire dans notre famille. Les autres sont des bonnes affaires, croisées sur mon chemin ou acquises dans le cadre de legs. Mais là, je ne peux vous en dire plus. Plus tard peut-être, quand nous nous connaîtrons mieux.

— Vous connaissiez l'épouse du député que l'on a retrouvée sans vie chez Bob Meyer ?

— A peine. Elle sortait peu, hormis pour faire plaisir à son mari lors d'événements officiels.

— Et lui, vous le connaissez bien ?

— Je m'intéresse peu à la politique. Je le côtoie en tant que président d'Arts d'Oc. Vous en avez entendu parler ?

— Oui, j'ai d'ailleurs l'intention de m'y rendre pour assister à la vente aux enchères qu'ils organisent prochainement.

— J'y serai aussi. C'est un événement important pour la Fondation. Le fruit de cette vente leur est indispensable pour continuer leur action. Par ailleurs notre député tient aussi un rôle important dans l'attribution des œuvres vendues à l'État dans le cadre des 1% artistiques, vous savez cette loi qui impose aux maîtres d'ouvrage publics de consacrer 1 % du coût de leurs constructions à l'acquisition d'une œuvre d'un artiste vivant. Ce qui est une aubaine pour les artistes sélectionnés… On en ouvre une deuxième ?

J'hésitais. D'un côté, le vin aidant, rester avec lui me permettrait peut-être d'apprendre un tas de choses. D'un autre côté, ces deux dernières journées - et nuits - m'avaient mis sur les genoux. Deux verres de plus et je m'écroulais.

Mon sens de l'investigation l'emporta malgré tout sur mon plumard. J'acceptai son invitation.

Quatre bouteilles plus tard, alors que nous étions assis tous les deux sur le rebord de la piscine, les pieds dans l'eau, avec nos chaussures, l'ami Jean-Paul dont l'élocution devenait critique, se décida enfin à me parler de ce mystérieux « Pacte ».

— Vous m'êtes sympathique... On est potes maintenant… J'vais vous raconter… j'vais vous expliquer le Pacte… Pour ma part c'est mon deuxième. Le premier nous n'étions que trois membres. Les choses sont allées vite. Les deux autres sont décédés peu de temps après. Je vous rassure, de façon naturelle.

— Vous savez, les meilleurs meurtres sont ceux dont la mort paraît la plus naturelle, lui répondis-je tout en me resservant un verre, Mèzon n'étant plus tout à fait en état de faire le service.

— Là cette fois-ci nous sommes cinq, enfin quatre maintenant…

Et c'est sur ces mots que je le vis tomber d'un coup sur le côté et s'endormir sur le champ dans un semi-coma. Faut dire qu'il avait pratiquement bu les deux dernières bouteilles tout seul. Merde !! Une belle occasion d'en savoir plus qui m'échappait, pensais-je tout en lui sortant les jambes de l'eau et avant d'aller prévenir le barman que son patron s'était endormi sur le bord de la piscine et pouvait tomber dedans à tout moment.

Emma et sa Valérie avaient fini leur service depuis longtemps et avaient disparu. Je n'osais penser à ce qu'elles devaient être en train de faire.

Ne me restait plus qu'à retrouver ma chambre au plus vite avant de m'effondrer aussi, et surtout, d'avoir le temps de noter les grandes lignes de ce que j'avais appris tout au long de cette journée avant de tout oublier.

Dimanche 24 Juin
09 h 30
Mas des Herbes Bleues

Pas la peine de vous préciser que le réveil fut difficile. Mais moins certainement que pour l'ami Paulo. Oui, j'ai décidé de l'appeler comme ça maintenant. Quatre bouteilles à deux, ça scelle une amitié, non ?

— Bonjour Monsieur l'Écrivain. Emma m'a demandé de la remplacer ce matin. Elle était trop épuisée pour prendre son service, sa nuit a été courte, me dit Valérie avec un air narquois en entrant dans la chambre pour y déposer le plateau du petit déjeuner. Elle semblait savoir quelque chose.

La salope !!! Venir me narguer au réveil !!

Sonnerie du téléphone. La tronche de Cristo s'affiche.

— *Hi, brother*. T'aurais dû venir à *l'after*. T'as raté quelque chose. Il y avait tout le gratin de l'élite décadente du coin. On était chez Thierry Russon, tu sais, le producteur de talkshows. Utile, si un jour tu finis ton bouquin. Mais rassure-toi, j'ai le contact. Je dois le revoir. Il m'a commandé une toile. A priori c'est un bon pote de Bob.

— T'inquiète, je n'ai pas perdu mon temps non plus, mais dans un autre registre.

— La petite serveuse du domaine ?

— Qu'est ce qui te fait dire ça ?

— Mon flair.

— D'abord, c'est pas « la petite serveuse »... C'est « Emma ».

— Ah, tu vois que j'avais vu juste. En plus, t'es en train de tomber amoureux j'ai l'impression. Pas bon ça pour écrire.

— Au contraire mon pote, c'est indispensable. C'est rafraichissant. Un ange au milieu des vautours. Un rayon de soleil dans la noirceur de l'encre... Et des tas de paragraphes en plus… Dont quelques scènes de cul. Ça fera plaisir à Bob.

— Ok, ok, comme tu veux. Bon je te laisse, j'ai du taf qui m'attend.

Lundi 25 Juin
15 h 00
Mèze - Villa de Chantal Casanova

Sandrine Chassagne ne portait pour tout vêtement qu'une paire de bas noirs en soie, avec jarretière en dentelle assortie et un collier de perles fines autour du cou. Elle attendait, immobile, dans le silence, un bandeau sur les yeux, attachée par les chevilles et les poignets à une grande croix en bois appuyée contre un mur recouvert de velours bordeaux. De dos, jambes écartées, croupe offerte. Elle avait accepté le deal. Elle devait aller jusqu'au bout. Sa carrière était en jeu. Elle ne pouvait refuser. Un léger frisson parcourut son corps lorsqu'elle entendit la porte s'ouvrir. Des bruits de talons et des effluves de parfum lui faisaient deviner la présence de celle qui allait faire d'elle l'objet de ses désirs les plus pervers. Celle qui allait jouer avec son corps, ses peurs, ses suppliques, ses orgasmes.

Elle n'osait se l'avouer mais cette situation commençait à la troubler. Bien qu'ayant eu une vie sexuelle bien remplie jusqu'à présent, c'était la première fois qu'elle s'adonnait à ce genre de pratiques. Cette proposition d'expo de ses toiles dans une des plus célèbres galeries de New York en échange du droit de disposer de son corps, le temps d'une soirée, ne pouvait se refuser. Combien de fois n'avait-elle dû s'offrir en pâture pour avancer, se faire sa place, financer sa galerie ou simplement payer ses charges.

De plus, cette fois-ci, ce n'était pas un gros porc puant qu'elle allait devoir satisfaire, mais une femme, de vingt ans son ainée, avec encore beaucoup de charme et surtout des yeux verts envoutants, pénétrants au plus profond de vos fantasmes avec une assurance qui vous laissait dans un état étrange. Une mise à nu gênante et libératrice à la fois.

Elle ne sentit pas venir la cravache qui claqua sèchement sur le bas de ses reins. Malgré la douleur elle se cambra un peu plus, et poussa un petit cri retenu qui signait là son obéissance totale. Elle n'entendit pas le bruit de la caméra, placée discrètement dans un recoin du plafond, se mettre en marche au même instant.

Mardi 26 Juin
15 h 00
Perpignan - Appartement de Lorenzo

Lorenzo, cambrioleur, dealer et recéleur de son état était assis en tailleur sur son vieux canapé en cuir pourri, déchiqueté au fil du temps par les griffes de son chat, dans son studio au dernier étage d'un vieil immeuble du centre de Perpignan. Tout en se roulant méticuleusement un long pétard filiforme, il réfléchissait à ce qu'il venait de faire. Il ne comprenait toujours pas pourquoi on lui avait demandé de prendre autant de risques, et pourquoi il avait été si bien payé pour aller chercher cette toile dans une villa de Céret. La maison était hyper protégée. Il avait fallu qu'il mette tout son génie de hacker pour arriver à avoir raison du système de protection. Sans parler de la haute enceinte à franchir en évitant les tessons de bouteille fixés sur la crête dans le béton. Pour les chiens cela avait été plus simple. Lorenzo savait très bien comment les neutraliser.

Non, ce qui était le plus étonnant, c'était cette toile qui, bien que réalisée par un peintre en vogue qui commençait à être réputé, n'atteignait pas, et de loin, la cote des œuvres qu'on lui commandait habituellement. Un mystère se cachait sous cette toile, sa valeur était ailleurs. Mais où ? se demanda-t-il en allumant son joint avant de recouvrir la pièce d'une épaisse fumée âcre.

Sur le chemin du retour, Sandrine Chassagne se remémorait ce qu'elle venait de vivre. Son arrivée dans cette grande demeure face à l'étang... Ce domestique, bel homme - Antillais semblait-il - qui l'avait accueillie sur le perron et conduite jusqu'à cette pièce. Qui l'avait enjoint de se dévêtir devant lui - première des épreuves pour elle - gardant juste ses bas et son collier comme il était convenu… Qui l'avait attachée, lui avait bandé les yeux avant de la laisser à son sort. Et enfin l'arrivée de sa « maîtresse » et ces jeux de soumission, d'obéissance et de récompense, de caresses et de badines qu'elle avait subi. Mais elle était fière d'elle. Elle avait tenu le coup et rempli le contrat. Elle allait bientôt exposer à Manhattan, le rêve de sa vie. Et surtout, elle pouvait bien se l'avouer maintenant, elle y avait pris du plaisir, beaucoup de plaisir. Une expérience finalement enrichissante sous tous ses aspects, du moins ceux qui l'intéressaient. En l'occurrence le sexe, la notoriété et le fric.

Jeudi 28 Juin
12 h 30
Mas des Herbes Bleues

— Oui… Bonjour Madame Casanova. Bien sûr que je me souviens de vous.

C'était « ma veuve », celle de la soirée chez Bob que j'avais plantée sur place pour suivre ma mystérieuse messagère aux yeux d'émeraude. *Vous vous souvenez ?*

— Seriez-vous libre un de ces soirs prochains pour passer à la maison. Il paraît que vous vous intéressez à la peinture. J'aimerais vous montrer ma collection.

Décidemment c'était une manie, ils voulaient tous me montrer leur collection. Bon, tant que ça en restait là, *why not* ? Mais avec la Veuve, je sentais un truc pas clair derrière. La curiosité me poussa à accepter son invitation. Et puis, il fallait remplir à nouveau la besace.

Chapitre 12

Congas et coïncidence

Samedi 30 Juin
20 h 30
Sète - Théâtre de la Mer

On entrait à grand pas dans l'été. De nombreux signes l'annonçaient. Les arbres en fleurs, les oiseaux, les jours qui rallongeaient, les jupes qui rétrécissaient. Enfin toutes ces choses qui reviennent chaque année depuis la nuit des temps. Mais par ici il y avait un autre signe qui annonçait l'été. Les affiches des festivals à venir placardées un peu partout dans la région. Spectacles de théâtre, danse, musique, etc, fleurissaient durant tout l'été, des petites places de villages aux grandes salles de la capitale régionale.

Bob avait pu nous obtenir, à Cristo et moi, des accréditations « backstage » pour un festival de musique latine qui avait lieu comme chaque année à Sète, au Théâtre de la Mer. Certainement un des plus beaux endroits d'Occitanie pour assister à un spectacle. Un amphithéâtre face à la Méditerranée, en arrière-plan de la scène et des musiciens.

Grâce à ses « pass » nous avions pu entrer sans attendre, mais cela nous donnait surtout accès au buffet dressé sur le côté de la scène. Là où se retrouvaient artistes, journalistes, organisateurs, sponsors, notables et pique-assiettes, genre Cristo et moi. Comme à chaque concert latino l'ambiance était *caliente* et le mojito coulait à flots.

Le ciel commençait à virer au bleu nuit. Quelques étoiles apparaissaient les unes après les autres. Les gradins se remplissaient et l'on sentait la tension monter.

Une salve d'applaudissements accompagna l'arrivée des musiciens sur la scène. D'abord les cuivres, suivis par les percussionnistes et le batteur. Puis ce fut au tour du pianiste, des guitaristes et des choristes avant que n'arrive enfin le chanteur et chef d'orchestre de l'ensemble. Impossible de rester impassible. Tout le public se mit à danser.

Monica Breizh adorait la Salsa, surtout la cubaine, l'originale. Celle qu'elle allait parfois écouter dans les bars de Spanish Harlem, où tout avait commencé.

Elle avait choisi de s'asseoir dans le haut des gradins d'où l'on avait une vue exceptionnelle sur la mer, tout en étant proche des différents stands proposant boissons et plats, bien entendu à la sauce latine ce soir-là.

Elle était heureuse d'être ici, loin de Manhattan et de sa folie. Ces vacances en France lui faisaient le plus grand bien.

Elle commanda son premier verre à l'instant même où les cuivres attaquèrent. Immédiatement elle se mis à onduler, sensuellement, la chaleur du son cubain envahissant d'un coup tout son corps.

— J'irai bien faire un tour en haut des gradins, il y a une ambiance de ouf là-bas ! me dit Cristo qui en avait marre de l'atmosphère mondaine qui régnait en coulisses.

— Sans moi, je suis bien ici, lui répondis-je.

Open bar, verrines au saumon et premières loges pour assister au concert suffisaient amplement à mon bonheur.

Avec ses yeux de lynx et son expérience de chasseur, Cristo remarqua immédiatement cette femme, drapée d'une robe en lin légèrement transparente, juste comme il fallait, ondulant un verre à la main, au rythme des percussions venant de la scène en contrebas. Après l'avoir observée un bon moment, il conclut qu'elle était venue seule et qu'il était peut-être temps de s'en approcher.

Le problème était que dans ce genre de situation la seule façon de dialoguer passait par la danse. Et Cristo, la Salsa, c'était pas sa spécialité. Il était plutôt du genre Rock'n' Roll. Et là, pas le choix, il fallait se faire violence et se lâcher s'il voulait établir le contact.

Il commença à se rapprocher d'elle tout en s'imbibant intérieurement de la musique qui lui parvenait pour se mettre dans le rythme.

Il profita qu'elle se retourne et que leurs regards se croisent pour l'inviter à danser en lui tendant la main gauche. La droite devant ensuite se poser sur la hanche gauche de sa partenaire.

Vous voyez le truc... ? Oui, c'est un peu compliqué la Salsa.

Elle le regarda tout d'abord en détail, de la tête aux pieds, puis lui sourit et accepta sa main tendue.

1-2-3-4... et 1-2-3-4... C'était tout ce qu'il savait de la Salsa. Deux fois quatre temps. Pour le reste il improvisait. Maladroitement. Ce qui fit rire sa partenaire qui, ayant pitié de lui, l'entraina vers un des bars un peu en retrait derrière eux.

— Je suis navré. Je suis un piètre « salsero », avoua-t-il, l'air gêné.

— Mais vous êtes courageux. Vous savez prendre des risques. J'aime beaucoup, répondit-elle avec un accent new-yorkais mâtiné d'irlandais.

— Vous êtes irlandaise ?

— D'origine, et américaine d'adoption depuis cinq générations.

— Au fait, je ne me suis pas présenté, Cristo, artiste-peintre.

— Enchantée. Monica Breizh, New-Yorkaise en vacances.

— Si vous avez besoin d'un guide pour vous aider dans la découverte de notre magnifique région, je suis votre homme !

— Pourquoi pas, répondit-elle avec un petit sourire des plus charmants au coin des lèvres, qu'elle avait beaucoup de mal à dissimuler.

— Je vous laisse mon numéro ?

— Ok.

Après avoir enregistré le numéro de Cristo dans ses contacts, elle approcha son visage du sien, lui sourit, les yeux pétillants, puis l'embrassa furtivement sur la bouche avant de se retourner et disparaître dans la foule.

— Ah ! Eh bien te voilà !

Cristo venait de me rejoindre en coulisses. Il avait l'air sur un petit nuage, le regard ailleurs, un sourire béat sur les lèvres.

— T'as vu mec, c'est de la tuerie ce groupe.

— Hein ? quoi ? qu'est-ce tu dis ? Ah oui… la musique… oui, oui… super…

— Eh oh, t'as fumé quoi là-haut ?

— Non, non rien. J'ai juste rencontré une déesse grecque… Enfin new-yorkaise en fait…

— Ok, tu me raconteras ça plus tard. Moi je passe de l'autre côté, j'vais danser…

Samedi 30 Juin
23 h 00
Manhattan - Bureaux du NYPD

Malgré l'heure tardive, le capitaine Bronston était encore à son bureau, furieux. Personne dans l'équipe ne savait où était passée cette putain de carte de visite. Personne n'avait pensé à la mettre dans les pièces à conviction. Le seul espoir qu'il lui restait était que Monica Breizh sache où elle se trouve. Le problème était que cette dernière était injoignable, partie en vacances dans le sud de la France. Et cette, soi-disant, enquête interne à la galerie de peinture qui n'avait rien donné l'énervait au plus haut point. Ces artistes, complètement à l'ouest, incapables de se rappeler de ce qu'ils font de leurs bagnoles. Ce qui ne l'empêchait pas de continuer à penser que le véhicule de la galerie vu le jour de la disparition de McCoy, avait un rôle dans cette histoire.

D'un coup, une pensée lui traversa l'esprit. A priori il n'y avait aucun rapport, mais, tout de même, étrange, cette coïncidence que Clotilde Casanova, la directrice de la galerie et Monica Breizh, la secrétaire de Ken McCoy, soient toutes les deux parties en même temps dans le sud de la France !! Bronston connaissait suffisamment la vie pour savoir que les coïncidences n'existaient pas, du moins dans les affaires criminelles. Il y avait un lien, c'était sûr. Mais lequel ? Où trouver le petit bout de fil à dérouler jusqu'à la vérité ?

Bon, faut débrancher maintenant, pensa-t-il en se dirigeant vers le vestiaire pour se changer et partir courir dans Central Park, à deux pas de ses bureaux. Le meilleur moyen qu'il connaissait pour « réinitialiser son cerveau » et reprendre une affaire à zéro, disait-il.

Dimanche 1er Juillet
02 h 30
Sète

— Alors raconte, ta déesse ? demandai-je à Cristo une fois sur le chemin du retour.

— Son visage n'est que sourire et joie de vivre. Un vrai bain de jouvence. Et ses cheveux, tu verrais ses cheveux, d'un noir de jais comme on n'en voit jamais. Et leur longueur, tombants pile poil juste au-dessus des reins. Moi ça me rend dingue des chevelures comme ça. Je te passe les détails sur sa silhouette, tu me fais confiance.

— Ben dis donc, tu pouvais te foutre de moi avec Emma mais tu n'es pas mieux mon ami. Elle t'a retourné le cerveau ton américaine j'ai l'impression. Et sinon elle fait quoi dans la vie ?

— je n'en sais rien. Elle ne me l'a pas dit. Je sais juste qu'elle s'appelle Monica et qu'elle est new-yorkaise.

— « Monica » !! Celle du « Bureau Ovale »

— Mais non, t'es con ! Rien à voir.

— Cela dit, ce nom me parle. L'ai déjà entendu quelque part !! C'est quoi sinon la suite des événements ?

— Elle a mon numéro… Bouteille à la mer… On verra bien…

Lundi 2 Juillet
20 h 30
La Grande Motte - Restaurant le Bucket's Beach

— Alors, où en es-tu avec notre « *Club des Cinq* » ?

— *Club des Quatre…* Je te rappelle qu'il y en a déjà un de mort… pour l'instant.

Bob Meyer et Christian Payet son avocat et néanmoins vieil ami déjeunaient dans un coin isolé du *Bucket's Beach,* leur cantine habituelle.

— Le reliquat des toiles partagées doit être mis aux enchères prochainement dans les locaux de la Fondation. Ils devraient tous être là. Ils ont un peu plus d'un million à récupérer. Ça motive.

— Même Stéphanie Costa ?

— Logiquement oui. Elle est actuellement entre deux tournages, chez elle, dans sa putain de baraque. Tu verrais ça, de la tuerie, un vrai palais. Elle a comme nom « La Villa Fauve », forcément, à Collioure !

— Oui je sais. Nous avons le même fournisseur de coke, il m'en a parlé. J'attends d'ailleurs toujours une invitation de sa part. Ce serait la moindre des choses après le nombre de fois où je l'ai reçue chez moi. Et puis elle était bien contente de me trouver à ses débuts quand je l'ai branchée sur le casting qui lui a ouvert les portes d'Hollywood.

— Tu sais, cette maison n'est pour elle qu'un pied-à-terre où elle vient se ressourcer, au calme. Elle reçoit peu. Mais promis, au prochain dîner, je te mets sur le coup… mais tu me promets de ne pas faire le con. Ne me mets pas la honte. J'ai eu des échos de la soirée à Aigues-Mortes, pas joli joli mon Bob.

— Ok, promis, mais ça fait vingt ans que je rêve de me la taper. Je ne mourrais pas avant, je te le garantis. Sinon, le meurtre de la femme de notre cher Vigneaux, rien de neuf ? Notre écrivain ne risque pas d'être entendu à nouveau au moins ?

— Non, a priori les flics tournent en rond. Ils n'ont aucune piste sérieuse d'après mes informateurs. Mais il semblerait que l'équipe de Lamy traine un peu des pieds sur ce coup, comme s'ils n'avaient pas vraiment envie de trouver le coupable. Ne me demande pas pourquoi, je n'en ai pas la moindre idée.

Mercredi 4 Juillet
10 h 45
Cœur d'Hérault

Cristo adorait aller faire ses courses au marché de son village. Cela faisait maintenant plus de mille ans que ce dernier s'installait immanquablement tous les mercredis sur la place de l'église et dans les rues avoisinantes, descendant jusque sur *Les Allées,* l'esplanade ombragée par les platanes où les habitués se retrouvaient sur les terrasses des cafés généralement autour d'un verre de vin local et de quelques tapas. Le journal de la région circulait de table en table. Les ragots aussi.

Le maire, bon vivant un peu dépassé par sa tâche, passait faire son petit tour en disant bonjour à tout le monde, avec empathie plus que par intérêt électoral. En tout cas, c'est ce qui se dégageait de lui. Les gens l'aimaient bien. Il avait été prof au collège du coin dans sa vie d'avant et avait vu passer la moitié de la ville dans sa classe. Une des raisons de son élection d'ailleurs, dont il avait été le premier surpris. Évidemment il lui était difficile de refuser une tournée d'apéro, au risque de perdre des électeurs. Ce qui lui posait parfois des problèmes pour retrouver le chemin de la mairie.

Parmi les incontournables il y avait aussi Jo, l'amoureux perpétuel. Toutes les semaines il apparaissait avec une nouvelle conquête qu'il nous présentait comme la femme de sa vie. « j'ai jamais rencontré une fille aussi géniale ce coup-là c'est la bonne, etc, etc ». En moyenne, elles tenaient trois jours. Ensuite on le croisait trainant de bar en bar, le désespoir de la solitude marqué sur son visage de sale gosse séduisant. Et bingo, comme par enchantement il en harponnait une nouvelle, venue de nulle part. Et c'était reparti pour un tour. Bon cela dit, avec Cristo, on l'aime bien Jo. Il prête volontiers son bateau de pêche et le Salagou regorge de sandres, un poisson délicieux qui, grillé à la plancha avec quelques cèpes en accompagnement est un véritable régal.

Autre vedette locale, Barnabé, guadeloupéen, le seul black du village. Facile à reconnaître. Devenu riche par héritage familial à cinquante ans, il avait cessé de travailler et, vivant seul, déjeunait midi et soir au restaurant, généralement entouré d'une grappe de groupies qui se relayaient pour lui tenir compagnie. Aucune d'elles n'était sa maîtresse, du moins officiellement. Les avoir à sa table suffisait à son bonheur. C'était un gentil, il aimait faire plaisir… et se la péter un peu aussi. Les gens l'appréciaient, surtout les patrons de bistrot.

Cristo était au stand de son herboriste préféré en train de choisir des pieds de basilic et de sarriette pour son carré de simples quand il entendit derrière lui une voix à l'accent américain dire : « Bonjour beau salsero ».

Non, c'était impossible, ce n'était pas elle... !!! Il se retourna précipitamment et se trouva face au visage rayonnant de Monica Breizh. Avant qu'il n'ait pu dire le moindre mot elle lui sauta au cou et l'embrassa goulument sur la bouche. Une fois leur étreinte terminée, il la prit par la taille et l'entraina à travers les étals, goûtant une olive ici, essayant un chapeau de paille là, soupesant des melons, picorant des morceaux de fromage. Et tout cela sans se quitter des yeux.

— Pourquoi ne m'avez-vous pas appelé ?

— Je n'ai qu'une seule devise, monsieur l'artiste : « si ça doit le faire, ça le fera ». Je laisse le hasard décider seul de mes nécessités. La preuve que ça marche…

— Vous aimez la paëlla ?

— Je ne demande qu'à découvrir, j'adore les surprises.

— Alors suivez-moi, il y a un food truck dans la rue d'à côté qui en fait une excellente. Je vous invite à déjeuner dans mon antre… si ça vous tente… ?

— Vous me ferez visiter votre atelier ?

— Oui… si vous êtes sage…

— Ça, ce n'est pas sûr du tout... Allez… Allons chercher cette paëlla…

Mercredi 4 Juillet
10 h 45
Perpignan - Bureaux de la PJ

Yann Lopez, le chef de la PJ de Perpignan regardait depuis sa fenêtre les tours du Palais des Rois de Majorque qui se dressaient au loin. Des souvenirs d'enfance lui remontaient par bribes. Les parties de cache-cache entre les arches de la grande cour intérieure, les matchs de foot sur les pelouses du parc, et plus tard, les premiers baisers sur le banc, *leur* banc, celui qui était dissimulé derrière le grand palmier au pied des remparts.

Mais pour l'instant ce qui accaparait principalement son esprit était cette mort suspecte de Lacaze, et ce vol de tableau à Céret. Son flair de flic lui disait qu'il y avait peut-être un lien entre les deux, sachant que Joël Lacaze était un grand collectionneur et que le cambriolage avait eu lieu quelques jours après que l'on ait retrouvé son corps.

En tout cas le vol avait été commis par un - ou des - spécialiste. Aucune trace exploitable ni aucun témoin. Les enregistrements de la vidéo surveillance avaient été réinitialisés. De vrais pro. Tout juste quelques traces de pas sur la pelouse du jardin à se mettre sous la dent. Taille 42 d'après la scientifique. Mais il y avait une chose étrange dans cette affaire. Le tableau disparu était loin d'être le plus cher de tout ceux accrochés aux murs de la villa. Et pourquoi n'avoir pris que celui-là ? Un « Tableau de Vie » signé « Cristo », un peintre contemporain de la région.

Lopez trépignait de devoir attendre le retour des propriétaires de leur séjour en Thaïlande pour pouvoir les interroger. Ils avaient été prévenus du cambriolage qui avait eu lieu chez eux mais n'avaient pas voulu suspendre leurs vacances pour autant. Ils possédaient une villa face à la mer, sur l'île de Koh Phangan, dans le Golfe de Thaïlande. Impossible pour eux de ne pas profiter pleinement de ces couchers de soleil exceptionnels sur la Mer de Chine depuis la piscine à débordement, naturellement à 29° toute l'année. Ni de se priver de cette ambiance, de ces odeurs, de cette végétation qui faisaient le charme de l'île.

En attendant leur retour, il allait voir avec le juge s'il pouvait interroger le peintre qui avait réalisé cette toile, puisqu'il avait la chance que ce soit un artiste « encore vivant ».

Mercredi 4 Juillet
15 h 45
Cœur d'Hérault - Villa de Cristo

Les rayons du soleil traversaient l'immense baie vitrée de l'atelier de Cristo, donnant encore plus de couleur et de contraste aux toiles disposées sur des chevalets un peu partout dans la pièce. Tous les stylos, pinceaux, brosses, feutres, chiffons, pots, récipients divers et variés habituellement éparpillés sur la grande table en bois massif, avaient été repoussés en vrac dans un coin. A la place s'y trouvait Monica Breizh, assise entièrement nue, les bras croisés sur la poitrine, les jambes légèrement écartées. Cristo était en retrait confortablement assis dans son vieux fauteuil *Knoll* des années soixante, un bloc à dessin à la main, stylisant avec sensualité le corps de sa nouvelle conquête.

— Essayons en une autre. Mets tes mains croisées derrière la nuque, oui… comme ça. Écarte un peu les genoux et croise tes chevilles ma chérie. Voilà, super. Ne bouge plus. Tes seins seront mis en valeur. Ils le méritent bien.

« Surtout que je sens une histoire d'amour entre eux et moi se dessiner à l'horizon », pensa-t-il avec une certaine euphorie.

Monica était aux anges, nue face au regard de ce bel artiste peintre en train de la dessiner. Son penchant pour l'exhibitionnisme était comblé. D'autre part, elle ne voulait pas se l'avouer, mais tomber amoureuse de cet homme qui avait eu tant de petites attentions pour elle depuis qu'ils s'étaient retrouvés sur le marché trois heures plus tôt, était du domaine du possible. Elle l'avait trouvé si mignon, lui épluchant délicatement ses gambas.

— On fait une pose ? Un petit joint ? Un Cognac ? proposa Cristo.

— Les trois, avec plaisir, mais dehors, au bord de la piscine.

Jeudi 5 Juillet
9 h 05
Mas des Herbes Bleues

Je sentis d'abord une main se glisser sous les draps et se poser délicatement sur mon torse. Puis un souffle léger parcourir mon cou. Il me sembla reconnaître cette douceur.

– Bonjour monsieur l'Écrivain. Bien dormi ?

Quel bonheur que d'être réveillé par la douce voix d'Emma. Je décidai de garder les yeux fermés et d'attendre la suite des événements.

Sa main effleura délicatement mon ventre, puis descendit, du bout des doigts, jusqu'à l'intérieur de ma cuisse. S'en était trop. J'ouvris les yeux, la regardai longuement puis l'embrassai avant de la faire basculer sur le lit. Le petit déjeuner attendra. Et les autres clients de l'hôtel aussi, pensai-je avant de plonger sous les draps.

— Tu sais, je loge ici durant la saison pour des raisons pratiques mais je possède un appartement à Montpellier que j'utilise le reste de l'année. Ce serait peut-être plus sympa de s'y voir les soirs où j'arriverai à me libérer, me dit Emma depuis la salle de bain où elle était en train de se recoiffer. Et plus discret aussi vis-à-vis de Mèzon. Il ne faut pas qu'il découvre notre liaison.

— Comme tu veux. Moi j'aime bien que l'on se retrouve ici. Mais je comprends. Ok.

— Valérie a réussi à me faire avouer notre rencontre durant son absence. Elle a digéré le truc. Je l'ai persuadée que c'était la curiosité qui m'avait poussée vers toi mais il ne faudrait pas qu'elle nous surprenne à nouveau.

— Comment ça la curiosité !!! Rien d'autre ?

— Si bien sûr… mais je ne te dirai pas quoi… me susurra-t-elle en souriant.

— Et dis-moi, tu fais quoi le reste de l'année ?

— Etudiante. Je prépare un Master 2 en tourisme et développement durable des territoires. Je me suis lancée là-dedans après ma licence en langues - littératures et civilisations étrangères et régionales… Option « Occitanie » précisa-t-elle sourire aux lèvres.

— J'ai cru entendre que ton amie Valérie allait hériter d'une très belle collection de tableaux.

— Tu parles. Elle a gravement les boules. Son père faisait partie d'une sorte de club de fanatiques de peinture et toute sa collection a été partagée entre les autres membres.

— Ah mince ! Et qui sont les autres membres de leur club ?

— Elle n'en sait rien. Ils se protègent derrière leur consortium suisse. Impossible de savoir. La seule chose qu'elle ait apprise, c'est qu'ils habitent tous dans la région. Peut-être les croisons-nous tous les jours. Bon, faut que je te laisse, j'ai encore des chambres à faire, je suis très à la bourre. Pourvu que Mèzon ne le voit pas sinon il va hurler. Allez bise mon Écrivain chéri, j'y vais. Si j'arrive à avoir ma soirée après demain, tu viens dîner chez moi ?

— Ah carrément, j'ai trop envie de découvrir ton antre mystérieux.

Samedi 7 Juillet
13 h 00
Cœur d'Hérault - Villa de Cristo

Monica et Cristo n'étaient pas ressortis de la villa depuis maintenant trois jours. Les frigos étaient pleins, la cave à vin aussi. Ils avaient de quoi tenir un siège. Ils passaient le plus clair de leur temps à faire l'amour. Dans le lit, sur les transats de la terrasse, sur la table du salon, sous la douche, dans le sauna, sur le lave-linge, sur la pelouse du jardin et même sur des matelas pneumatiques dans la piscine, sans pour autant tomber dans l'eau. Ce qui est une performance, reconnaissons-le. Cette activité, que l'on pourrait presque qualifier de sportive dans leur cas, accaparait une bonne partie de leurs journées et de leurs nuits. Le reste du temps Cristo la peignait. Sous tous les angles, toutes les lumières, toutes les couleurs. Son travail était précis et rapide. Une espèce de souffle le portait. Ses pinceaux faisaient mouche à chaque trait. Bref, il était en train de tomber complètement amoureux.

— Tu n'as pas faim ma chérie ?

Cristo venait de se rappeler qu'il était nécessaire aussi de manger de temps en temps dans la vie.

— Si… de toi darling.

— Déconne pas, je suis sérieux.

En bonne américaine qu'elle était, Monica annonça qu'elle avait une terrible envie d'un énorme burger avec - très important - des oignons rouges et de vrais pickels, comme au *Big Daddy's* dans l'Upper West Side de Manhattan où elle allait parfois déjeuner le midi.

Cristo était aux anges d'entendre ça. Il allait pouvoir lui faire une énorme surprise. Chose étonnante, il y avait depuis quelques temps un « *diner* » typiquement US qui avait ouvert au centre du village. Le *My Ami*. Avec son long bar chromé ; ses tabourets rose et bleu pastel ; ses plaques de voitures américaines sur les murs ; ses néons ; ses bouteilles de *Brooklyn*, Bud, et autres bières de toutes sortes sur les étagères ; sans oublier l'incontournable juke box, dans un coin, distillant la crème du Rock'n Roll des années 50.

Ils y servaient exactement ce qu'attendait Monica. Et en plus avec de la viande fraîche locale. Le top. Il s'empressa de les appeler et de leur commander un « Fureur de Vivre » à deux étages pour madame et une salade César pour lui-même. Habituellement ils n'assuraient pas la livraison mais Cristo, pour le coup, avait des arguments à avancer auprès du patron, un bon copain à lui.

— Dis-moi ma chérie, tu ne m'as pas beaucoup parlé de toi, de ta vie aux USA, de ton job.

— A te dire franchement, je n'ai pas envie de parler de

tout ça. J'en suis loin et ça me fait du bien.

— Tout ce que je sais de toi, c'est que tu bosses et vis à New York. Que tu aimes la Salsa et les hamburgers et que tu es la plus belle femme du monde.

— Et bien mon chéri, je crois que tu as résumé l'essentiel, dit-elle en attrapant un petit bout de parmesan, abandonné au bord de l'assiette de Cristo, qu'elle maintint entre ses dents un instant avant de l'avaler d'un air espiègle qui fit fondre ce dernier.

C'est en voulant saisir un magazine qui trainait sur la table basse du salon que Monica tomba sur un flyer qui annonçait l'expo de Cristo à l'Aphora Gallery de Manhattan le mois précédent, à quelques rues de son bureau. Quelle coïncidence étrange, pensa-t-elle sans pour autant y attacher plus d'importance sur l'instant.

Chapitre 13

Défilé de mode et raisins de Corinthe

Dimanche 8 Juillet
19 h 07
Montpellier - Appartement d'Emma

L'appartement d'Emma était situé sur les bords du Lez - le fleuve qui relie Montpellier à la mer au niveau de Palavas-les-Flots - dans un immeuble ultra moderne aux façades étranges surgis des cerveaux d'architectes qui ne savaient plus quoi inventer pour être les plus originaux. Et les plus chers aussi, au passage.

J'arrivai en bas du bâtiment. Interphone 707. Grésillement dans le haut-parleur mural. Silence interrogateur derrière.

— Oui, c'est moi.

La porte s'ouvrit. L'ascenseur m'attendait. Je montai au deuxième étage, couloir feutré, silence bourgeois. Une porte s'entrouvrit. Personne n'apparut. Je m'en approchai, la poussai, avançai un pas. Toujours personne. Brutalement, elle, cachée derrière, me sauta au cou. Timidité et audace réunies… J'adore...

Je la pris dans mes bras. La portai jusqu'au canapé du salon. L'allongeai délicatement et soulevai, avec une lenteur machiavélique, sa longue robe de soie noire jusqu'à la taille. Je restai un instant immobile à la contempler, puis, plongeai mon visage entre ses jambes nues, caressai de mon souffle l'intérieur de ses cuisses et partis me noyer dans les abysses de son intimité.

C'est bien plus tard que nous avons réalisé que la porte du hall était restée ouverte et c'est dans un grand éclat de rire que nous nous sommes levés.

Pendant qu'elle nous préparait une salade - à base de pommes, fromage, tomates, raisins de Corinthe et autres ingrédients aussi hétéroclites qui, une fois savamment mélangés, se révélèrent d'un raffinement exquis - je découvrais les lieux. L'appartement, pas très grand, était décoré avec un gout extraordinaire. Sculptures d'art primitif sur les étagères et toiles contemporaines de jeunes artistes new-yorkais sur les murs. Sa bibliothèque recélait des trésors de la littérature mondiale, dont certaines œuvres dans leur version originale. En particulier, les auteurs espagnols, russes et américains. Tarantino, De Palma, Fincher, et quelques autres s'imposaient dans le meuble réservé aux DVD, sous le téléviseur dernier cri, discrètement calé dans un coin de la pièce. Étrange ce goût pour les thrillers glauques. Ça ne matchait pas avec sa personnalité.

— Ça te dis un petit défilé de mode avant de dîner ? me proposa-t-elle d'un coup avec un petit sourire en coin.

— Euh… oui… avec plaisir.

— Alors assieds-toi sur le canapé et ferme les yeux.

Je m'exécutai et attendis, bien calé, joint de colombienne dans une main, et verre de Bourgogne dans l'autre.

— Vas-y, ouvre les yeux, me dit-elle après quelques minutes.

La première tenue dans laquelle elle apparut était une robe d'été légère, a priori anodine mais des plus impudiques en y regardant de plus près. Puis ce fut au tour d'un tailleur à damier 100% Chanel dont la jupe, descendant jusqu'aux genoux, était outrageusement fendue sur le devant.

Chemisier largement ouvert. Avec bien entendu, sac et chapeau en accessoires. Ensuite j'eus droit à la tenue d'écolière très « scottish », jupe plissée et pompon sur le béret ; puis à la combinaison intégrale en cuir et l'interminable paire de cuissardes qui va avec ; le maillot de bain brésilien ; la pin-up vintage avec corset et bas nylon noirs ; et bien d'autres encore, toutes plus chics et luxurieuses les unes que les autres. Et tout ceci a priori sortis des ateliers de haute couture de la rue Montaigne. Bien loin des tenues que je lui voyais porter au quotidien. Bien que toujours élégante et désirable, même en tongs ou en baskets, on était là dans un tout autre registre. A quelles occasions utilisait-elle donc cette garde-robe ?

C'est après le dîner, arrosé de grands crus avec Zubrowska glacée au dessert, qu'elle s'est assise devant le piano droit – noir - sur lequel trônait une magnifique orchidée blanche. Après avoir survolé de ses doigts longs et fins quelques sonates de Mozart, elle enchaîna en interprétant quelques-uns des plus beaux morceaux de Barbara. Sa muse, disait-elle. Sa voix était incroyable, d'une douceur infinie, oscillant sur cinq octaves avec une facilité déconcertante.

Cependant, lorsqu'elle chantait, un voile étrange recouvrait son regard qui semblait englouti dans un monde dont elle seule connaissait les méandres.

Comme vous pouvez le constater, j'étais totalement envouté.

En tout cas je ne m'étais pas trompé, cette fille avait un talent fou. Dans tous les domaines. Et certainement un QI à faire péter les compteurs. En revanche, le standing de son appartement m'étonnait. Pas du tout en rapport avec son statut d'étudiante l'hiver et femme de chambre l'été… Et cette collection de fringues, entre BCBG et porno chic, d'une valeur incroyable certainement, me laissait pantois.

Chapitre 14

Champagne et révélations

Mercredi 11 Juillet
19 h 15
Mèze - Villa de Chantal Casanova

— Alors, de quoi parle donc ce livre monsieur l'Écrivain ?

J'avais fini par accepter l'invitation de Chantal Casanova, dite « la Veuve ».

Nous étions tous les deux assis sur la terrasse dans des rocking chairs vintage en cuir crème et accoudoirs chromés, signés Renato Zevi. Face à nous, en contrebas, des vignes. Au-delà, l'étang de Thau et ses parcs à huîtres, avec en arrière-plan, la mer Méditerranée.

Elle était vêtue d'un chemisier blanc en dentelle, d'un pantalon en cuir noir moulant et de bottines rouges à hauts talons. Malgré ses soixante ans et quelques, il fallait reconnaître qu'elle était encore terriblement séduisante.

- C'est l'histoire d'un type qui se lance dans l'écriture de son premier roman et se trouve entraîné dans les méandres du monde des collectionneurs d'art.

— Et cela se passe où ?

— Entre New York et ici, en Occitanie.

— Il y a des meurtres ? Comme dans les *Agatha Christie* de ma jeunesse ?

— Euh… oui, quelques-uns.

— Humm. Excitant tout cela. Et du sexe aussi, me demanda-t-elle le regard brillant ? C'est important un peu d'érotisme dans un roman. Les femmes adorent. Les hommes préfèrent les vidéos, ils n'ont pas assez d'imagination. Voulez-vous un autre mojito ? Ou peut-être préférez-vous une coupe de champagne ?

— Non, un mojito fera très bien l'affaire, merci.

— Édouard… Édouard… Il est passé où celui-là encore ? Ah vous voilà ! Apportez nous deux mojitos, bien tassés, merci. Et donc, Bob est votre éditeur si j'ai bien compris ? reprit-elle en se tournant vers moi.

— Tout à fait. Il m'a donné ma chance. Il a tout de suite cru en moi. Je ne sais pas pourquoi. Il n'avait lu que quelques feuillets avant de me préparer un contrat.

— C'est de bon augure pour vous. Bob a du flair. Il sait reconnaître les talents. Et malgré son côté sulfureux, c'est un homme charmant, très gentil.

Vous savez, je suis moi-même collectionneuse. Cela m'occupe depuis le décès de mon mari et je connais bien les personnes qui gravitent autour de ce milieu. Si vous le souhaitez je pourrais vous donner quelques infos ou conseils pour votre roman.

— C'est très aimable à vous. Avec plaisir. Le propriétaire de l'hôtel où je suis est aussi un grand amateur d'art. Il m'a présenté sa collection il y a quelques jours. Impressionnant. Vous le connaissez peut-être, Jean-Paul Mèzon, du Mas des Herbes Bleues ?

— Oui bien sûr, ce cher Jean-Paul. Effectivement, beaucoup lui envient sa collection. Il n'a qu'une obsession dans la vie, gagner de l'argent et l'engloutir dans la peinture. Il investit dans tous les sens. Au-delà des vignes et du Mas, il gère de nombreuses activités très diverses. Certaines mauvaises langues vont même jusqu'à dire qu'il serait impliqué dans un réseau international d'escort girls. Mais, même si c'était vrai, c'est pour la bonne cause. Pour l'Art.

— Il m'a dit faire partie d'une sorte de club de collectionneurs, a priori secret, avec des règles particulières. Sans vouloir m'en dire plus. Cela vous parle-t-il ?

— Bien sûr que cela me parle, répondit-elle avec un grand sourire. Mais pour en savoir plus il vous faudra être persuasif monsieur l'Écrivain, très persuasif, mais aussi docile et endurant ajouta-t-elle avec un regard aussi envoûtant que mystérieux. En attendant suivez-moi, que je vous présente ma collection. Et je vous garde pour dîner. J'espère que vous n'aviez rien de prévu.

— Euh... si... enfin, non...

Jeudi 12 Juillet
6 h 45
Mèze - Villa de Chantal Casanova

Le ciel était d'un rouge écarlate qui annonçait le lever du soleil. La rosée du matin faisait remonter le parfum des fleurs qui se réveillaient doucement autour de moi. Une brume légère rafraichissait l'atmosphère. Assis à une table en teck posée au milieu du jardin sous une tonnelle, un immense bol de café posé devant moi, j'essayais de reconstituer la nuit que je venais de passer. Tout d'abord la visite de la maison et la découverte d'une collection de tableaux qui n'avait rien à envier à celle de Mèzon. Et puis le dîner, aux chandelles, en tête à tête. Je me souvenais que nous avions bu du vin, beaucoup de vin, et puis du champagne aussi, trop acide à mon goût. Mais elle avait tenu à ce que je le goûte. Une cuvée exceptionnelle m'assura-t-elle. Après, les choses étaient moins claires. Des bribes d'images floues. Son pied se glissant entre mes jambes sous la table, cette pièce étrange où elle m'avait entrainé, l'odeur du cuir, des bougies, la vision d'un masque, un chat noir aux yeux verts. Ensuite, elle, entièrement nue, hormis une paire de cuissardes montant jusqu'à mi-cuisse, debout au pied du lit me regardant, allongé, à sa merci. Elle encore, chevauchant mon visage en poussant de petits cris stridents.

Ensuite, plus rien, le trou noir, juste des sensations diffuses qui me revenaient, jusqu'à mon réveil ce matin, seul dans ce grand lit à baldaquin blanc. Comment y étais-je arrivé ? Mystère. J'avais comme l'impression de m'être bien fait avoir.

Plongé dans mes pensées, je ne l'ai pas entendue arriver derrière moi.

— Bonjour charmant jeune homme (il est vrai que nous avions plus de vingt ans d'écart). Bien dormi ? me demanda-t-elle en s'asseyant à mes côtés, vêtue d'une robe de chambre de soie blanche qu'elle avait laissée largement ouverte, laissant volontairement apparaître sa poitrine.

Chose promise, chose due, je vais vous dévoiler quelques éléments. Vous l'avez bien mérité. Je vous explique… Notre Pacte…

— « Notre » !!!... Vous en faites donc partie ?

— Oui, mais ne commencez pas à m'interrompre, je n'y arriverai jamais sinon. Et non contente d'en faire partie j'en suis aussi l'initiatrice. C'est moi qui ai eu l'idée de regrouper les principaux collectionneurs de la région en un club privé chargé de préserver notre patrimoine commun. Jean-Paul avait déjà…

— Jean-Paul… Mèzon ?

— Bien sur Mèzon. De quel autre Jean-Paul pourrais-je vous parler, me dit-elle sur un ton sec. Je disais donc que notre ami Mèzon a déjà fait une expérience du même type avec deux collectionneurs du Lubéron, morts depuis. Pour notre part nous ne sommes plus que quatre depuis le décès de Lacaze.

— Pour Lacaze j'étais au courant, glissai-je rapidement.

— Faudra-t-il que je vous bâillonne pour que vous ne me coupiez plus la parole ? Hummm…. J'en ai bien envie d'ailleurs. Bon, je vous laisse une dernière chance. Après ce sera punition. Et vous savez maintenant de quoi je suis capable. Méfiez-vous.

Comme je n'avais pas du tout envie de passer la journée attaché nu à un arbre du parc, ou enfermé dans une cage à la cave, je me fis violence et me retins de parler.

— Je vous disais donc que nous avons monté un club de cinq collectionneurs dont Lacaze, Mèzon et moi-même. Dans le cas où l'un de nous décèderait, ce sont les membres restants qui se partageraient ses œuvres avec l'engagement de ne jamais les revendre. Voilà, je vous en ai assez dit pour aujourd'hui.

— Et les deux autres, qui sont-ils ?

— Ça je ne vous le dis pas. Il vous faudra revenir dîner un prochain soir et retenter votre chance. Ou bien trouver vos informations ailleurs. Bien entendu ceci reste un secret entre nous. De toute façon si vous aviez des velléités de parler de tout cela sachez que je possède des enregistrements vidéo de notre petite soirée qui, je vous en informe, a été des plus… comment dire... des plus torrides… Et contrairement à moi, vous ne portiez pas de masque. Une diffusion sur les réseaux sociaux pourrait être des plus préjudiciable pour votre future carrière. D'ailleurs si vous êtes sage, je vous en ferai passer une copie, plus tard, en souvenir. Vous serez surpris de découvrir ce que vous êtes capable de faire pour enrichir votre manuscrit, conclut-elle dans un grand éclat de rire narquois.

Bon l'essentiel était quand même que je reparte avec de nouvelles infos sur ce Pacte entre collectionneurs. Et de ce côté-là tout était ok. Il semblerait que j'avais été suffisamment « persuasif », « docile » et « endurant » pour Madame.

Sète était sur mon chemin pour rentrer au Mas. Je décidai de passer dire bonjour à mon éditeur adoré. Peut-être parviendrai-je à en découvrir un peu plus sur cette histoire de Pacte. Il devait sûrement savoir quelque chose.

Il était 11 heures passées lorsque j'arrivais chez Bob Meyer.

— Bonjour Bob. Je ne vous dérange pas ?

— Hi mon ami ! Non pas du tout. Content de vous voir. Dites-moi, j'ai un ami banquier qui doit venir déjeuner. Voulez-vous vous joindre à nous ?

— Pourquoi pas, ok avec plaisir. Toujours intéressant de faire connaissance d'un banquier.

— Allez vous installer au bord de la piscine, je vais prévenir de rajouter un couvert et je vous rejoins.

Cet endroit m'évoquait des souvenirs agréables, bien que se fut d'ici que j'étais parti en garde à vue au commissariat de Montpellier suite à la mort de la femme du député. Que d'événements depuis. Que de personnes rencontrées, d'œuvres d'art, de lieux idylliques, d'expériences particulières, ne serait-ce qu'hier soir encore… Sans oublier cette petite Emma qui me fait tant craquer. N'empêche que sans cette mort étrange dans le jacuzzi de cette villa, je ne l'aurais jamais rencontrée.

Oui, souvenez-vous, c'est suite à mon arrestation chez lui que Bob a décidé de me signer un contrat d'auteur, qui du coup m'a amené jusqu'au Mas des Herbes Bleues… où j'ai rencontré Emma.

Mon cher, je vous présente mon Banquier, me dit Bob en me rejoignant avec son ami, une bouteille de champagne dans une main et trois coupes dans l'autre.

— Alors comme ça, vous êtes écrivain…

— Oui, enfin, j'essaye du moins… Et vous Banquier, m'a expliqué Bob. Vous jouez avec les chiffres et moi avec les mots. Nous sommes complémentaires.

— Votre activité est bien plus honorable que la mienne.

— Pas tant que cela, il m'arrive de faire tuer des honnêtes gens dans des conditions horribles. Ce n'est d'ailleurs pas évident de faire mourir ses personnages quand on a de la sympathie pour eux.

Ma réaction le fit sourire… Il ne devrait pas…

— Vous savez, enchaina-t-il, moi, mon métier consiste simplement à prendre aux pauvres pour prêter aux riches. Et avec les derniers assouplissements sur les règles de liquidité formulés par le Comité de Bâle, on se gave comme jamais on ne s'était gavé. Le reste n'est que façade. Je sais, c'est amoral, mais c'est légal. Alors profitons en tant que ça dure. Vous savez, le « marché » est un bateau ivre qui fonce droit sur l'iceberg, mais tant qu'il n'aura pas coulé, les Banquiers continueront à danser sur le pont.

— Et que peut penser un Banquier du marché de l'Art ?

— Un eldorado. Hors de tout contrôle et totalement défiscalisé qui nous permet de blanchir l'argent de nos clients en toute impunité... Et de réaliser de belles plus-values.

— Et d'où veniez-vous de si bon matin ? me demanda Bob qui avait une vision bien à lui de la notion de « matin »

— J'arrive de chez Chantal Casanova qui m'a invité à dîner hier soir. J'y suis resté à dormir. Je ne me sentais pas très bien pour prendre la route de nuit après ce que nous avions bu.

Bob éclata brutalement de rire.

— Ne me dites pas qu'elle vous a fait le coup de son champagne « exceptionnel » !!!

— Eh bien... euh... si... Elle m'a fait goûter une bouteille, soi-disant une cuvée rare que je n'ai d'ailleurs pas trouvée très bonne.

— Vous vous êtes fait avoir mon ami, me dit Bob en continuant à rire de plus belle. Il y avait certainement du « GHB » dans votre champagne. C'est une habitude chez elle. Quand elle a repéré une proie, elle la met dans ses filets avec ça. Ensuite elle fait ce qu'elle veut de vous et vous n'en avez aucun souvenir le lendemain.

Bob venait de me confirmer ce que je pressentais depuis le matin.

— Vous connaissez donc Chantal, enchaina le Banquier avec un petit sourire en coin.

— Vous aussi, lui répondis-je avec un soupçon d'ironie ?

— Disons que j'ai l'honneur de gérer son patrimoine et qu'à ce titre je me dois d'être, comment dire... euh... à l'écoute de ses besoins.

— Il gère aussi le mien intervint Bob, mais c'est beaucoup plus simple, je claque tout au fur et à mesure.

— Nous avons aussi une passion commune qui nous rapproche, la peinture, en particulier de fin XIXème et début XXème, précisa notre Banquier.

Intéressant tout ça. Je venais peut-être de rencontrer le

quatrième membre du Pacte. Il ne me restait plus qu'à découvrir le, ou la, cinquième.

Une cloche retentit depuis la terrasse de la maison.

— A table messieurs, annonça Bob en se levant de son transat. Il semblerait que nos gambas nous attendent.

Alors que nous étions en train de déjeuner, le téléphone du Banquier sonna. Avant qu'il ne le prenne en main et se lève, j'eus le temps de voir le nom de Mèzon s'afficher sur l'écran. Malgré l'éloignement j'entendais des bribes de conversation

— … Oui, oui, deux, c'est bien ça…

— ….

— … … mon client … blonde et brune… absolument…

— ….

— …le vol de Paris de 19h15. Il sera au Métropole vers 20h. Ce serait bien qu'elles le rejoignent là-bas directement... ok… A plus.

Puis il raccrocha et nous rejoignit à table.

— Alors mon ami, encore une affaire louche qui se trame, dit Bob en se tournant souriant vers le Banquier.

— Non non, rien d'extraordinaire. J'ai un client important qui vient ce week-end et je fais en sorte que son séjour se passe du mieux possible… si vous voyez ce que je veux dire….

Oui, on voyait très bien ce qu'il voulait dire. Ce qu'il voulait dire c'était qu'il allait payer deux putes à un mec pour lui faire signer un contrat. Chose plutôt courante dans le monde des affaires me direz-vous. Le sexe a toujours été un bon argument de négociation.

Mais que venait faire Mèzon dans cette histoire ? Du business d'escort girls ? Une idée affreuse me traversa l'esprit… Et si Emma faisait partie de son « cheptel » ? Cela expliquerait sa garde-robe et son standing. Je n'arrivais pas à y croire.

C'est une fois assis au volant de ma voiture, au moment de démarrer, que je vis le bout de papier coincé sous l'essuie-glace. Je m'empressai de ressortir de l'habitacle pour m'en saisir tout en me doutant bien de quoi il s'agissait.

Elle était passée par là et m'avait à nouveau laissé un message sibyllin.

Celui-ci ne comportait que des chiffres et un point d'interrogation : « 5…, 4…, 3…, 2…, ?… »… Le mystère s'épaississait.

Une fois arrivé dans ma chambre je me précipitai sur la petite boite où étaient rangés les autres messages et les sortis rapidement. Posés les uns à côté des autres je les comparai. Deux choses étaient sûres, il s'agissait du même papier et de la même écriture pour tous. Par ailleurs, tous parlaient de tueur et de peinture, sauf le dernier. Le seul lien qui m'apparaissait pour l'instant pouvait être Joël Lacaze. Il était collectionneur d'œuvres d'art… et mort. Et qui dit Lacaze, dit « Pacte ». D'où le dernier message. Donc Lacaze ne serait pas mort accidentellement et il y aurait un meurtrier, ou une meurtrière parmi eux, ou dans leur environnement. Quelqu'un qui aurait intérêt à voir tous les membres du Pacte disparaître ? Mais pourquoi ?

Que l'un ou l'une d'entre eux ait intérêt à assassiner les autres me semblait plus logique. L'avenir nous le dira. La prochaine étape pour l'instant était de découvrir qui est le cinquième membre du Pacte.

Chapitre 15

Autoportrait et bodyguard

Vendredi 13 Juillet
08 h 45
Pézenas - Fondation Arts d'Oc

Pierre de La Farges était dans un état d'excitation intense. Ce soir avait lieu la vente aux enchères de deux tableaux appartenant à un consortium suisse qui en avait fait don à la Fondation « *Arts d'Oc* » dont il était le directeur. L'une des toiles était un petit autoportrait de *Derain* (l'un des fondateurs du fauvisme), peint en 1905 lorsqu'il était à Collioure avec son ami Matisse.

L'autre était une nature morte, peinte par *Miró* en 1918, âgé alors de 25 ans et encore sous l'influence du fauvisme, bien avant qu'il ne devienne l'un des maîtres du surréalisme.

Il espérait lever au minimum un million d'euros de cette vente. Somme nécessaire pour continuer à soutenir tous les jeunes talents dont la fondation s'occupait.

La matinée avançait vite et il restait encore beaucoup de choses à préparer. Côté sécurité tout était ok. Les deux tableaux attendaient sagement dans un coffre-fort au sous-sol, surveillés en permanence par deux vigiles. Le traiteur chargé du cocktail dînatoire qui devait suivre la vente était en pleine effervescence avec son équipe renforcée pour l'occasion. L'importance des personnalités invitées ne laissait aucune place à l'erreur. Bien entendu, le maire et quelques-uns de ses adjoints seraient présents, mais aussi Philippe Vigneaux le député de la circonscription qui était également le président de la fondation, et lui-même un grand amateur d'art.

On parlait aussi de la présence possible du ministre de la Culture en personne. Toutes les occasions sont bonnes pour être vu. Un petit aller-retour en jet pour une photo dans un journal local n'avait jamais fait de mal à personne. Mais la confirmation n'était pas encore parvenue à la Préfecture.

La Fondation Arts d'Oc était domiciliée dans un hôtel particulier du XVIIème au cœur de Pézenas, ville d'art où se trouvaient de nombreuses galeries de peinture, ainsi qu'une multitude d'ateliers d'artisanat d'art, d'antiquaires et de compagnies de théâtre. (La ville devait sa renommée à *Molière* qui y avait élu résidence en 1647).

Lorenzo était fier que l'on ait pensé à lui pour se charger de la sécurité de la soirée. Il est vrai qu'il maîtrisait bien le sujet. Mais en même temps, il n'était pas à l'aise dans ce genre d'événements. Tous ces snobs qui se la jouaient l'énervaient grave, lui, le petit-fils d'immigré catalan dont le grand père avait connu les geôles franquistes. Mais bon, c'était « la Veuve » qui lui avait demandé. Et « la Veuve », on ne peut rien lui refuser, à moins d'être de nature suicidaire… Et surtout, c'était bien payé.

Son souci c'était le ministre. S'il venait, il allait devoir se farcir sa garde rapprochée, avec oreillettes reliées par satellite, Ray Ban et gueules de gangster. Il faut dire qu'avec le vent insurrectionnel qui soufflait sur le pays entre les couches populaires et le gouvernement, les ministres étaient un peu tendus quand ils allaient « au contact ». La présence d'agents du SPHP les rassurait.

Sinon pour les tableaux il était serein, les deux types qui les gardaient étaient des gars à lui, des valeurs sûres, aguerris à ce genre de job.

Je suis sûr que vous êtes en train de vous demander ce qu'il va se passer durant cette soirée à la fondation. Rassurez-vous, moi aussi. Mais ne vous inquiétez pas, j'y travaille.

Vendredi 13 Juillet
14 h 30
Mèze - Villa de Chantal Casanova

— Bien entendu, personne d'autre que nous ne doit savoir d'où viennent réellement les deux toiles.

« La Veuve », surnommée ainsi depuis que son mari l'avait laissée seule avec cet immense patrimoine à gérer après son suicide, avait réuni ses trois partenaires restants du Pacte pour faire le point avant la vente aux enchères du reliquat de leurs œuvres. Elle était debout face à eux, assis confortablement dans de grands fauteuils club en cuir de mouton bordeaux foncé.

— Concernant ce pauvre Lacaze, ajouta-t-elle, le procureur a conclu à un accident mais j'ai appris que le commissaire de la PJ de Perpignan, un certain Lopez, continuait en secret son enquête. Il reste persuadé que c'est un meurtre. Voilà où en est l'affaire. Mais que cela ne nous empêche pas de trinquer à la soirée qui nous attend… Édouard… vous pouvez nous servir s'il vous plait.

Édouard était entré comme majordome au service de Chantal Casanova peu de temps avant le suicide de son mari. Ce dernier n'avait d'ailleurs pas trop apprécié l'arrivée sous son toit de ce jeune et bel Antillais aux yeux bleus perçants. Mais au vu de ses excellents états de service sur l'ile de Saint Barthélémy, réputée pour l'exigence de ses habitants fortunés, il avait fini par accepter. D'autre part, il lui reconnaissait son efficacité et sa discrétion.

— Que sera-t-il fait de la somme récoltée ? demanda Stéphanie Costa tout en reposant délicatement sa coupe de champagne sur la table basse devant elle.

— Nous allons financer la construction d'ateliers et de studios pour de jeunes artistes résidents. Nous avons déjà le bâtiment mais il y a beaucoup de travaux d'aménagement à réaliser, lui répondit Chantal Casanova. C'est Philippe Vigneaux, notre ami député, qui suit le dossier. Si vous n'êtes pas en tournage à l'autre bout du monde à ce moment-là, ma chère Stéphanie, c'est avec plaisir que nous vous accueillerons comme marraine pour l'inauguration. Tout devrait être prêt pour le printemps prochain.

Stéphanie Costa faisait partie du petit cercle d'actrices françaises ayant leurs entrées à Hollywood. Grande, blonde aux yeux bleus transparents, avec des lèvres pulpeuses comme on n'en voit qu'au cinéma, elle était la fille d'un célèbre et richissime antiquaire parisien. Le dédale de ruelles du *Village Suisse* était son terrain de jeu lorsqu'elle était enfant. Elle avait d'ailleurs préféré *l'Ecole Estienne* au *Cours Florent.* Pour elle le cinéma était un passe-temps amusant et lucratif, et l'Art une passion dévorante.

— Et vous Jean-Paul, pas de questions particulières ? On ne vous a pas entendu depuis votre arrivée ?

Jean-Paul Mèzon avait l'esprit ailleurs. Il n'arrêtait pas de repenser à Lacaze. Il se souvenait que la dernière fois qu'il l'avait vu, ce dernier avait l'air très mal. Il était sous le coup d'un contrôle fiscal et la situation était très tendue avec sa femme depuis qu'elle l'avait surpris en train de s'envoyer un jeune serveur dans les réserves du restaurant. Elle l'avait déjà surpris à la tromper, mais avec des femmes, et à chaque fois elle avait passé l'éponge. Plus pour ne pas se compliquer la vie que par amour. Son amour pour lui s'était dissipé après la naissance de leur fille, Valérie. La grossesse, une perte de libido et lui qui ne s'occupait plus d'elle, ne pensant qu'à ses tableaux et son resto, avaient eu raison de ses sentiments. Mais là, avec un autre homme, s'en était trop !!

Plus il y réfléchissait et plus il pensait que sa mort n'était ni accidentelle, ni due à un meurtre… Il s'était suicidé. Cette conclusion l'attristait, mais le rassurait aussi. Il n'y avait donc pas de meurtrier au sein du Pacte… Joël Lacaze « s'était tué tout seul ». En même temps il ne voulait pas parler de ses conclusions aux autres. On ne sait jamais. Peut-être se trompait-il.

— Non, pas de question ma chère Chantal. J'espère juste que notre ami le député saura nous renvoyer l'ascenseur, comme prévu. Nous lui faisons un beau cadeau. Et tel que je le connais, il va bien arriver avec ses astuces de surfacturation à récupérer quelques milliers d'euros de cash au passage sur les travaux prévus, pour sa prochaine campagne.

— Cher ami, vous pouvez compter sur moi pour suivre cela de près. Il m'a demandé d'être son trésorier pour les prochaines élections, dit soudain le Banquier en se tournant vers Mèzon.

Vendredi 13 Juillet
17 h 00
Pézenas - Fondation Arts d'Oc

Le cortège arriva à vive allure, reconnaissable de loin à ses petites diodes bleues qui clignotaient rapidement sur la calandre des voitures. Un premier véhicule avec les gardes du corps. Juste derrière, celui du ministre accompagné du préfet. Suivait celui du député Vigneaux, puis une dernière réservée à leurs assistants.

Les journalistes qui attendaient devant l'entrée de la fondation se précipitèrent sur eux, micros et objectifs en avant.

— Monsieur le ministre… Monsieur le ministre… quelques mots s'il vous plait… suppliaient-ils tous en même temps.

— D'accord, d'accord, quelques mots. Mais dans le calme s'il vous plait.

Il se racla la gorge et attaqua.

— Je suis enchanté d'être présent ce soir pour assister à cette vente de la plus haute importance pour l'avenir de nos artistes d'Occitanie. Nos territoires ont besoin d'actions comme celle-ci pour développer leur attrait culturel. Je profite d'ailleurs de vos micros pour remercier le consortium de collectionneurs qui a fait don de ces œuvres à la Fondation Arts d'Oc. Je soulignerai également le travail exceptionnel de notre ami le député Philippe Vigneaux, assisté du directeur des lieux, Monsieur Pierre de La Farges, pour faire vivre ce lieu et offrir les meilleures conditions de travail à nos artistes, leur permettant de développer toute leur créativité. Mon ministère réfléchit d'ailleurs à étendre ce genre de structure à d'autres régions. Mesdames, messieurs, ce sera tout. Je vous remercie

— Monsieur le ministre, que pouvez-vous nous dire sur l'affaire du…

A peine ces premiers mots prononcés par un des reporters, qu'un des gardes du corps se mit en travers de lui, une main sur son micro et le poussa sur le côté afin de laisser entrer le ministre dans les locaux sans avoir à répondre.

Il y avait foule dans la salle spécialement aménagée pour la circonstance. Toutes les chaises étaient occupées. Certains se tenaient debout sur les côtés, smartphone à la main. Puis arrivèrent ensemble Chantal Casanova, Jean-Paul Mèzon, le Banquier et Stéphanie Costa dont l'entrée dans la salle souleva des murmures de toutes parts. Les photographes se ruèrent sur elle qui se prêta au jeu en souriant. Philippe Vigneaux, le député, se précipita à ses côtés pour apparaître sur la photo. Son titre de Président de la Fondation lui donnait droit à ce privilège. Son statut de veuf récent aurait dû l'amener à plus de retenues mais que voulez-vous, les politiques sont comme ça. La com' avant tout.

Maintenant que tout ce petit monde était arrivé, la vente allait enfin pouvoir commencer. Le commissaire-priseur surgit de derrière un rideau, suivi de l'expert et de deux assistantes, chacune un *MacBook* dans les mains. Tous prirent place sur la table face au public. Un chevalet recouvert d'un drap trônait sur une estrade à la gauche du commissaire-priseur.

Ce dernier prit la parole pour présenter les œuvres et expliquer la démarche de soutien à l'art que représentait cette vente. Puis une des assistantes se leva et alla se placer à côté du chevalet pour en soulever le drap. Immédiatement une salve d'applaudissements se fit entendre dans la salle.

Clotilde Casanova était tendue. Il fallait absolument qu'elle remporte une des deux ventes. L'occasion était trop belle, et ne se renouvellerait pas. La banque genevoise avait validé la procuration. Cinq cent mille euros avaient été mis à sa disposition comme convenu par son client. Un simple code envoyé par sms à la banque enclencherait immédiatement un virement sur le compte de la Fondation Arts d'Oc.

— 487 000 une fois… 487 000 deux fois… Clotilde Casanova était dans un état second, les mains moites et le cœur battant à 200 pulsations / minute. Elle était à deux doigts d'emporter l'affaire. Il ne restait plus que cet asiatique, au fond de la salle, son téléphone collé à l'oreille qui lui faisait peur. Sa dernière offre était de 480 000. Irait-il au-delà ? 487 000… trois fois… « Adjugé » annonça le commissaire-priseur. Elle vacilla brièvement avant de reprendre rapidement ses esprits. Elle avait réussi.

Sa mère se précipita vers elle pour la féliciter et en profita pour la présenter à ses amis.

— Chers amis je vous présente ma fille, Clotilde. Elle dirige l'Aphora Gallery à New York et vient d'acquérir pour le compte d'un client américain le *Derain* mis en vente ce soir.

Le Banquier fut le premier à venir vers elle pour la saluer tout en la regardant en détail, des yeux aux escarpins, le regard brillant et lubrique.

— Enchanté de vous rencontrer. Vous avez les mêmes magnifiques yeux verts que votre mère.

— Merci. Enchantée aussi, lui répondit-elle en se reculant un peu.

Puis elle se retourna pour embrasser Stéphanie Costa qu'elle avait déjà souvent croisée à New York où cette dernière résidait la majeure partie de l'année.

— Heureuse de te revoir Stéphanie.

— Moi aussi, et félicitations pour cette superbe acquisition. Une très belle œuvre achetée à un prix raisonnable.

— Je suis là pour le compte d'un client américain. Il n'est pas impossible qu'il la revende d'ici quelques temps. Je te tiendrai au courant si elle t'intéresse.

— *Why not* ?

— Tu connais Jean-Paul Mèzon ma chérie ? demanda Chantal Casanova à sa fille.

— Oui bien sûr. Bonsoir Jean-Paul.

— Bonsoir Clotilde.

— Il faudrait que je vous parle, ajouta-t-elle discrètement pour éviter d'être entendue des autres.

— Bien, et si on allait boire une coupe pour fêter ça ? lança Chantal Casanova, d'humeur joyeuse. Et tout le petit groupe se dirigea comme un seul homme vers le buffet.

— De quoi vouliez-vous me parler ma chère Clotilde, demanda Mèzon en entrainant la fille de Chantal Casanova à l'écart.

— J'aurai besoin de vos services pour une sextape sur quelqu'un. Il faudra, bien entendu, qu'il ne se doute de rien. Il me faut une fille sûre, qui saura faire le job et se taire. Vous avez ça en catalogue ?

— Bien entendu. La rencontre se passerait où ?

— L'idéal serait chez ma mère, dans son *donjon*, mais je ne veux pas la mettre au courant.

— Je lui ai récemment promis une petite croisière sur mon nouveau Chris-Craft. Voilà peut-être l'occasion de l'organiser, lui répondit-il en souriant.

— Excellente idée. Je reviens vers vous dès que la date se précise. Et maintenant rejoignons les autres, ils vont finir par se demander ce que l'on trame tous les deux.

— Ah, vous êtes là, me dit Chantal Casanova en m'apercevant à l'autre bout du buffet. Quel plaisir de vous revoir. Votre roman avance ?

— Oui je vous remercie.

— Venez que je vous présente ma fille ainsi que deux de mes amis qui devraient vous intéresser.

— Voici ma fille Clotilde. Elle tient une galerie à Manhattan, me dit la Veuve en me montrant son double, mais avec trente ans de moins.

— Enchanté. Et bravo pour votre acquisition. Très belle toile

— Merci. Vous êtes un ami de Cristo si je ne me trompe ?

— Oui c'est un ami de longue date.

— Il m'a parlé de vous. Il paraît que seule l'écriture compte à vos yeux. Que le reste n'est que décor et personnages. Est-ce vrai ?

— C'est exact je dois avouer. Pour moi, vivre les événements est moins important que de les décrire. Mais cela dépend aussi des… « personnages » que j'ai face à moi. Il m'arrive parfois de me perdre dans les ruelles de la vraie vie.

— Humm, un peu poète sur les bords en plus. J'adore… Bon, je vous laisse je dois aller m'occuper des formalités pour la vente. A plus tard…

Casanova mère me présenta ensuite le Banquier déjà rencontré chez Bob et l'actrice Stéphanie Costa, une amie à elle actuellement dans la région.

Le député Philippe Vigneaux me regardait étrangement depuis l'autre bout de la salle. Entre méfiance et interrogations. Faut dire que j'avais été suspecté d'avoir tué sa femme. En tout cas, il n'avait pas l'air attristé de son statut de veuf. Il était d'ailleurs accompagné d'une très jolie femme.

Samedi 14 Juillet
15 h 20
Mas des Herbes Bleues

— Mon pote Cristo nous propose d'aller dîner avec lui et sa copine américaine au resto demain soir. Ça te dit ma chérie ? Tu n'es pas de service demain ?

— Non je ne suis pas de service au Mas mais je ne suis pas disponible pour autant.

— Ah bon !!!

— Non, une réunion de famille avec mes parents qui viennent dans le coin quelques jours. Incontournable.

Sa réponse me surprit car elle ne m'avait jamais parlé de ses parents, et là, ils surgissaient d'un coup. Mais je me fis une raison, d'autant que j'avais pris du retard sur mon manuscrit. Une soirée, seul à bosser, était aussi une bonne chose.

Dimanche 15 Juillet
20 h 30
Montpellier - Hôtel Métropole

Cristo avait réservé la table centrale dans le patio du restaurant de l'hôtel. De là, tous les autres clients les verraient. Et quand il sortait avec Monica, il tenait à ce que tout le monde les voit. Si fier de sa beauté. Si fier d'être à ses côtés.

C'est vers la fin du repas qu'il aperçut le Banquier attablé avec, autant qu'il se rappelle d'elles, les deux petites serveuses du Mas des Herbes Bleues, dont celle qui avait tourné la tête de son ami écrivain. La brune… « Eh ben merde alors !! » se dit-il interloqué. Qu'est-ce que les serveuses de Mèzon foutaient là, à dîner au Métropole… avec le Banquier !!! Une quatrième personne était avec eux. Un homme d'une quarantaine d'années de type eurasien a priori.

Il remarqua qu'à la fin de leur repas le Banquier était parti seul de son côté alors que les trois autres rejoignaient les escaliers menant aux chambres… Les choses étaient claires.

Chapitre 16

La Villa Fauve

Samedi 21 Juillet
19 h 45
Collioure - Villa de Stéphanie Costa

Construite tout au bout de la presqu'île, à l'entrée nord de Collioure, « La Villa Fauve », la demeure de Stéphanie Costa, se cachait des regards indiscrets derrière une forêt de pins parasols. Il fallait suivre un long chemin sinueux pour y accéder et, après avoir franchi l'immense portail, découvrir la maison du plus pur style « Belle Époque », où se mêlaient malgré tout, en une délicieuse harmonie, les influences mauresques et occitanes.

Stéphanie Costa avait décidé d'organiser une petite soirée entre amis afin de fêter sa nomination aux Oscars pour le prix de la meilleure interprète étrangère. C'était aussi le jour anniversaire de ses 51 ans. Mais ça, seuls quelques intimes le savaient. Il n'était pas facile de franchir le mur de la cinquantaine quand on était une grande actrice.

Près de deux cents personnes étaient attendues. Bien entendu le milieu du cinéma y était largement représenté mais on notait également la présence de nombreuses personnalités de la région, en particulier du monde de la peinture, sa grande passion. Et, chose exceptionnelle, même Bob était sur la liste des invités. Le bagou et le sens de la diplomatie de Payet, qui n'était pas avocat pour rien, avaient eu raison des réticences de l'actrice. Il s'était d'ailleurs empressé d'annoncer fièrement la nouvelle à notre cher éditeur qui n'en croyait pas ses oreilles. Stéphanie Costa, la grande actrice Stéphanie Costa, l'avait enfin invité à l'une de ses soirées. Hyper motivé pour la séduire il promit à Payet de bien se tenir et d'éviter les abus. Chose difficile à imaginer, mais bon, on verra bien.

J'avais pris soin d'arriver parmi les premiers, me permettant ainsi de mieux découvrir qui étaient les autres invités. J'avais été prévenu à la dernière minute par un coup de fil de Chantal Casanova m'annonçant fièrement qu'elle m'avait fait inscrire sur la liste des invités triés sur le volet. « Vous savez, c'est un privilège que d'être invité par Stéphanie. J'espère que vous saurez m'en être reconnaissant » avait-elle jugé bon d'ajouter. Ce qui ne me surpris pas. Je commençais à la connaître la veuve, jamais rien sans rien. Et comme elle avait déjà tout, il n'y avait plus que le cul pour la divertir.

Cristo m'avait prévenu. « Débrouille-toi pour venir à cette fête, tu as de la matière à récupérer. C'est « LA » soirée de la saison. A ne pas manquer ». Me précisant qu'il viendrait accompagné de son Américaine.

J'avais bien proposé à Emma de m'accompagner également. Elle avait refusé affirmant, comme pour le vernissage d'Aigues-Mortes, être totalement allergique aux soirées mondaines.

Pourquoi, une jeune femme de 25 ans, épanouie, belle, épicurienne et sûre d'elle pouvait-elle ne pas aimer les soirées où luxe et volupté étaient les maîtres-mots ?

Catherine de La Tour fut la première de la bande à arriver. Cristo m'avait confié qu'elle était d'une jalousie sans borne envers l'actrice. Jalouse de sa notoriété, de sa baraque, de sa collection d'art, de ses amants. De toute façon, la galeriste était de nature jalouse, de tout le monde, tout le temps. Un truc qu'elle traînait depuis son enfance. Depuis que sa mère avait décidé de lui préférer sa jeune sœur. Son sens des affaires, ou une envie de se faire sauter par un acteur connu, histoire de le raconter à ses copines, avait dû prendre le dessus pour la décider à venir.

J'attrapai deux coupes de champagne sur le plateau d'un serveur passant par là et me dirigeai vers elle. Elle me reconnut et me sourit en attrapant la coupe que je lui avais tendue.

— Bonsoir monsieur l'Écrivain, enchantée de vous revoir.

— Moi de même.

— Notre ami peintre n'est pas avec vous ?

— Il ne devrait pas tarder. Il m'a assuré qu'il venait. Accompagné d'une amie new-yorkaise m'a-t-il précisé.

Elle ne put s'empêcher un petit rictus qui montrait bien que mon pote ne m'avait pas dit de connerie. Pour cette femme la vie n'était que rivalité et apparences.

Monica Breizh était intimidée à l'idée d'aller à cette soirée chez une personnalité aussi connue que Stéphanie Costa. Mais Cristo y tenait. Il avait envie de la présenter à ses amis. Pour annihiler toute timidité elle connaissait un truc radical. Elle porterait pour l'occasion une perruque blonde.

— Je suppose que vous avez appris pour Joël Lacaze. Une bien triste histoire, me dit Catherine de La Tour tout en posant les lèvres sur sa coupe de champagne.

— Oui, un regrettable accident d'après les conclusions de l'enquête.

— Tiens justement, voici notre « *Hercule Poirot* » local, dit soudain la galeriste en me montrant du regard un homme ne payant pas de mine, petit, rondouillard, avec des cheveux noirs et une moustache en pointes de la même teinte, qui se dirigeait vers nous.

Le commissaire Lopez était très fier d'avoir obtenu une invitation pour cette soirée. Il adorait côtoyer la jet set. Ce qui lui arrivait rarement. Les soirées comme celle-ci n'étaient pas courantes dans la région. Il était plus habitué à fréquenter les voyous et les cadavres.

— Bonsoir Commissaire, vous êtes là à titre privé ou professionnel ? lui demanda Catherine de La Tour l'air moqueur.

— Privé, mais vous savez, un flic reste toujours un flic, même entouré de jolies femmes, une coupe de champagne à la main.

— Sans vouloir vous faire dévoiler des éléments de l'enquête, avez-vous quelques infos récentes à nous confier sur le cambriolage de Céret ?

— Non, rien de nouveau, par contre j'aimerais bien m'entretenir avec l'auteur de la toile qui a été dérobée. Il me semble que vous le connaissez ?

— Oui bien sûr. Cristo est un peintre d'ici dont la notoriété commence à dépasser nos frontières. Il nous arrive de travailler ensemble. Il devrait être des nôtres ce soir. Vous aurez tout loisir de vous entretenir avec lui. N'est-ce pas mon cher, il vous a bien confirmé sa présence ? ajouta-t-elle en se tournant vers moi.

— C'est aussi une relation à vous ? me demanda immédiatement Lopez, avec, me sembla-t-il, une pointe de suspicion dans le regard.

— Bien sûr, qui ne connaît pas Cristo ici ? Un de nos meilleurs peintres occitans.

J'étais très fier de ma réponse langue de bois digne d'un élu de la république.

— Vous êtes vous-même dans la peinture ? me demanda-t-il encore.

Mais il me fatigue celui-là avec ses questions !

— Non je ne peins pas, je dépeins. D 'ailleurs je suis actuellement sur un roman qui pourrait vous plaire. Un thriller policier qui se passe dans la région. Je vous promets de vous en dédicacer un dès qu'il sort. Vous m'excuserez, je dois vous laisser, mes amis m'attendent. A bientôt.

Pas envie de raconter ma vie à ce flic !

Étonnant, cette info que je venais d'entendre ! Un tableau peint par Cristo avait été volé dans une villa de Céret !!! Et il ne m'en avait rien dit. Etrange.

Quand Lorenzo apparut, Stéphanie Costa se précipita sur lui et l'entraina d'un pas rapide à l'intérieur de la demeure. Ils prirent le grand escalier central à double révolution, digne des palais de Saint-Pétersbourg, et montèrent rapidement au deuxième étage où se trouvaient les appartements privés de cette dernière.

Lorenzo avait dû se fendre d'un aller-retour express à Barcelone la nuit précédente pour répondre à la commande qu'elle lui avait passée pour cette soirée. La liste était simple et précise : cent grammes de coke, péruvienne, elle y tenait, cent ecstasys et cent grammes d'herbe. Il en avait aussi profité pour acheter au passage du GHB d'avance pour Chantal Casanova qui ne tarderait pas à lui en redemander prochainement au vu de sa consommation actuelle. Il avait aussi appelé Bob pour savoir s'il voulait quelque chose mais ce dernier lui avait répondu par la négative, ayant décidé de faire un break. La dernière fois qu'il avait dit ça il avait tenu trois jours. Lorenzo décida donc de lui prendre quand même quelques grammes au cas où.

Une fois enfermés dans l'immense salle de bain de l'actrice, Lorenzo ouvrit la sacoche qu'il avait apportée avec lui et en sorti les produits commandés. Stéphanie Costa, d'une main tremblante, prit un des sacs et l'ouvrit rapidement. Elle attrapa une petite pochette en daim signée Cartier posée sur une étagère, et en sortit une paille et une toute petite cuillère, toutes deux en argent. Elle plongea la cuillère dans le sachet, en renversa le contenu sur le rebord en marbre du lavabo et le sniffa d'un coup sec. Elle bascula la tête en arrière, aspira un grand coup et se tourna vers Lorenzo le regard brillant.

— Mon cher Lorenzo, tu es un amour. Même à Miami on ne trouve pas de la *péruvienne* de cette qualité. Cela mérite une petite récompense. Approche-toi…

Une fois la « récompense » prodiguée, elle reprit instantanément son rôle de maîtresse de maison…

— Cela ne t'ennuierait pas de mettre tout ça dans des coupelles pour les distribuer à nos invités, lui demanda-t-elle en lui montrant les sachets posés à ses côtés.

Comment refuser ?

— Bien sûr Stéphanie, avec plaisir.

— Ton enveloppe est sur la table basse, ne l'oublie pas, lui dit-elle avant de partir rejoindre ses invités d'un pas décidé, les narines pincées.

Après avoir laissé ma galeriste en compagnie de son Sherlock Holmes je décidai de faire le tour du propriétaire.

La demeure, entièrement peinte en blanc bien entendu, était construite sur quatre niveaux avec des terrasses, des verrières et des colonnades partout. Au rez-de-chaussée, plusieurs salons en enfilade, dont un avec un immense piano blanc posé au milieu, donnant tous sur les jardins par de grandes portes fenêtres à petits carreaux, puis une immense salle à manger. Et au fond, cuisines et offices. Au premier étage, bibliothèque aux boiseries exotiques, salle de projection aux fauteuils de velours rouge comme il se doit, salle de billard et boudoirs discrets. Au deuxième, les suites des invités avec chacune son balcon face à la mer, et au dernier étage, les appartements privés de la maitresse de maison. Le personnel logeait dans des dépendances à l'arrière de la demeure, côté parking.

Au milieu de la pelouse du parc se trouvait une magnifique serre octogonale en fer forgé blanc, signée de Gustave Eiffel, où une grande table ronde en marbre blanc était dressée pour une douzaine de convives.

Stéphanie Costa, remontée à bloc avec la péruvienne de Lorenzo se sentait d'attaque pour affronter le monde entier. Sous une assurance trompeuse, elle était en fait d'une grande timidité et sujette à des crises d'angoisse dès qu'elle était entourée de trop de monde. Impossible pour elle d'affronter les cérémonies, les tournages, les promos média sans être chargée à bloc. Coke, tranquillisants, alcool, ou autre qui passait sous la main, tout était bon pour s'affronter à elle-même à travers le regard des autres.

La maison était déjà pleine de monde quand je vis Cristo arriver, accompagné de son Américaine, une belle et grande blonde au visage rayonnant. J'étais persuadé qu'elle était brune !!! Ils ne se lâchaient pas la main se regardant à tour de rôle comme deux ados.

Ils rejoignirent le bar proche de la piscine et retrouvèrent toute la petite bande qui venait d'arriver. Il y avait là, « ma Veuve », « mon Bob », le Banquier rencontré chez Bob, l'ami Paulo mon logeur et aussi notre avocat à tous, ce cher Payet. Aux côtés de la Veuve se trouvait sa fille Clotilde.

Payet ne lâchait pas Bob d'une semelle, paniqué à l'idée qu'il parte en vrille.

— Il ne manque plus que notre député et de La Farges et l'équipe est au complet, annonça Bob qui avait encore tous ses esprits… Pour combien de temps ?

Un groupe de musiciens venu spécialement de Cuba, mettait une ambiance de malade sur la piste de danse aménagée au cœur du parc. Le genre d'endroit où ma mystérieuse femme aux yeux d'émeraude pourrait apparaître. Je décidai d'en faire le tour. On ne sait jamais. Déçu, je constatai qu'aucune femme lui ressemblant n'était présente.

Je vis au loin Cristo qui me faisait des signes pour que je les rejoigne. Mais je n'avais pas envie. J'étais bien là, seul, un peu à l'écart des invités. Et puis je pensais à ma petite Emma. J'aurais tellement aimé qu'elle soit là ce soir à mes côtés. Elle était à deux doigts de venir, je l'avais presque convaincue mais sa Valérie avait tout fait pour la retenir en usant d'arguments avec lesquels il m'était difficile de rivaliser.

Faisant mine de ne pas les voir, je décidai de monter à la salle de billard que j'avais aperçue au premier étage de la demeure en espérant y croiser quelqu'un prêt à faire une partie. La maison était envahie de monde, de beau monde à vrai dire. Beaucoup de têtes connues dont certaines dans un drôle d'état. En haut de l'escalier, sur le palier du premier étage, Stéphanie Costa, les mains posées sur la rambarde contemplait le spectacle des invités en contrebas, allant et venant dans tous les sens. On sentait une certaine fierté dans son attitude. Tous ces gens étaient là pour elle. Un certain nombre par intérêt, elle le savait bien mais cela n'avait pas d'importance. La fête, « sa » fête, était une réussite totale.

— Bonsoir charmant monsieur. Nous nous sommes déjà rencontrés, me semble-t-il, dit-elle en me toisant de la tête aux pieds lorsque j'arrivai à son niveau.

— En effet, nous nous sommes croisés récemment à une vente aux enchères de la Fondation Arts d'Oc, à Pézenas. C'est Chantal Casanova qui m'a entrainé chez vous ce soir.

— Vous êtes son « escort boy » de la soirée ? me demanda-t-elle avec un sourire malicieux, teinté d'empathie. Vous avez bien du courage.

— En fait, elle me conseille pour mon manuscrit. Je suis dans la région pour l'écriture de mon premier roman.

— Quel genre de roman ?

— Un thriller dans le milieu de la peinture en Occitanie

— Hummm… Intéressant. Qui est votre éditeur ?

— Bob Meyer.

— Sacré Bob. Insupportable personnage, enfin je veux dire avec les femmes, mais excellent révélateur de talents. C'est bon signe pour vous.

— Chantal m'a fait la même remarque.

— Votre histoire est-elle facilement adaptable à l'écran ?

— Oui je pense. J'écris avec un storyboard dans la tête. Pour moi chaque chapitre est une séquence. Intérieur, extérieur, jour, nuit, traveling, gros plan…

— Vous me plaisez bien. Appelez-moi, avant que je ne reparte à la fin du mois, pour que l'on se revoit. Je vous passerai les coordonnées d'un ami qui fait dans l'adaptation de roman pour des productions télévisuelles. Il est toujours à l'affut de nouveaux manuscrits.

— Avec grand plaisir. Mettre mes mots en images serait la plus belle chose qui puisse m'arriver. Je vous remercie.

— Allez, je vous laisse, je pars me jeter dans la fosse aux lions. Je vous souhaite une bonne soirée. A plus tard peut-être…

C'est incroyable comme les choses se font avec fluidité dans certaines sphères. Tu as un pote qui te présente un éditeur, qui lui-même te présente une riche héritière, qui elle te présente une grande actrice… qui te présente un producteur… Et bingo ! Le truc, c'est d'entrer dans la danse. De trouver une porte d'accès. Et surtout, de respecter les codes. Montrer que l'on en est.

Encore tout abasourdi par cet intermède, je me dirigeai vers la salle de billard qui se trouvait au fond d'un long couloir.

J'ouvris la grande double porte en bois massif de la pièce et m'avançai jusqu'à la table de billard américain, au design moderne en acier, entouré d'un néon fluo bleu donnant une atmosphère étrange à la pièce.

— Bonsoir monsieur l'Écrivain. Une partie ?

Je me retournai immédiatement et la vis. La même robe, blanche cette fois-ci. Les mêmes cheveux, noirs et longs. La même voix. Les mêmes yeux, émeraude. Elle était là, dans l'encadrement de la porte, à me regarder. Puis elle referma les deux battants derrière elle et s'avança vers moi.

— Je vous accorde une question pour chaque boule que vous empocherez, noire comprise… Si vous arrivez jusque-là… dit-elle d'un ton narquois, mais charmant.

Bouche bée je la regardais sans arriver à sortir un son. Comment pouvait-elle savoir que je viendrais à cette soirée, et serais dans cette pièce à cet instant. Je n'en avais parlé à personne. Peut-être me suit elle depuis mon arrivée. Et moi qui avait espéré la trouver dansant sur la piste…

— Je vous laisse « casser ». Après vous, ajouta-t-elle en me montrant du doigt les queues de billard accrochées au mur.

J'aimais beaucoup jouer au billard mais n'étais pas un grand spécialiste pour autant. Il était évident que si elle osait me défier, elle, de son côté, devait certainement briller dans le domaine.

Je réussis d'entrée à empocher une bille jaune, dans les règles de l'art, avec la bande qui va bien, tout en cassant le triangle. Je n'en revenais pas. L'enjeu m'imposait d'être au top. Elle aura donc les rouges. Ça lui va mieux. Et moi, le droit à une question.

— Bien joué. Vous avez droit à une première question. Je vous écoute…

— Pour le compte de qui me déposez-vous tous ces messages ?

— Pour un ami qui vous veut du bien me répondit-elle du tac au tac.

— Votre réponse est évasive.

— Je ne vous ai pas promis qu'elle serait précise. Continuons. A vous de rejouer.

Ensuite ce fut plus compliqué pour moi. Impossible d'en placer une autre. Elle, de son côté, enchainait les bandes avec une dextérité et une sensualité incroyables. Plaçant ses billes en travers des miennes juste là où il fallait. Profitant aussi de certaines positions de tir pour me laisser entrevoir ses longues jambes fuselées ou sa poitrine, a priori naturelle. Alors qu'elle en avait déjà rentré cinq, j'arrivai enfin à placer une seconde bille.

— Votre dernier message avec les chiffres a-t-il un rapport avec un Pacte entre collectionneurs, lui demandai-je immédiatement ?

— Bravo mon Écrivain ! Bonne pioche ! Allez, on continue…

Evidemment je ratai le coup suivant et elle en profita pour en placer deux de plus à la suite. Ne lui restait plus que la noire. La situation était critique. Heureusement un mauvais geste de sa part, volontaire peut-être, me rendit la main. Je me concentrai du mieux que je pus malgré la situation mystérieuse et d'une sensualité outrancière que je vivais à cet instant.

Bingo et une de plus ! C'était limite mais je l'ai eue. La question que j'allais poser serait certainement la dernière. Il ne fallait pas que je me plante. Je devais faire le bon choix. Elle s'était assise sur le rebord de la table, s'appuyant d'une main sur le tapis vert, l'autre étant posée sur ses genoux croisés. Quant au regard, je vous laisse imaginer… Comment réfléchir dans de telles conditions ? C'est inhumain !

— Alors cette question, demanda-t-elle en me regardant droit dans les yeux.

Une envie violente de la renverser sur la table, de lui soulever sa robe et de la prendre fermement, sans autre préliminaire qu'un fougueux baiser me traversa l'esprit. Mais l'heure n'était pas à la bagatelle. Il ne me fallait pas entrer dans son jeu et me déstabiliser. J'avais tellement de questions à lui poser.

Je me lâchai.

— J'ai déjà identifié Chantal Casanova, Jean-Paul Mèzon, Joël Lacaze et le Banquier comme membres du Pacte. Pouvez-vous me dire qui est le, ou la, cinquième ?

— Vous lui avez parlé il y a quelques minutes.

Non d'un chien, mais c'est bien sûr !! Stéphanie Costa, évidemment ! Elle était avec les autres à la Fondation l'autre soir. J'aurais dû m'en douter.

— Allez, il vous reste encore une chance. Rejouez, me dit-elle.

Si je rate ce coup, il est certain qu'elle rentrera la noire de suite après… Et terminées les explications. Il est clair qu'elle ne m'en dira pas plus. J'avais encore une petite chance mais il fallait que je la joue très doux, juste effleurer la bille.

Et voilà encore joué trop fort, raté !

— L'heure du coup de grâce a sonné. A vous la main.

Et comme prévu elle empocha la noire après avoir réalisé les trois bandes réglementaires.

— Voilà mon ami. L'heure de se séparer est arrivée. Je referais bien une autre partie avec vous… pour le plaisir… un de ses jours… me dit-elle après avoir approché son visage au plus près du mien.

— Mais au fait, si je peux me permettre une petite question subsidiaire… Je ne connais pas votre nom ?

— Appelez-moi « Emeraude », c'est bien comme cela que vous me nommez dans votre manuscrit, non ? me répondit-elle dans un grand éclat de rire avant de quitter la pièce rapidement sans se retourner.

Je n'ai pas essayé de la suivre, cela n'aurait servi à rien. De toute façon, il était sûr que l'on se reverrait. En tout cas l'info incroyable du jour c'est qu'elle avait lu mon manuscrit !!!??? Et avait eu le culot de me le faire comprendre…

Un peu sonné par cette nouvelle je décidai de redescendre rejoindre les autres dans le parc. A peine dehors je tombai sur le commissaire Lopez qui insista pour que je lui présente Cristo. Curieux moi aussi d'en savoir un peu plus sur ce cambriolage, je lui proposai de me suivre vers le bar de la piscine où il devait encore se trouver.

— Ah Cristo, je suis avec le commissaire Lopez qui souhaiterait s'entretenir avec toi.

— Bonsoir Commissaire, lui dit Cristo avec un grand sourire. Que voulez-vous donc savoir ? Je vous écoute…

— Je voulais m'entretenir avec vous au sujet de votre tableau volé dans une villa de Céret le mois dernier. Tout d'abord que pouvez-vous me dire de ce couple qui vous a acheté cette toile ?

— Je ne les connais qu'à travers le « Tableau de Vie » qu'ils m'ont commandé. Des gens charmants et de vrais amateurs de peinture.

— Justement à ce propos, il y avait dans cette villa d'autres toiles qui, sans vouloir vous vexer, sont d'une valeur bien supérieure. Pourquoi, d'après vous, le ou les cambrioleurs n'ont-ils volé que la vôtre ?

— Je n'en sais rien. Demandez-leur quand vous les aurez retrouvés. Peut-être pensent-ils que ma cote va exploser prochainement, ajouta Cristo en riant. Ou peut-être que les cambrioleurs n'ont tout simplement pas eu le temps d'en prendre d'autres.

— Comment avez-vous rencontré ces acheteurs ?

— A un vernissage à la galerie de Catherine de La Tour. L'affaire s'est conclue très rapidement. Ils étaient emballés par mon concept.

— A propos, que représente cette toile ?

— L'histoire de leur famille depuis quatre générations, avec les portraits de tous ses membres. Leurs différentes demeures et lieux de villégiature y étaient aussi reproduits.

— C'est donc une œuvre qui ne peut concerner que celui qui l'a commandée. Aucun marchand d'art ne peut s'y intéresser, conclu Lopez, dépité. Alors pourquoi ce vol ?

— Effectivement c'est étonnant. C'est la première fois qu'un de mes tableaux est volé. J'en suis le premier surpris vous savez. Mais je dois avouer que je suis aussi assez flatté. Tenez-moi au courant de la suite, je suis curieux de savoir ce qui est arrivé à ma toile.

— Rassurez-vous, nous aurons l'occasion de nous revoir, conclut le commissaire Lopez d'un air intrigant.

Ce qui n'était pas pour rassurer Cristo, mais il se garda bien de le lui dire.

Bob profita qu'ils étaient tous occupés à boire et à refaire le monde pour s'éclipser discrètement dans l'espoir de croiser Stéphanie Costa au milieu de tous ces invités. Manque de pot, c'est sur Lorenzo qu'il tomba !

— Holà Bob, comment tu vas ? Tu ne m'as pas l'air très en forme.

— Normal, j'suis à la diète, et j'ai Payet sur le dos qui me surveille.

— T'inquiète, on va arranger ça. Suis-moi, dit Lorenzo en se dirigeant vers la maison.

Bob se retourna pour vérifier que Christian Payet n'était pas dans le coin et suivit Lorenzo d'un pas rapide.

Après avoir traversé le grand hall, ils longèrent plusieurs salons où se trouvaient des petits groupes assis dans de profonds canapés. Certains parlant business, d'autres parlant cul et d'autres encore piquant du nez silencieusement.

Ils arrivèrent jusqu'à la porte des cuisines qu'ils poussèrent violemment, risquant de faire tomber une jolie serveuse topless, sur le point de sortir avec un plateau rempli de verrines de caviar. Ils trouvèrent un coin tranquille dans les réserves près des stocks de bouteilles. Lorenzo sortit immédiatement de sa poche une bonbonne pleine de coke qu'il renversa sur une table de cuisine en inox. Bob avait les yeux qui lui sortaient de la tête et la langue pendante. Il ne lui manquait plus qu'un peu de bave sur les lèvres pour ressembler à un bulldog face à un tournedos Rossini. Il refusa la paille que Lorenzo lui tendit et plongea directement la tête dans le tas posé sur la table.

L'avocat était inquiet. Bob lui avait filé entre les doigts. Il venait de faire le tour du propriétaire et ne l'avait pas trouvé. Il n'avait pas croisé Stéphanie Costa non plus, ce qui augmentait son inquiétude.

C'est à cet instant que cette dernière décida d'aller faire un tour aux cuisines pour vérifier que tout était ok de ce côté-là. Elle avait l'habitude de travailler avec ce traiteur mais « on n'est jamais trop prudent » ... Elle voulait s'assurer également qu'il y avait encore assez de champagne pour finir la soirée.

Catherine de La Tour et Clotilde Casanova étaient parties danser. Cristo et son Américaine étaient allongés l'un contre l'autre sur des transats, dégageant l'impression d'être seuls au monde. Le Banquier et Mèzon étaient quant à eux partis à la « chasse à la pétasse » comme ils aimaient à le dire.

L'ambiance était à son comble. Le groupe cubain avait laissé la place à un DJ qui avait décidé de nous replonger dans les années 70. Ce sont les *Stones* qui me décidèrent à y aller. « *Start me up* ». Incontournable.

Je remarquai au passage le Banquier, une bouteille de champagne dans chaque main, se dirigeant vers un bosquet où Mèzon l'attendait. Il était accompagné de deux filles vêtues de simples bikinis fluo. L'une en bleu et l'autre en rose. Avec bien sûr les mules assorties. Une vraie pub de « *diner* » sur le bord de la route 66 !

« Cet homme ne connaît pas les codes de ces gens » me dis-je en le voyant. Cela ne se fait pas de se servir soi-même. Les domestiques sont là pour ça. Se servir, c'est se rabaisser au rang du personnel.

Quand je revins un peu plus tard au bar de la piscine il n'y avait plus que ma veuve, seule, une coupe de champagne à la main. Même Cristo et sa copine avaient disparu, certainement dans une des nombreuses chambres de la maison.

Elle en profita pour me rappeler que je lui étais redevable de ma présence ici.

— Je serai raisonnable ce soir, ne vous inquiétez pas mon cher. Stéphanie m'a passé la clé de la salle de projection. Venez, on va se faire un petit film…

« Oh non, qu'est-ce qu'elle me réservait encore ? » pensai-je en la suivant docilement malgré tout.

De plus, la dernière fois que je m'étais isolé avec une femme dans une soirée, cette dernière avait été retrouvée morte dans les heures qui suivirent. Et ma veuve je commençais à m'y attacher… si je puis dire. Sérieusement, je n'avais pas envie qu'elle meure. C'était un personnage haut en couleur de mon roman.

La salle de projection ressemblait à une vraie salle de cinéma, mais en plus petit et avec de grands fauteuils confortables.

Alors qu'elle s'installait dans l'un d'entre eux, Chantal Casanova me demanda de venir m'accroupir face à elle. Puis elle souleva sa robe, écarta les jambes, prit ma tête dans ses mains et la dirigea entre ses cuisses.

C'est au moment où elle allait appuyer sur le bouton de la télécommande pour lancer le film sur l'écran, que l'on entendit un cri d'effroi venant des cuisines du rez-de-chaussée.

Nous nous relevâmes en même temps et fonçâmes vers l'escalier.

— Allo, Commissaire Lamy ?

— Oui, répondit une voix endormie.

— C'est Yann Lopez, du commissariat de Perpignan. Je suis désolé de vous appeler si tard mais j'ai besoin de vous et d'une équipe de la scientifique de suite. Stéphanie Costa, la célèbre actrice, vient d'être retrouvée assassinée dans un des congélateurs des cuisines de sa villa de Collioure, le crâne fracassé. Il y avait une soirée chez elle ce soir. J'ai deux cents suspects sur les bras, dont certains très célèbres. Venez vite, je vous en prie.

La police locale qu'il avait appelée en renfort entre temps venait d'arriver. Immédiatement la zone de crime fut gelée et les sorties bloquées. Le commissaire avait demandé aux invités de se regrouper dans le parc et d'attendre que l'on prenne leur déposition.

Il fallut plus d'une bonne heure à Nathalie Lamy pour réunir son équipe et arriver jusqu'à Collioure. Entre-temps le commissaire Lopez avait installé son QG sous la grande serre au milieu du parc. Cinq officiers de police y enchainaient les dépositions des invités. Nom, adresse, profession, lien avec la victime, emplacement et alibi au moment du crime.

C'était la première fois qu'ils se retrouvaient à interroger de telles personnalités. Une certaine gêne se dégageait d'eux. Toutefois, célèbre ou inconnu, un suspect restait un suspect et ils accomplirent méthodiquement leur mission, mais avec plus de bienveillance qu'à l'accoutumée tout de même.

La moitié des personnes présentes avaient déjà été auditionnées quand l'équipe du SRPJ de Montpellier arriva sur place. Les types de la scientifique et le médecin légiste allèrent directement sur la scène de crime et se mirent au boulot.

— Bonsoir Commissaire, alors, où en êtes-vous ? demanda Lamy à Lopez, en rejoignant ce dernier un peu dépassé par l'événement mais efficace tout de même.

— La victime a été trouvée par un commis de cuisine qui était venu chercher des sorbets dans le congélateur. Elle serait a priori morte suite à un coup violent porté sur l'arrière du crâne avec un objet contondant. Certainement avec la bouteille de champagne trouvée par terre à quelques mètres de là. On y aperçoit des traces de sang et quelques cheveux. Le médecin légiste devrait nous confirmer ça.

Mes gars ont déjà interrogé une bonne partie des personnes présentes. Rien ne s'en dégage pour l'instant. J'ai bien peur que l'enquête ne soit longue et difficile.

— J'en ai bien peur aussi, répondit la commissaire Lamy tout en bâillant profondément.

— Ah oui au fait… il y a pas mal de drogue qui a été trouvée un peu partout. Que fait-on par rapport à ça ?

— On n'a rien vu, lui répondit la commissaire cash. L'affaire est déjà assez compliquée comme ça. Vous n'allez pas m'en rajouter une couche pour quelques grammes de coke qui trainent sur les tables. Mais ramenez-moi quand même des échantillons que je fasse étudier ça. Suis curieuse de voir ce que la jet-set se met dans la tronche.

En fait, Nathalie Lamy n'attendit pas les résultats du labo pour savoir ce que la jet-set consommait. Non, elle partit se mettre à l'écart pour s'envoyer un des paquets que lui avait ramené Lopez. La commissaire avait plusieurs nuits blanches – ou presque - dans les pattes et sa fatigue était réelle. Un peu de coke ne pouvait lui faire que du bien. C'était dans l'intérêt de l'enquête.

« Ah ben, s'emmerdent pas les milliardaires !! C'est de la bombe ce produit » se dit-elle après avoir sniffé un des sachets. Elle eut l'impression que ses neurones venaient de se reconnecter d'un coup. La fatigue avait instantanément disparu et son esprit était ouvert à 360 degrés. Et c'est d'un pas énergique qu'elle partit en direction de la scène de crime.

Lorenzo n'avait pas couru sur une telle distance depuis bien longtemps. Il était complètement essoufflé, mais rassuré. Il avait pu quitter la villa avant l'arrivée de la police. A part Stéphanie Costa, la Veuve, Bob et Payet, personne ne le connaissait et il était sûr qu'aucun d'eux ne parlerait de lui aux flics.

Il était près de trois heures du matin lorsqu'il arriva dans le centre de Collioure. Il prit immédiatement un enchevêtrement de petites ruelles et finit par s'arrêter devant une enseigne en néon représentant un flamant rose. Pas d'autre indication sur la porte, juste un judas qui s'ouvrit quand il sonna.

— Ah, c'est toi mon Lorenzo. Entre, je t'en prie, dit une voix derrière la porte.

Le *Flamant rose* était ce que l'on appelle un « bar à hôtesses », et plus vulgairement, « un bar à putes ». Tentures rouges poussiéreuses, petites lampes en forme de flamants sur les tables et quelques esquisses au fusain de dessins érotiques du XIXème, accrochées au mur pour tout décor.

Lorenzo se dirigea directement vers une table au fond de la salle où se trouvait une fille aux cheveux et aux yeux d'un noir profond, sirotant tranquillement un cocktail.

— Dolly, j'ai besoin d'un petit service, lui dit d'entrée Lorenzo en s'asseyant à côté d'elle.

— Vas-y… yé t'écoute mon chéri. Tout cé qué tou voudras. Tu sais trrrès bien mon salaud qué yé suis dingue dé toi et que tou peux me demander cé qué tou veux.

Dolorès travaillait auparavant dans un de ces immenses bordels que l'on trouve le long de la route côté espagnol, de La Jonquera jusqu'à Figueras.

Le patron de la boîte lui faisait mener une vie d'enfer. Elle n'en pouvait plus. Un jour où Lorenzo était venu ravitailler les filles, comme cela lui arrivait de temps en temps, elle lui expliqua son calvaire.

Sensible à l'air doux et paumé de cette fille, il décida de l'aider.

Un jour, elle le vit aller dans le bureau du boss, y rester un bon quart d'heure et en ressortir pour se diriger vers elle et lui annoncer d'un ton ferme et décidé : « C'est réglé, prends tes affaires, dis tchao à tes copines et on se casse ».

Et c'est ainsi qu'elle officiait maintenant ici, à Collioure, dans ce « bouge » bien plus peinard que les supermarchés du sexe espagnols. Le patron était un ami de Lorenzo et elle se savait en sécurité. En plus Collioure était vraiment un endroit idyllique à vivre.

— Voilà, j'arrive de chez l'actrice, tu sais, celle qui a la grande baraque, la « Villa Fauve », à l'entrée de Collioure, au bout de la presqu'île. Il y avait une fête chez elle ce soir, et elle a été tuée. On a retrouvé son corps dissimulé dans un congélateur.

— Ça a dû jeter un froid, répondit Dolorès du tac au tac, sans se rendre compte de la vanne qu'elle venait de sortir.

Lorenzo ne put s'empêcher de sourire avant de reprendre.

— Dolly, si on te le demande j'ai besoin que tu dises que je suis arrivé ce soir ici avant 23 heures et que j'ai passé la soirée avec toi. On n'a pas bougé de là… Ok ?

— Bien sûr, ok mon chou. Mais dis-moi… c'est toi qui l'as touée ?

— Non. C'était une bonne cliente. Je n'avais aucun intérêt à la tuer mais je ne veux pas apparaître dans cette histoire. Avec mon cv je suis cuit d'avance. En plus c'est moi qui ai livré la dope là-bas, ce soir.

Chantal Casanova, le Banquier et Mèzon étaient sous le choc. Un autre membre de leur Pacte venait d'être assassiné peu de temps après la mort mystérieuse de Joël Lacaze. Ils n'étaient plus que trois. Avec peut-être le meurtrier parmi eux. D'un autre côté la perspective de se partager la collection de Stéphanie leur permit d'encaisser le coup.

Bob qui avait disparu au moment de la découverte du corps fut retrouvé un peu plus tard, endormi derrière un buisson au fond du parc, une bouteille de téquila vide à la main et une autre posée à côté de lui. Il était seul. Ce qui n'était pas dans ses habitudes.

Cristo, comme toujours, prenait les événements avec légèreté et insouciance. Sa Monica, qui ne l'avait pas lâché d'une semelle de toute la soirée avait une autre préoccupation que ce meurtre à l'esprit. Cela concernait cet écrivain, a priori très ami avec son Cristo. Elle trouvait qu'il ressemblait étrangement au type qu'elle avait vu dans les bureaux de McCoy la veille de la disparition. Elle se souvint d'un coup du flyer d'une expo trouvé chez Cristo. Donc, le type qui est venu voir McCoy serait un ami de Cristo qui, lui-même, exposait à Manhattan à cette période-là !! Cela faisait beaucoup de coïncidences. Elle se disait qu'il faudrait peut-être qu'elle contacte Bronston pour lui en parler. Mais si cet écrivain était le meurtrier de McCoy il semblerait logique que Cristo soit son complice. En même temps rien ne prouve que ce soit lui, ni même que McCoy soit mort. D'autre part, elle ne voulait pas perdre son chéri dont elle tombait de plus en plus amoureuse chaque jour qui passait. Il lui sembla finalement plus raisonnable d'attendre d'en savoir un peu plus avant d'en parler à qui que ce soit.

Catherine de La Tour et Clotilde Casanova, de leur côté, s'étaient endormies enlacées dans les bras l'une de l'autre, dans le lit d'une des chambres du deuxième étage.

Ce fut un policier qui dut les réveiller avant de leur annoncer la mauvaise nouvelle. Elles disaient n'avoir rien entendu et semblaient réellement surprises.

— Alors, mon cher légiste qu'avez-vous à me raconter ? demanda Nathalie Lamy en arrivant sur la scène de crime.

— Elle a bien été tuée par un coup derrière le crâne annonça le légiste. La mort a dû être instantanée. Son assassin l'a certainement frappée par surprise en arrivant derrière elle… avec cette bouteille certainement, précisa-t-il en lui montrant une bouteille de champagne emballée dans un sac hermétique. On y voit des traces de sang avec quelques cheveux collés dessus. Très certainement ceux de la victime…. Par ailleurs, on y a aussi trouvé des empreintes papillaires visibles... les cinq doigts d'une main…

— Ça c'est une très bonne nouvelle ! Enfin une pièce à conviction à se mettre sous la dent, ajouta la commissaire.

— Nous avons a priori affaire à un homme vu la violence du coup porté. Nous savons également d'après les statistiques, que les homicides de femmes sur d'autres femmes ne représentent que deux pour cent de tous les homicides, en général des affaires de jalousie et de rivalité, contre vingt pour cent lorsqu'il s'agit d'hommes sur des femmes. Soit neuf fois sur dix.

D'autre part le fait d'avoir utilisé une bouteille qui était à portée de main pour tuer, laisse à penser que le crime n'était pas prémédité. Concernant l'heure du décès, il est difficile d'être précis pour l'instant. Le court séjour dans le congélateur a accéléré le refroidissement du corps et donc sa rigidité. L'assassin l'a certainement mis à cet endroit volontairement pour brouiller les pistes. Seule une autopsie détaillée pourra nous donner une heure précise. Au moment de la mort, il y a une perte de l'étanchéité du réticulum sarcoplasmique, la concentration cytoplasmique du Ca^{2+} augmente. Sous l'action de cet ion, des ponts entre les filaments d'actine et de myosine se forment, ce qui entraîne l'immobilisation du muscle. La disparition de la rigidité est en rapport avec l'autolyse et la décomposition, qui détruisent la structure des filaments d'actine et de myosine ainsi que les liaisons qui les unissent… Vous me suivez commissaire... ?

— Euh… euh… oui, oui, mais passez-moi les détails s'il vous plaît, on gagnera du temps.

— En conclusion la rigidité de notre cliente laisse à penser que le décès remonterait à plus de quatre heures, soit vers minuit, mais en réalité il doit se situer entre une heure et une heure trente. L'autopsie nous le confirmera.

— Des traces de coups ? des griffures ?

— En apparence non.

— Violence sexuelle ?

— Il faudra attendre les conclusions de l'autopsie pour cela, Commissaire.

— Ok, faites au plus vite. Vu la personnalité de la victime cette affaire va faire beaucoup de bruit. Je vais avoir toute la hiérarchie sur le dos jusqu'au ministre, voire plus haut encore.

Forte de toutes ces constatations, la commissaire Lamy quitta les cuisines et rejoignit Lopez au « QG de campagne » improvisé sous la verrière.

— Ça y est, toutes les personnes présentes ont été entendues, y compris le personnel de maison bien sûr, annonça Lopez tout joyeux.

— Vous les avez tous laissés repartir ?

— Ben oui, je n'avais pas le choix. Il n'y avait aucune charge à retenir contre personne. Ils ont tout simplement été prévenus qu'ils devaient rester à la disposition de la justice.

— Côté caméras on a quoi ?

— Rien. Il n'y en a pas

— Comment ça… « il n'y en a pas » ??!!

— Non. Il y a des alarmes pour tous les accès à la maison, mais pas de caméras. Stéphanie Costa n'en voulait pas. Elle avait peur que des paparazzis arrivent à se connecter à son réseau et récupèrent toutes les images qu'ils souhaitaient. C'est arrivé à l'un de ses amis.

— Vous pouvez me montrer la liste des personnes entendues s'il vous plaît mon cher Lopez.

— Tenez, il y a 180 invités, 8 employés du traiteur, 4 employées de maison au service de Madame Costa, 6 musiciens et un DJ.

— Merci.

— Effectivement il y avait du « beau linge » comme on disait dans le passé, dit la commissaire en regardant tranquillement la liste. Soudain son visage laissa apparaître une moue dubitative. Elle se mit à lire en accélérant le rythme, revint en arrière, s'arrêtant par instant pour réfléchir ? Elle releva la tête vers Lopez et sourit.

— J'ai peut-être une piste lui annonça-t-elle. Vous avez entendu parler de la mort de l'épouse du député Vigneaux lors d'une soirée dans une villa de Sète récemment ?

— Oui. Je n'étais pas sur l'affaire mais j'en ai bien sûr entendu parler.

— Et ben moi j'y étais, et je peux vous dire que certaines personnes de votre liste étaient aussi à la soirée de Sète.

— Rien d'étonnant à cela répondit Lopez. Le gotha local va de soirée en soirée…

— Peut-être mais moi je sens un truc. Je ne peux pas encore dire quoi, mais je sens un truc. Nous les réentendrons en priorité.

La commissaire Lamy prit ensuite congé de son collègue en lui demandant de bien vouloir gérer seul la fin de l'opération. Elle était épuisée. La coke avait fini son effet.

Chapitre 17

Hasard et nécessité

Dimanche 22 Juillet
09 h 15
Brooklyn - Maison de Bronston

Le capitaine Bronston était de bonne humeur en se réveillant. Il était de repos aujourd'hui et avait prévu de trainer au lit toute la matinée en regardant la télé. Il habitait à Brooklyn Heights dans une petite maison mitoyenne de deux étages avec une façade arrondie en grès rouge, identique à toutes celles de la rue.

Après s'être levé pour se préparer un méga brunch, il retourna se coucher et s'installa confortablement, un pancake au sirop d'érable dans une main et la télécommande dans l'autre.

Il tomba sur un épisode de Columbo, déjà vu plus de cinquante fois, mais cela lui était égal. Il adorait.

Alors qu'il attaquait son assiette de bacon avec délectation, un panneau apparut en bas de l'écran : « Breaking News… L'actrice française Stéphanie Costa, nominée pour les Oscars qui auront lieu le mois prochain à

Hollywood a été assassinée hier soir dans sa villa du sud de la France. Plus d'info dans notre journal de 10 heures »

Curieux d'en savoir plus, il zappa directement sur Fox News, qui bien entendu était déjà sur le coup.

Le meurtre s'était produit durant une soirée où se trouvaient plus de 200 invités. En bon flic qu'il était, le capitaine eut une petite pensée pour les enquêteurs français et le travail qui les attendait. Des images prises par des invités présents à la soirée commençaient à circuler sur les réseaux. On en voyait tourner en boucle dans un coin de l'écran pendant que le présentateur rappelait la grande carrière de l'actrice.

Des personnalités de la profession avaient été contactées en urgence pour venir témoigner à l'antenne de tout le bien qu'elles pensaient de la défunte. Producteurs, réalisateurs, acteurs, amis de l'actrice se succédaient sur l'écran. Le directeur du MoMA apparut également pour rappeler l'engagement de Stéphanie Costa pour l'art en général, et la peinture en particulier. Il s'empressa de préciser que certaines toiles de sa collection étaient actuellement exposées au célèbre musée new-yorkais qu'il dirigeait.

Soudain Bronston sembla apercevoir sur une des images le visage de la galeriste française qu'il avait interrogée suite à la disparition de McCoy. Il sauta sur sa télécommande et fit immédiatement un arrêt sur image. Il s'approcha de son téléviseur et regarda attentivement. Oui, c'était bien elle. Il la reconnaissait. Une si belle femme ne s'oubliait pas ! Un peu sonné de la retrouver sur une scène de crime il se laissa tomber brutalement dans le fauteuil placé derrière lui. Le deuxième choc arriva lorsqu'il remit la diffusion en route et tomba sur l'interview par une chaîne locale française, d'une jeune femme américaine présente à cette soirée. Cette dernière racontait qu'elle était tranquillement avec son compagnon en train de boire un verre au bord de la piscine quand un cri d'effroi parvint des cuisines où un employé venait de découvrir le corps inanimé de l'actrice dans l'un des congélateurs.

Il n'en revenait pas. Hormis le fait qu'elle soit blonde, cette femme ressemblait comme deux gouttes d'eau... à Monica Breizh... la secrétaire de McCoy !!

Il en était maintenant certain. Son intuition ne l'avait pas trahi. Il y avait très certainement un lien entre ces deux femmes et la disparition de l'éditeur. Et certainement aussi, un lien entre la disparition de McCoy à New York et l'assassinat de cette actrice dans le sud de la France. Sa grasse matinée ne fut plus qu'un vieux souvenir. Il lui fallait se rendre là-bas. Il prit immédiatement son téléphone et appela le District Attorney, bien décidé à obtenir son accord pour aller au plus vite en France et voir tout ça de plus près.

Dimanche 22 Juillet
08 h 40
Montpellier

Le député Philippe Vigneaux atterrit à l'aéroport de Montpellier par le premier vol du matin.

Il regrettait de n'avoir pu se rendre à la soirée de Stéphanie Costa mais il avait une séance de nuit à l'Assemblée qu'il ne pouvait manquer, au risque de se faire flinguer par son président de groupe. Ils avaient terminé tard. Il avait très peu dormi et était épuisé. Heureusement son assistante était venue le chercher. Il n'aurait pas à conduire et pourrait dormir en route. Sa permanence, qu'il avait aménagée dans une aile de sa vieille demeure chargée d'histoire, était à une heure de route de Montpellier. Le temps d'une petite sieste.

— Vous avez appris pour Stéphanie Costa ? lui demanda son assistante une fois sortie du parking de l'aéroport.

— Non, qu'y a-t-il donc ?

— Elle a été assassinée cette nuit au cours de la soirée qu'elle donnait dans sa villa de Collioure

Il ne répondit pas et saisit immédiatement son téléphone.

— Allo... oui c'est moi. J'arrive à l'instant de Paris. Je viens d'apprendre la nouvelle. Faut absolument qu'on se voit au plus vite. On se retrouve à l'appart ?... Ok, A tout de suite....

— Changement de programme, je ne vais plus à ma permanence. Déposez-moi dans le cœur de ville, place Jean Jaurès. Et vous m'annulerez tous les rendez-vous du jour aussi s'il vous plaît.

L'assistante qui avait l'habitude des changements de planning de dernière minute de son patron bifurqua sans un mot vers le centre de Montpellier.

L'appartement du député - dont personne ou presque ne connaissait l'existence - se trouvait en plein cœur de ville, au dernier étage d'un ancien hôtel particulier du XVIIIème. Comme à de nombreux endroits ailleurs dans le quartier, un escalier gigantesque dominait une vaste cour intérieure pavée et fleurie. Il s'en servait pour ses rendez-vous galants ou ses rendez-vous d'affaire secrets.

Dans le cas présent c'était un « deux en un »…

Elle arriva quelques minutes après lui. A peine la porte refermée, elle se déshabilla entièrement tout en marchant vers la chambre où il l'attendait.

Les occasions de se voir leur étaient rares et donc intenses. La fatigue ne l'empêcha pas d'honorer dignement, pour ne pas dire fougueusement, son amante et c'est bien après en avoir terminé avec les plaisirs de la chair qu'ils passèrent aux choses sérieuses.

— Alors, que s'est-il passé attaqua-t-il d'entrée ?

— D'après les premières constatations, son assassin serait arrivé derrière elle et l'aurait frappée mortellement avec une bouteille de champagne. On n'a aucun suspect particulier.

— Est-ce que tu penses que ça peut avoir un rapport avec la mort de ma femme ?

— Le seul rapport apparent pour l'instant est que toutes les deux sont mortes lors d'une réception. Et bien sûr, que chacune d'elle est liée au milieu de la peinture.

Mais de là à faire un rapprochement avec tes business de marché public d'art il y a de la marge, sois tranquille.

— Oui mais on a quand même fait quelques bonnes affaires ensemble. Il y a des traces. S'il y en a un qui met son nez là-dedans, il y a bien un truc qui va sortir.

— T'inquiète, je surveille ça de près….

Puis la commissaire Lamy ajouta d'une voix douce mais légèrement teintée d'autorité… « Tu veux bien me baiser encore… ? »

Dimanche 22 Juillet
14 h 00
Mèze - Villa de Chantal Casanova

Chantal Casanova tournait nerveusement en rond dans son salon.

Mèzon et le Banquier étaient tous les deux enfoncés dans un profond canapé face à elle, le regard crispé. Elle les avait appelés dès son réveil, leur demandant de la rejoindre chez elle au plus vite.

— Jean-Paul, où étais-tu au moment du meurtre, demanda-t-elle brutalement à Mèzon ?

— Dur à dire, vu que l'on n'a pas l'heure exacte de la mort. Mais dans tous les cas à aucun moment je ne suis entré dans la villa. J'ai passé toute la soirée dans le parc.
— Et toi ? demanda-t-elle en se tournant vers le Banquier.

— Comme Jean-Paul. Nous sommes restés toute la soirée ensemble.

— Et toi, où étais-tu ? lui demandèrent-ils d'une seule voix.

— Dans la salle de projection, avec un ami.

— Quel ami ?

— Permettez-moi, messieurs, de garder cette information pour la police si jamais elle m'en faisait la demande.

— Chantal, deux des membres de notre Pacte sont morts en moins de deux mois. Pour être sûrs qu'aucun de nous trois n'en soit le responsable nous devons nous fournir nos alibis insista Jean-Paul Mèzon. Dis-nous avec qui tu étais.

— Bon ! ok les gars. J'étais avec l'ami de Cristo, l'écrivain qui vient de signer chez Bob, et accessoirement ton locataire, il me semble mon cher Jean-Paul.

— Oui, d'ailleurs il commence à me saouler celui-là à tourner comme ça autour d'Emma. Je ne voudrais pas qu'il perturbe mon business. Bon, l'essentiel c'est que tu aies un alibi… et lui aussi du coup.

C'est à cet instant que Clotilde Casanova apparut dans le salon, vêtue d'un simple peignoir de bain, les cheveux en bataille, un bol de café dans les mains.

— Bonjour les amis, bâilla-t-elle tout en se dirigeant vers la terrasse d'un pas trainant.

— Et toi ma belle, où étais-tu au moment du crime, lui demanda sa mère au passage.

— Comment ça !!! Tu me soupçonnes maman ?

— Non, mais la police va nous poser la question à tous. Il faut s'y préparer.

— Et bien disons que j'ai passé la fin de la soirée à faire découvrir à une femme charmante, que vous connaissez tous d'ailleurs, les joies des plaisirs au féminin.

Je n'en dirai pas plus. Je ne voudrais pas vexer les deux machos lubriques assis dans ce canapé. Tu me comprends maman… ajouta-t-elle en faisant un clin d'œil en coin à sa mère avant de partir hilare, vers la piscine.

Vexés, bien sûr qu'ils l'étaient. Savoir que des femmes peuvent se passer d'eux pour prendre du plaisir les énervait au possible. Mais les excitait aussi. Imaginer Clotilde Casanova dans les bras d'une autre femme remplissait leur cerveau d'images érotiques insoutenables pour eux. D'ailleurs ils savaient bien qu'elle l'avait fait exprès. Encore plus vicieuse que sa mère celle-là. Pas sa fille pour rien.

— Bon, messieurs, revenons au sujet qui nous intéresse. Si, comme je l'espère, aucun de nous trois n'est l'assassin de nos deux amis, il doit en exister un quelque part qui se balade dans la nature. La question essentielle est de savoir si leur mort respective ont un lien avec notre Pacte ou ont des causes totalement différentes. Ce qui changerait considérablement la donne. Il ne reste plus qu'à espérer que la police trouve rapidement le ou les coupables. Je vais appeler Payet pour faire le point avec lui et lui demander de nous préparer la succession de la collection de notre pauvre Stéphanie.

Dimanche 22 Juillet
13 h 00
Mas des Herbes Bleues

Il était plus de midi quand Emma vint cogner à ma porte.

Je reconnus immédiatement sa façon de frapper.

— Entre ma chérie, entre.

— Vu l'heure je t'ai préparé un petit brunch dont tu me diras des nouvelles, dit-elle en posant son plateau sur le bord du lit. J'ai croisé Mèzon tout à l'heure. Il m'a expliqué ce qui est arrivé hier soir. C'est incroyable !!

Je pris le temps d'avaler un grand verre de jus d'orange avant de lui répondre.

— Ouais, incroyable. Sauf qu'on est tous suspects et que les flics n'ont pas fini de nous emmerder. En plus elle devait me présenter un producteur pour l'adaptation télé de mon roman…

— Oui mais toi ça te fait aussi de la matière pour ton bouquin, ne te plains pas. C'est une chance.

— Oui, vu sous cet angle, lui répondis-je avant de la prendre dans mes bras et de l'entrainer sur le lit…

Dimanche 22 Juillet
13 h 30
Cœur d'Hérault - Villa de Cristo

Pendant que Cristo préparait les petits déjeuners, Monica s'occupait dans le jardin à couper quelques fleurs qu'elle mit dans un vase posé sur la table sous le saule pleureur. Elle n'arrêtait pas de penser à ce qu'elle avait découvert la veille au soir. Cet écrivain était-il le meurtrier de son patron, Ken McCoy ?

Elle avait une terrible envie d'en parler avec Cristo mais se retint. Il ne fallait pas qu'ils sachent qui elle était. Si ce type était bien le coupable et apprenait qu'elle l'avait reconnu, elle risquait de finir dans le *Salagou* avec des parpaings aux pieds en guise de *Louboutin*.

— Dis-moi mon chéri, la police va certainement nous recontacter, non ? lui demanda-t-elle après qu'il eut posé le plateau sur la table.

— Il y a des chances oui. Pourquoi ? Tu as quelque chose à te reprocher ?

— Non, Mais bon, ce n'est jamais drôle d'avoir affaire à la police criminelle. Et toi ?

— Moi quoi ?

— As-tu déjà eu affaire à eux ?

— Oui, une fois, récemment. Peu de temps avant ton arrivée il y a la femme du député du coin qui a été retrouvée morte dans un jacuzzi lors d'une soirée chez Bob Meyer. Tu vois qui c'est Meyer ? Celui qu'on a retrouvé hier soir, enfin, ce matin, cuvant derrière un buisson. On a tous été entendus mais l'enquête s'est orientée vers une mort accidentelle.

— Et ton ami écrivain il y était aussi ?

— Oui, c'était d'ailleurs sa première soirée depuis son arrivée.

— Il arrivait d'où ?

— Du Massachusetts… Mais… Pourquoi tu me poses ces questions ?

— Je ne sais pas, comme ça, par curiosité…

Dimanche 22 Juillet
13 h 00
Sète - Villa de Bob Meyer

Payet arriva chez Bob en fin d'après-midi. Ce dernier l'attendait juché sur l'un des tabourets du bar de la terrasse. Chez Bob il y avait des bars partout. Dans le salon, sur la terrasse, au bord de la piscine et même dans sa chambre.

— C'est chaud Bob ! dit d'entrée l'avocat. Tu as été vu te dirigeant vers les cuisines peu de temps avant l'heure présumée du meurtre. On te retrouve derrière un buisson bien plus tard et tu es incapable de dire ce que tu as fait entre les deux.

— Je vais t'expliquer lui répondit Bob avec l'air d'un enfant qui se serait fait prendre à voler des bonbons. J'ai rencontré Lorenzo, et puis… et puis, il m'a proposé un p'tit rail, et donc… ben… j'ai craqué… évidemment…

— Je savais bien qu'il ne fallait pas que je te lâche d'une semelle, hurla Payet. Continue, et ensuite…

— Eh ben… on a cherché un endroit tranquille… J'avais pas envie que tu débarques avec ta morale à deux balles… désolé. On s'est retrouvé au final dans un coin des cuisines, près des réserves de bouteilles. Et donc on était là, peinard, à enchainer verres de vodka et rails de coke, jusqu'à ce que l'on entende le cri de l'employé qui a découvert le corps. Dans un instant de lucidité on a compris qu'il se passait un truc grave et qu'il ne fallait peut-être pas trainer dans le coin dans l'état où on était… Lorenzo est parti d'un coup de son côté je ne sais où et moi, ne sachant pas trop quoi faire je suis ressorti par une porte de service dans le parc. Je me souviens m'être assis derrière un buisson, et là plus rien.

— Le meurtre s'est produit à quelques mètres de vous et vous n'avez rien vu ? Rien entendu ?

— Elle a sûrement été tuée avant notre arrivée, et devait déjà être dans le congélo.

— Et bien sûr, vous avez laissé la bouteille de vodka avec vos empreintes dessus ?

— Non, elle n'était pas finie, alors tu me connais, je l'ai embarquée avec moi. J'en ai même pris une deuxième qui trainait à côté

— Tu n'as pas touché aux bouteilles de champagne ?

— Non, pas que je me souvienne.

Chapitre 18

Black and White

Mardi 24 Juillet
16 h 00
Montpellier

Quand elle le vit passer le portique de la douane elle sut tout de suite que c'était lui. Ce grand black, chauve, au regard scrutateur et à la démarche assurée, ne pouvait être que le capitaine Bronston. Elle lui fit signe de la main. Il la vit et se dirigea vers elle.

— *Hi* Commissaire, enchanté de faire votre connaissance, dit Bronston dans un français correct en serrant la main de la commissaire Lamy.

Forte de ses années passées à Londres, Nathalie Lamy lui répondit dans un anglais parfait :

— *Welcome to France Captain, hoping our collaboration will be effective and fruitfull.* . Vous me voyez ravie de constater que vous maîtrisez bien notre langue. Vous n'êtes pas sans savoir que la majorité de mes compatriotes ne parlent que le breton ou l'occitan comme langues étrangères.

La remarque fit sourire Bronston, ce qui était assez rare chez lui.

Une fois dans la voiture, après quelques banalités sur le voyage et la météo ils attaquèrent le vif du sujet.

— Donc, si j'ai bien compris vous enquêtez sur la disparition d'un éditeur new-yorkais du nom de McCoy et vous avez découvert que deux des personnes suspectées dans cette affaire étaient à la soirée où Stéphanie Costa a été assassinée.

— Oui c'est exactement ça. Et je suis convaincu qu'il y a un lien entre ces deux affaires. Reste à savoir lequel.

— Je pense qu'il y a certainement une autre affaire liée à celle de Collioure… L'épouse d'un parlementaire local a été récemment retrouvée sans vie dans un jacuzzi au cours d'une réception… Chez un éditeur…

— Un éditeur dites-vous ? Encore une coïncidence étrange !!

— Oui, un éditeur littéraire mais qui travaille aussi comme agent pour des artistes plasticiens.

— Mon « client » était aussi amateur d'art… Une coïncidence de plus. Ça commence à faire beaucoup.

— Sans compter que le mari de la noyée est aussi le président d'une fondation dont la mission est de soutenir l'art pictural en Occitanie… Et vous ne savez pas tout… Un restaurateur de Collioure, collectionneur d'art également, a été trouvé sans vie dans des conditions étranges le mois dernier. A priori il serait tombé accidentellement de sa terrasse sur les rochers en contre-bas.

— Collioure !! Là où Stéphanie Costa avait sa villa ?

— Absolument.

— Et vous en avez encore beaucoup d'autres des comme ça ?

— Non, je crois qu'on a fait le tour… en attendant le prochain meurtre, conclut Nathalie Lamy sur un ton fataliste.

Dès qu'ils arrivèrent au bureau de la commissaire, Bronston se mit immédiatement dans les dossiers après avoir examiné en détail le tableau magnétique fixé au mur chargé de photos et d'annotations fléchées diverses. La priorité lui semblait être de réentendre la secrétaire de McCoy et la directrice de la galerie new-yorkaise qui semblaient être au centre de ces affaires.

— Vous avez les coordonnées de Monica Breizh et de Clotilde Casanova ? demanda-t-il à la commissaire.

— Clotilde Casanova est installée chez sa mère, Chantal Casanova, une riche veuve qui vit à Mèze, un petit port de pêche au bord de l'étang de Thau. Pour ce qui est de Monica Breizh, il faudrait regarder dans le rapport d'auditions des invités de la soirée de Stéphanie Costa. Si Lopez a bien fait le job on devrait y trouver ses coordonnées. Cependant il se pourrait aussi qu'elle soit chez Cristo, un artiste peintre avec qui elle aurait une liaison et qui habite dans un petit village de l'arrière-pays.

— Encore une histoire de peinture. Mais on n'en sort pas, c'est incroyable !! s'exclama d'un coup Bronston.

— Allez faire un tour sur le *Facebook* de ce peintre et vous ne serez pas déçu lui proposa Lamy.

— Non, ces réseaux sociaux me sortent par les yeux. C'est pratique pour les enquêtes, j'en conviens. Même très pratique parfois, mais j'y suis allergique. Résumez-moi plutôt ce que vous y avez découvert.

— Et bien d'abord une info, qui au départ me semblait sans importance, mais qui, maintenant que vous m'avez parlé de votre McCoy, devient peut-être essentielle.

Elle marqua une pose avant de reprendre.

— Notre peintre… Cristo… À la même période où votre « client » disparaissait, eh bien figurez-vous qu'il exposait à Manhattan. Et vous savez où ?

— Ne me dites quand même pas que c'était à l'Aphora Gallery, tenue par… Clotilde Casanova ???

— Et si mon cher, et si, lui répondit-elle avec un grand sourire.

— Donc la secrétaire de McCoy est la maîtresse d'un peintre qui exposait à New York chez Clotilde Casanova au moment où ce dernier a disparu. Et cette Clotilde Casanova était elle aussi à la soirée où l'épouse du député a été retrouvée noyée ?

— Non, elle n'est arrivée en France qu'un peu plus tard.

— Et ce Cristo ?

— Lui oui. Il était aux deux soirées.

— Qui d'autre était aux deux soirées parmi tout ce beau monde ?

— Le peintre Cristo, Bob Meyer l'éditeur, Chantal Casanova la mère de Clotilde Casanova, Jean-Paul Mèzon, propriétaire d'un domaine œnotouristique, également collectionneur d'art et, pour finir, cet écrivain que Meyer a signé récemment.

— Un écrivain !... Quel écrivain ?

— Il vient d'arriver dans la région. Il écrit un roman sur le milieu de la peinture en Occitanie. Il a pris une chambre au Mas des Herbes Bleues… Chez Jean-Paul Mèzon….

— *Yeah, well... well*, murmura Bronston enchanté de ce qu'il venait d'entendre.

Ça sentait le panier de crabes à plein nez. Et Bronston, il adorait plonger ses mains dans les paniers de crabes. Les voir se débattre entre eux, se marcher dessus pour sortir, et lui les attraper tranquillement, les uns après les autres.

— Il semblerait d'après les témoignages qu'il soit proche de Chantal Casanova. Je n'ai pas d'autres infos sur lui, cet imbécile n'a pas de page Facebook.

— Je ne dirais pas « imbécile » moi à votre place. Je le trouve au contraire très malin, renchérit le capitaine.

— Et le député, vous pouvez m'en parler ? ajouta-t-il.

— Hors de cause. Un alibi en béton le soir de la mort de sa femme. Il a passé toute la soirée à discuter avec le sous-préfet. Il avait beaucoup de dossiers à lui soumettre et avait profité de l'ambiance décontractée de la soirée pour le faire. Par ailleurs il n'était pas à la soirée de Collioure. De plus son CV est nickel. Il n'a aucune affaire louche sur le dos et pas de maîtresse connue. A mon avis il n'y a aucun intérêt à suivre cette piste. Le député Vigneaux est respecté par tous ici et n'a aucune casserole, ce qui j'en conviens, est plutôt rare dans ce milieu.

— Donc, on a des liens entre les trois affaires, voire quatre avec le restaurateur, et un certain nombre de suspects, mais aucun indice, ni aucun mobile, uniquement des coïncidences troublantes, des bouts de puzzle à reconstituer… Sauf qu'on n'a pas le modèle !

Commençons par dresser une liste des suspects pour chaque affaire. Bon, nous avons d'abord Clotilde Casanova, Monica Breizh, le peintre Cristo et éventuellement cet écrivain pour l'affaire McCoy, puisque ce serait justement un écrivain qui aurait été le dernier à voir McCoy vivant… Pour la mort de la femme de Philippe Vigneaux nous avons encore le peintre et l'écrivain, auxquels s'ajoutent Chantal Casanova, l'éditeur et ce Jean-Paul Mèzon. C'est bien ça ?

— Oui, exactement.

— Et pour le restaurateur qu'en est-il ?

— Le procureur a classé l'affaire. Mort accidentelle. Mais à mon avis il ne faut pas exclure ce dossier des autres, en toute discrétion bien sûr. Pas question de froisser la hiérarchie.

— Et pour finir, le meurtre de Stéphanie Costa au moment duquel, si j'ai bien compris, toutes les personnes que nous venons de citer étaient présentes ?

— Tout à fait.

— Euh… Et Stéphanie Costa, était-elle aussi à la soirée chez ce Bob Meyer ?

— Non, elle était en tournage sur Paris ce jour-là.

— Donc, la seule chose dont nous sommes certains, c'est que l'unique personne présente sur les quatre affaires se trouve être notre peintre Cristo. Viennent ensuite dans notre ligne de mire, l'éditeur Meyer, Chantal Casanova et l'écrivain, présents tous les trois aux deux soirées. Et pour finir nous avons Clotilde Casanova et Monica Breizh présentes à Manhattan et à Collioure. Ou bien nous avons affaire à un tueur à gage embauché par l'un ou plusieurs de nos suspects pour une raison qui nous échappe encore mais certainement liée à une histoire de tableaux ou bien l'un d'entre eux agit en tueur solitaire pour des raisons personnelles.

Mais il est aussi possible que ces affaires n'aient rien à voir les unes avec les autres et que nous soyons complètement à côté de la plaque… Mais ça m'étonnerait fort.

Vous serait-il possible de retourner sur ce fameux *Facebook* pour voir d'un peu plus près ce qu'il raconte sur nos suspects ?

— Ah, je vois que vous devenez raisonnable. Vous acceptez le progrès, lui répondit Lamy en éclatant de rire.

Mercredi 25 Juillet
14 h 00
Mèze - Villa de Chantal Casanova

— Bonjour, nous souhaiterions parler à mesdames Chantal et Clotilde Casanova.

— Qui dois-je annoncer ? demanda Édouard en ouvrant la porte au capitaine et à la commissaire.

— Commissaire Lamy du SRPJ de Montpellier et capitaine Bronston du New York Police Department répondit Nathalie Lamy en présentant sa carte de police.

— Je vais prévenir Madame. Si vous voulez bien patienter ici, leur proposa le majordome en ouvrant une large double porte donnant sur le grand salon.

Après un bon quart d'heure d'attente, ils virent arriver Chantal Casanova, souriante et détendue, vêtue d'un chemisier blanc au col montant fermé, d'un short en cuir noir moulant, et d'une paire de *Reebok,* blanches également.

— Bonjour. Que puis-je pour vous ? Je suppose que vous venez au sujet du meurtre de cette pauvre Stéphanie ? dit-elle en s'approchant pour leur serrer la main.

— En effet… Mais pas que. Nous aurions aussi aimé rencontrer votre fille Clotilde, annonça d'entrée la commissaire.

— Vous n'avez pas de chance, elle est absente cet après-midi. Vous savez, c'est une femme d'affaires dynamique qui, même par un temps caniculaire comme aujourd'hui, ne peut rester longtemps à lézarder au bord d'une piscine. Elle avait un rendez-vous à Aigues-Mortes pour une histoire d'expo d'une artiste peintre d'ici dans sa galerie de New York. Ma fille adore aider les jeunes artistes talentueux.

— Pourriez-vous la prévenir que nous repasserons la voir après-demain vers 14 h. Qu'elle s'arrange pour être là, je ne voudrais pas être obligée de lui envoyer une convocation au commissariat qui serait préjudiciable à son image, dit la commissaire en regardant Chantal Casanova d'un air décidé.

— Bien entendu, vous pouvez compter sur moi. Mais que lui voulez-vous exactement ?

— Ça, vous nous permettrez de lui expliquer nous-même lorsque nous la verrons, lui répondit Lamy sur un ton sans appel.

— Ok, lui répondit-elle froidement en sortant un cigarillo *Trinidad* d'une boîte en argent posée sur la table basse devant elle.

Puis elle l'alluma délicatement, à petites bouffées - Un *Trinidad* ça se respecte. On le manipule avec égard. On le caresse avec les lèvres…

— Sinon, qu'aviez-vous à me demander ? interrogea-t-elle en renvoyant doucement la fumée de son cigare en direction du capitaine sans le quitter des yeux.

— Tout d'abord pouvez-vous nous dire depuis quand vous connaissiez Stéphanie Costa, et quels étaient vos rapports ? demanda Bronston qui n'était pas encore intervenu.

— Nous avons fait connaissance il y a déjà quelques années lors d'une soirée à Los Angeles chez un ami commun. Puis nous nous sommes revues lorsqu'elle a acheté la « Villa Fauve », cette magnifique demeure à Collioure, il y a trois ans. Notre passion commune pour la peinture nous a ensuite rapprochées.

— Vous a-t-elle parlé de problèmes particuliers qu'elle aurait rencontrés ces derniers temps ?

— Non, elle avait l'air sereine et heureuse et cette nomination aux Oscars la remplissait de joie.

— N'avez-vous rien remarqué de spécial au cours de cette soirée chez elle ?

— Non à part Bob qui s'est bien tenu, tout était normal.

— Euh… Vous dites « Bob ». Vous parlez de Bob Meyer, l'éditeur, reprit Lamy ?

— Oui, lui-même. Et n'allez pas l'imaginer en tueur, Bob est la gentillesse incarnée. Il ne tuerait même pas un moustique en train de le piquer. Bien sûr il est connu pour avoir un comportement plutôt… comment dire… excessif parfois, mais de là à le voir en meurtrier. C'est d'ailleurs grâce à lui que Stéphanie a démarré sa carrière internationale. Elle lui devait beaucoup.

— A ce propos, que pouvez-vous nous dire sur madame Vigneaux retrouvée noyée dans le jacuzzi du « gentil » Bob ? poursuivit la commissaire.

— Je la connaissais très peu. C'était une femme discrète, vivant dans l'ombre de son mari.

— Avait-elle des ennemis ? En tant qu'épouse du député n'avait-elle pas accès à des informations confidentielles délicates, pour ne pas dire délictueuses ?

— Là, vous m'en demandez trop, je n'ai aucune information à ce sujet.

— Venons-en à Cristo, l'artiste peintre. Que pouvez-vous nous dire sur lui, continua Bronston ?

— C'est un bel homme séduisant et charmant, toujours d'humeur égale. Son talent commence à être reconnu et sa cote grimpe en flèche actuellement. Sinon voyez avec ma fille, elle vous en dira plus. Elle le connaît mieux que moi. Je crois qu'il a exposé chez elle à New York récemment. Mais au fait pourquoi cette question ? Vous le pensez coupable d'un des meurtres ?

— Ni plus ni moins que les autres, nous étudions simplement toutes les pistes.

— Donc, vous envisagez que je puisse moi aussi être la meurtrière, précisa-t-elle dans un grand éclat de rire ? Sachez que les hommes… et les femmes aussi, je les préfère bien chauds et bien vivants.

— Et le restaurateur Joël Lacaze, mort récemment à Collioure également, vous le connaissiez aussi je suppose ? enchaîna Lamy.

— Tous les gastronomes d'Occitanie connaissaient Joël, une référence dans notre région. Pour répondre plus précisément à votre question, oui, je le connaissais bien… et l'aimais beaucoup. C'était un homme sensible, talentueux et très humain.

— Lui aussi était amateur d'art ?

— Bien entendu. Qui se ressemble s'assemble, Commissaire. La peinture est ancrée dans notre belle région depuis l'arrivée des premiers impressionnistes il y a près de cent cinquante ans. De nombreux autres artistes les ont suivis. Des galeries se sont ouvertes un peu partout et un véritable marché de l'art est apparu. Et nous sommes là pour le perpétuer. Mais dites-moi, je croyais que Joël était décédé accidentellement ?

— C'est effectivement la conclusion de l'enquête, mais elle pourrait être rouverte si de nouveaux éléments apparaissaient.

— Mais dites-moi, vous m'avez interrogé sur Stéphanie, sur ce pauvre Joël et sur la femme du député... Seriez-vous à la recherche d'un « serial killer » ?

— Nous ne pouvons pas répondre à ce genre de questions Madame Casanova, comprenez-le.

— Vous m'inquiétez. Joël et Stéphanie étaient des amis proches et nous avons tous les trois en commun d'avoir de belles collections d'art... Si votre thèse de tueur en série se confirme je risque peut-être d'être la prochaine victime ?

— Rien ne le laisse supposer pour l'instant, mais soyez tout de même prudente.

Après quelques secondes d'hésitation Chantal Casanova ajouta d'un air espiègle qui lui allait à ravir :

— Vous n'auriez pas par hasard un ou deux charmants inspecteurs à me prêter pour assurer ma sécurité le temps que vous boucliez cette affaire ?

Bronston ne put s'empêcher de sourire en l'entendant. Cette femme était vraiment étonnante avec ses réflexions et son allure à mi-chemin entre vieille bourge et jeune pute... et inversement...

— Non Madame, désolée, intervint Nathalie Lamy qui commençait à ne plus supporter cette veuve un peu trop joyeuse à son goût. Nous n'avons malheureusement pas assez d'effectifs pour protéger nos concitoyens 24 heures sur 24, aussi riches et influents soient-ils. Nous pouvons éventuellement demander qu'il y ait des rondes régulières autour de votre domicile.

— Dans ce cas je prendrai soin d'être vigilante… Et je me débrouillerai autrement pour les *bodyguards*. Avez-vous d'autres questions ? demanda-t-elle sur un ton légèrement agacé.

— Encore deux petites questions si vous le permettez et nous vous laisserons tranquille. Vous êtes bien amie, n'est-ce pas, avec cet écrivain en immersion dans le milieu de l'art local qui vient de signer chez votre « gentil » Bob ? relança Bronston.

— Depuis peu mais je l'adore déjà. Ne me dites pas que lui aussi vous le suspectez, il est si mignon…

— Nous suspectons toutes les personnes présentes sur les lieux des crimes, c'est la procédure. Savez-vous ce que faisait cet écrivain avant d'arriver dans la région ?

— Il arrive des USA il me semble.

— Qu'y faisait-il ?

— Je n'en ai pas la moindre idée.

— Votre fille et lui se connaissent-ils ?

— Oui depuis que je les ai présentés l'un à l'autre récemment lors d'une vente aux enchères.

— Une « vente aux enchères » ? mais encore ? demanda Bronston, l'air suspicieux.

— Un Derain et un *Miró* ont été mis en vente il y a une quinzaine de jours au profit d'une fondation de la région.

— Quelle fondation ?

— La Fondation « Arts d'Oc », dont les bureaux sont à Pézenas.

— D'où venaient ces toiles ?

— D'un consortium suisse de collectionneurs qui en a fait don à la fondation et qui souhaite rester anonyme.

— Et qui sont les heureux acquéreurs ?

— Un musée des Émirats Arabes Unis à Dubaï pour le *Miró* et un collectionneur privé… américain… pour le Derain.

— Peut-on connaître le nom de cette personne ?

— Bien sûr que non Capitaine. Tout ceci se fait sous le sceau de la confidentialité quand l'acquéreur le souhaite. Ce qui est le cas pour cet acheteur. A l'inverse des Émirs qui eux, n'acquièrent des œuvres que pour que cela se sache. Ils n'ont aucun sens de l'Art. Leur seul souci est d'en avoir plus que le voisin. Comme pour la hauteur de leurs tours ou la longueur de leurs... yachts. Je suis désolée de ne pouvoir vous répondre plus précisément.

— Ce n'est pas grave, nous trouverons par nous-mêmes. Je vous remercie Madame. Nous allons vous laisser. Commissaire avez-vous d'autres questions à poser à madame Casanova ?

— Non Capitaine, je pense que ça ira... pour aujourd'hui...

Alors que la *Talisman* traçait sur la voie de gauche de l'autoroute à une allure bien supérieure aux limites autorisées pour le commun des mortels, Lamy et Bronston regardaient la route défiler devant eux sans rien dire. Dans le silence feutré de la berline on les entendait réfléchir, à vive allure aussi.

Bronston rompit le premier le calme qui régnait.

— Il faut gratter du côté de cette fondation et essayer de savoir qui est cet Américain. Je suis sûr qu'il y a un fil à tirer de ce côté-là.

— Faut voir, lui répondit Lamy, l'air peu convaincue, tout en klaxonnant vigoureusement une Clio qui « se trainait » à 140 km/h devant eux sur la file de gauche.

Le pauvre conducteur faillit faire une embardée, surpris par l'arrivée rapide de la *Talisman* derrière lui. Une fois la route dégagée, Lamy enclencha les petites diodes clignotantes bleues, plus discrètes mais tout aussi efficaces qu'un gyrophare, qu'elle utilisait habituellement pour les convois officiels. Ce n'était en l'occurrence pas le cas mais elle s'en foutait. Elle était pressée de rentrer chez elle. Mais avant, il fallait encore qu'elle passe au bureau rédiger son rapport.

— Cette femme en sait beaucoup plus que ce qu'elle nous a dit, c'est flagrant, affirma Bronston. Allez savoir si son inquiétude d'être la prochaine victime est sincère ou si c'est juste pour nous embrouiller.

— Un peu les deux je dirais. D'un côté je suis persuadé qu'elle est mouillée dans un truc et d'un autre côté elle a réellement peur de se faire descendre, conclut Nathalie Lamy en se tournant vers Bronston pour observer sa réaction. Ce dernier ne répondit rien, le regard tourné vers la fenêtre où défilait le bord de mer. Il repensait d'un coup à ses dernières vacances en Floride, l'été dernier avec Victoria, juste avant qu'elle ne le quitte. C'est dingue les associations que notre cerveau peut générer en nous lorsque l'on relâche la bride. Quelques palmiers entr'aperçus sur le front de mer et hop, il se revoyait à Miami lui faisant l'amour le soir sur la plage de North Shore, loin des buildings et de la foule. Mais surtout, loin de la folie des hommes, des horreurs du monde, des odeurs du sang et de la mort.

— Quand pensez-vous obtenir le rapport du légiste, et surtout, les résultats de recherche sur les empreintes ? dit-il après avoir repris le cours du présent.

— J'espère d'ici la fin de la semaine, mais rien n'est moins sûr. Récupérer les empreintes de tout le monde avant de les comparer va prendre du temps. Et on ne peut exclure l'hypothèse que le meurtrier n'était pas dans la liste des personnes présentes. Et là on serait mal !

— Vous me déposez à mon hôtel et on refait le point de tout ça demain matin ?

— D'accord Capitaine. Je ne vous promets rien, cette chaleur aujourd'hui m'a épuisée, mais si j'en ai la force j'irai faire un petit tour sur les réseaux sociaux pour essayer de vous trouver quelques pépites.

Chapitre 19

Canicule et révélations

Mercredi 25 Juillet
14 h 00
Mas des Herbes Bleues

Comme annoncée dans les médias, la canicule s'était installée dans la région. Durablement semblait-il. Mes neurones luttaient désespérément pour rester connectés les uns aux autres. Mais il fallait que je fasse avec. Bob me réclamait de nouvelles pages.

J'arrivais aux deux tiers de mon manuscrit. Il était temps de faire un point.

Qu'avais-je regroupé comme éléments depuis mon arrivée en Occitanie ?

Une toile de mon ami Cristo avait été volée dans une villa de la région.

Une de ses amies avait acheté un Derain aux enchères pour le compte d'un mystérieux commanditaire américain.

Cette amie tenait une galerie à New York, à trois blocs des bureaux de McCoy.

Ils fréquentaient un groupe de collectionneurs d'art un peu particuliers où luxe et luxure étaient les maîtres-mots et dont la cheffe de bande se trouvait être une richissime veuve, nymphomane et dominatrice.

Et pour finir, cette dernière était l'initiatrice d'une sorte de Pacte d'héritage entre cinq collectionneurs, dont deux venaient de mourir.

Par ailleurs, il m'avait aussi semblé comprendre que le Banquier de tout ce beau monde ainsi que le propriétaire de l'hôtel où je logeais, lui-même membre du Pacte, étaient impliqués dans un réseau de call-girls.

Cependant, je n'avais aucun élément pour relier tout ça, ni aucun mobile apparent pour aucun des protagonistes. Concernant Stéphanie Costa, on pouvait éventuellement penser que ce soit Bob, essuyant un refus, qui ait pété les plombs. Mais cela ne lui ressemblait pas. Ou peut-être le Banquier pour une sombre affaire de fric, voire Catherine de La Tour en pleine crise de jalousie. Mais c'était difficilement envisageable.

Une autre piste, plus crédible celle-là, pouvait être celle du Pacte. L'un ou l'ensemble des autres membres l'ont peut-être éliminée pour récupérer sa collection « plus rapidement ».

Pour ce qui est de l'épouse du député, les discussions entendues au vernissage de la galerie d'Aigues-Mortes laissaient entendre que son mari souhaitait sa mort, mais ne semblait pas en être le responsable. Quant à Lacaze, alors là, le mystère restait total, pas même une histoire d'héritage ou d'assurance-vie ! Sa femme possédait déjà pratiquement tout le patrimoine, hormis la collection de tableaux. Ne restait que la piste du Pacte, comme pour l'actrice.

Il fallait absolument que les flics se remuent le cul pour que cette histoire avance. Sinon j'allais devoir faire le boulot moi-même, et moi je suis écrivain, pas flic !

En tout cas, concernant le Pacte il semblerait que j'ai un coup d'avance sur eux. Essayons de le garder. L'idéal serait que je trouve une « taupe » au SRPJ pour suivre leur enquête de près…

A vous avouer franchement, je n'ai aucune piste pour trouver un informateur. Ça m'a traversé l'esprit, comme ça. En écriture c'est ce que l'on appelle « ouvrir une porte ». Le problème souvent c'est de les refermer. Cela dit, vous remarquerez que j'ai écrit : « L'idéal serait que je trouve... ». Donc... la porte reste entrouverte...

Jeudi 26 Juillet
09 h 10
Montpellier - Bureaux du SRPJ

En entrant dans le bureau de Lamy, Bronston comprit de suite à son petit sourire qu'il y avait du nouveau.

— Je sens que vous avez de bonnes nouvelles lui dit-il en posant son mug de café sur le bureau de la commissaire tout en s'asseyant face à elle.

— J'ai fait cette nuit le tour des pages *Facebook* de notre petite liste de suspects. Il s'avère que tout ce petit monde n'étale pas sa vie privée sur les réseaux. Leur usage en est strictement professionnel. Rien que l'on ne puisse savoir autrement. En revanche...

— En revanche... ?

— J'ai découvert une info qui devrait vous plaire. Ou plutôt vous énerver au plus haut point tel que je commence à vous connaître. Vous allez vous dire que ce n'est pas possible....

— Quoi ? Qu'est-ce que vous avez découvert ?

— Une coïncidence de plus...

— Non... !!! Mais encore...

— Eh bien... je suis tombée sur la page de Valérie Lacaze, la fille du restaurateur... Et figurez-vous que l'on y voit la photo d'un tableau que ce dernier aurait acheté juste avant de mourir...

— Un tableau de Cristo ? coupa net le capitaine.

— Je vois que la chaleur ambiante n'a pas altéré votre perspicacité. Eh oui Capitaine, encore une coïncidence... Mais qui ne mène nulle part... Comme les autres...

— Il faut que l'on interroge ce type au plus vite.

— Je vais envoyer une équipe le chercher, répondit Lamy en prenant son téléphone.

Jeudi 26 Juillet
10 h 00
Collioure - Fort Saint-Elme

— Écoute Lorenzo, si tu ne joues pas le jeu avec moi je fais immédiatement fermer le « *Flamant rose* » et je renvoie ta pute en Espagne. Tu piges ? Et en prime j'te foutrai deux flics au cul toute la journée pour t'empêcher de faire le moindre business. Alors, démerde-toi pour me trouver des infos.

Le commissaire Lopez était surexcité. Cette collaboration avec ce policier de New York et l'équipe de Montpellier le mettait à cran. En faisant appel à son « cousin », comme disaient les flics en parlant de leurs indics, il espérait en mettre plein la vue aux deux autres. Lorenzo avait toujours de bons tuyaux. Suffisait de savoir lui parler… Et de savoir fermer les yeux sur certains trucs.

Ils s'étaient donné rendez-vous sur la terrasse du donjon du Fort-Saint-Elme. Un endroit difficile d'accès situé sur une colline dominant Collioure et Port-Vendres. De là-haut, on avait un panorama à couper le souffle sur le massif du Canigou et la chaine des Pyrénées, ainsi que sur le bleu unique de la Méditerranée,

Mais surtout le lieu n'était fréquenté que par les rares touristes qui avaient eu le courage de grimper la petite route escarpée menant au sommet. Une demi-heure de marche pour atteindre la porte de l'imposante forteresse construite au XVIème par Charles Quint, roi d'Espagne, dotée d'un très riche musée d'objets médiévaux. L'endroit idéal pour discuter loin des oreilles indiscrètes...

Du fait de leurs origines catalanes communes ils éprouvaient une certaine sympathie l'un pour l'autre qu'ils se gardaient bien, malgré tout, d'afficher. Les sentiments ne doivent pas exister dans ce monde-là.

— Commissaire, je voudrais bien vous aider mais je ne sais rien sur ces personnes. Lorenzo avait sa fierté et n'aimait pas cracher sur commande.

— Arrête de te foutre de ma gueule ! Je sais très bien que tu fournis tout ce petit monde en coke et autres saloperies du même genre. Si tu veux que je passe au test ADN les sachets de came trouvés à la soirée, dis-le-moi ! J'suis sûr qu'on y retrouvera les tiennes. Je sais aussi que tu t'es occupé de la sécurité à leur fondation de Pézenas. Tu les connais bien. Me prends pas pour un con !

Lorenzo réfléchissait à toute vitesse. Il ne pouvait pas se griller tout ce petit monde, mais en même temps, informer Lopez pouvait aussi lui être très utile. Qu'allait-il pouvoir dire qui ne le mette en porte-à-faux ? Peut-être cette histoire de Pacte qu'il avait découvert par hasard un jour chez Chantal Casanova en entendant une discussion entre elle et Mèzon. Personne ne se doutait qu'il était au courant. Aucun risque d'apparaître comme une balance.

— Ok, ok Commissaire. Il y a un truc que je peux vous dire, que vous ne savez certainement pas et qui pourrait vous être utile. Voilà, Stéphanie Costa et Joël Lacaze faisaient partie d'une sorte de club de collectionneurs et avaient signé un Pacte qui les obligeait à mettre en donation leurs œuvres aux autres membres en cas de décès.

— Ah oui ! quand même répondit Lopez surpris. Et qui sont les autres membres ? demanda-t-il immédiatement à son « cousin » préféré.

— A ma connaissance Chantal Casanova, le Banquier et Jean-Paul Mèzon.

— Nom de Dieu, ne put s'empêcher de lâcher Lopez, qui était pourtant un fervent catholique. « L'un d'entre eux est le meurtrier, c'est évident » pensa-t-il-immédiatement. Puis un grand sourire apparut sur son visage quand il imagina les têtes de Lamy et du cow-boy lorsqu'il leur apprendrait la nouvelle.

Jeudi 26 Juillet
18 h 00
Montpellier - Bureaux du SRPJ

— Pourriez-vous me dire ce que je fais ici, dit Cristo en entrant dans la salle d'interrogatoire où l'attendaient Lamy et Bronston.

— Nous avons un certain nombre de questions à vous poser concernant différentes affaires qui se sont produites ces derniers temps, attaqua Lamy. Une première chose. Où étiez-vous le week-end des 6 et 7 mai derniers ?

— A New York, répondit-il du tac au tac.

— Qu'y faisiez-vous ?

— Je venais de terminer une expo et me préparais à rentrer en France.

— Plus précisément ?

— J'ai passé ce week-end là à ranger mes toiles dans leur caisse de protection, puis à les faire embarquer pour la France sur un porte-conteneurs. Le fret maritime est beaucoup plus économique que l'aérien… si vous n'êtes pas pressé. Par contre si vous ramenez un cadavre, choisissez plutôt l'avion…

— On ne vous a pas fait venir ici pour écouter vos vannes, dit brutalement Bronston en tapant du poing sur la table. Qu'elle est la compagnie de fret que vous avez utilisée ? Avez-vous les documents douaniers ?

— Oui bien sûr j'ai tout cela à votre disposition sans problème. J'utilise les services d'*Hudson Shipping*, les meilleurs dans le fret maritime. Ils sont basés sur les quais de l'Hudson, à quelques rues de la galerie.

— A propos de galerie, quels sont vos rapports avec Clotilde Casanova ? C'est bien chez elle que vous avez exposé… À l'Aphora Gallery ?

— Tout à fait. Nous entretenons des relations professionnelles, mais néanmoins amicales. On s'apprécie et l'on fait de bonnes affaires ensemble.

— Où étiez-vous précisément le dimanche 6 mai entre 14h et 18 h ?

— Je vous l'ai dit... A la galerie en train de ranger mes toiles.

— Comment les avez-vous transportées de la galerie au fret ?

— Avec un des véhicules de la galerie. Il y en a toute une flotte à disposition.

Bronston réfléchissait. Comment le piéger ? Comment lui faire dire la phrase de trop qui l'incriminerait ? Il se jeta à l'eau…

— Si je vous dis « McCoy » que me répondez-vous ?

— Qui est-ce ?

— Foutez-vous de ma gueule ! Vous n'avez jamais entendu parler de lui, vous en êtes sûr ?

— Totalement certain… Qui est-ce ?

— Qu'importe… Changeons de sujet… C'est bien une de vos toiles qui a été volée dans une villa de Céret ?

— Oui, mais j'ai déjà répondu à cette question, lors de la soirée chez Stéphanie Costa, à votre collègue le commissaire… euh… Lopez il me semble, de Perpignan. Voyez avec lui, je n'ai rien à ajouter. Je suis surpris qu'une de mes toiles ait été volée et fier à la fois. Pour moi c'est un signe de reconnaissance de mon travail. Point barre. Je n'en sais pas plus.

— A propos de cette soirée à Collioure où étiez-vous à l'heure du meurtre ?

— A quelle heure a eu lieu le meurtre ?

Cristo était assez content de lui. Il envoyait ses réponses comme Nadal ses « passing-shots », laissant son adversaire figé au milieu du court.

— Arrêtez de répondre aux questions par des questions ça devient agaçant, s'énerva Bronston.

— Mais je suis sérieux. Je ne sais absolument pas à quelle heure cette pauvre Stéphanie a été agressée, et encore moins par qui. Personnellement j'ai passé toute la soirée dans le parc avec de nombreux témoins pour le confirmer

— Dont une certaine Monica Breizh, je suppose ? ironisa Bronston.

— Tout à fait Capitaine. Nous ne nous sommes pas quittés de la soirée. Elle pourra vous le confirmer, d'ailleurs.

— Comptez sur nous pour vérifier. Où et quand l'avez-vous rencontrée cette Monica ?

— Au Théâtre de la Mer à Sète, lors d'un concert de musique cubaine, il y a quelques semaines.

— Vous ne l'aviez jamais rencontrée avant ? A New York, par exemple ?

— Non non, je vous assure. Jamais entendu parler d'elle avant cette soirée.

— Bon, et maintenant parlez-nous de votre ami écrivain. Vous êtes-vous vus à New York lors de votre dernier séjour ?

— Non, il était dans le Massachusetts. Un peu loin pour se faire un resto... Et puis j'étais très occupé par mon expo.

— Que faisait-il aux USA ?

— Comme partout ailleurs... Il se promenait. Il y a quelque temps, il a reçu un héritage assez conséquent qui lui a permis d'arrêter de travailler et de pouvoir enfin voyager. Son rêve de toujours. Il possède un appartement en plein cœur de Paris, rue des Lombards dans le quartier des Halles. Cela fait au moins deux ans qu'il n'y a pas mis les pieds. Entre-temps il est allé en Asie. A vécu six mois en Thaïlande, puis aux États-Unis. Il en a fait le tour, en s'arrêtant à droite et à gauche, chez des amis. L'écriture est devenue pour lui une passion, voire même une obsession, mais pas une source de fric.

— Bon, parlons de Lacaze. Nous avons appris qu'il vous avait commandé une toile que vous lui avez livrée quelques heures avant son décès. Je me trompe ?

— Non c'est vrai... Et alors... ?

— Et alors ça nous fait plein de coïncidences tout ça ! A Céret une de vos toiles disparaît, et à Collioure, c'est le propriétaire d'un autre de vos tableaux qui nous quitte brutalement. Etrange non ?

— Pas plus que ça. Le « Tableau de Vie » que j'ai réalisé pour lui représentait l'histoire de sa famille. Peut-être savait-il qu'il allait mourir et voulait laisser un souvenir à ses enfants. Avez-vous envisagé la piste du suicide ? Moi à votre place je chercherais de ce côté-là.

— Vous ne voulez pas prendre ma place tant qu'on y est, lui répondit Bronston très énervé. D'abord les vannes, et maintenant les conseils. Non mais je rêve !!! Je vais vous dire moi la piste que je vais suivre. Une piste où vous êtes le complice de Clotilde Casanova. Une *fucking* piste où vous êtes tous les deux impliqués dans un trafic de tableaux entre la France et les USA. Et je ne serais pas étonné de voir apparaître McCoy dans cette histoire. Alors pour l'instant je n'ai pas assez d'éléments contre vous pour vous garder plus longtemps et je vais lever votre garde à vue, mais par contre nous allons vous demander de rester à la disposition de la Justice et de ne pas quitter la région. Par ailleurs vous avez 24 heures pour me fournir tous les documents douaniers concernant le transport de vos toiles à l'étranger ces trois dernières années, ainsi qu'une liste de toutes vos expos et des toiles que vous y avez vendues. Si nous n'avons pas tout ça dès demain dans notre boite mail, nous débarquons chez vous et vous faisons une perquis' qui va transformer votre baraque en œuvre de Picasso, faites-moi confiance… *You see what I mean…* ?

— Ce mec « *m'espante* » dit Bronston avec un lourd accent new-yorkais après le départ de Cristo. Il a l'air de survoler tout ça avec une insouciance incroyable alors que toutes les pistes convergent vers lui.

— Moi ce qui « *m'espante* » lui répondit Lamy c'est que vous parliez le « français du sud » !!

— Oui, enfin seulement deux ou trois mots. Juste de quoi vous… « *espanter* » … malgré le « *cagnard* » qui nous « *ensuque* » lui répondit-il en rigolant. Pour la première fois depuis bien longtemps. Sûrement l'effet canicule.

Puis, reprenant son sérieux il demanda à sa collègue si elle pouvait faire le nécessaire auprès du juge afin d'obtenir une autorisation pour borner et mettre sur écoute le peintre. Et voir aussi s'il était possible d'obtenir un mandat de perquisition malgré le peu d'éléments concrets en leur possession.

Vendredi 27 Juillet
18 h 30
Montpellier - Bureaux du SRPJ

La température avoisinait encore les 40° alors que l'heure de l'apéro arrivait à grand pas. Une institution l'apéro dans le Sud. Un truc incontournable que le monde entier nous envie. Et puis il fallait bien soutenir l'industrie vinicole, fierté des gens du cru. Ces derniers n'hésitaient pas à le rappeler en permanence à coup de « Journées de dégustations au domaine » de « Parcours œnologiques dans les terroirs » et autres « Estivales », organisés par les communes durant l'été pour écouler les stocks de leur cave coopérative et occuper les touristes. Il fallait reconnaître que les vins d'Occitanie étaient les meilleurs au monde... Tous les habitants de la région vous le confirmeraient.

Lamy et Bronston revenaient à l'instant de Mèze où ils avaient entendu Clotilde Casanova au domicile de sa mère. Bien entendu cela n'avait pas apporté grand-chose de nouveau. La fille de Chantal Casanova avait d'abord refait la même déclaration à Bronston qu'à New York, à savoir qu'elle ne connaissait pas McCoy personnellement. Concernant l'acquisition du Derain lors de la vente aux enchères, elle avait affirmé qu'elle n'avait aucune idée de l'identité de l'acheteur. Que la demande lui avait été faite par un cabinet d'avocats de Singapour et que les fonds avaient été versés par une fiduciaire des Bahamas via une banque suisse.

— Et où se trouve le tableau actuellement ? lui avait demandé Bronston avec une pointe d'ironie.

— Une société de sécurité singapourienne est venue récupérer la toile quelques jours après la vente. Je suppose qu'elle est maintenant accrochée à un mur chez son propriétaire.

— Vous avez forcément un reçu de cette livraison. Pouvez-vous nous le montrer ?

— Bien sûr. Il se trouve dans les bureaux de la fondation à Pézenas. Je peux vous le faire parvenir dès demain, lui avait-elle répondu sèchement.

Aucune info complémentaire ne put lui être arrachée. Que ce soit concernant ses relations avec le peintre Cristo ou sa présence à la soirée chez l'actrice.

Non, la bonne nouvelle du jour, ils l'avaient eu par Lopez. Lamy et Bronston ne s'en étaient d'ailleurs pas encore remis. Le « petit flic » de Perpignan avait soulevé un lièvre avec cette histoire incroyable de Pacte secret. Une info qui allait certainement faire bouger les lignes. Ils n'en avaient pas parlé à Chantal Casanova plus tôt dans l'après-midi en venant interroger sa fille. Ils se gardaient l'info au frais. Sur ce coup, il leur fallait avancer cachés.

— Mon cher Charly, aimeriez-vous découvrir les gambas grillées au pastis ? proposa soudain Nathalie Lamy avec un grand sourire en se tournant vers Bronston.

C'était la première fois qu'elle l'appelait « Charly ». Ce qui le déstabilisa imperceptiblement.

— Pourquoi pas lui répondit-il avec un très léger sourire.

— Alors ce soir, je vous emmène dans le fief de nos suspects… au Bucket's Beach…

Vendredi 27 juillet
20 h 00
La Grande Motte - Bucket's Beach

Après avoir pris chacun un tartare de saumon en entrée, Lamy et Bronston s'attaquaient maintenant aux fameuses gambas du Bucket's. Ils étaient arrivés tôt afin de pouvoir décompresser au plus vite de ces « enquêtes-prises-de-tête » à coup de mojitos, confortablement installés dans des transats face à la mer avant de passer à table.

Il était un peu plus de 21 heures quand Bob, le Banquier et Mèzon arrivèrent et s'assirent à une table ronde qui semblait leur être réservée, légèrement en retrait au fond de la terrasse. Ce qui n'empêcha pas Lamy d'immédiatement les repérer.

— Nos amis viennent d'arriver dit-elle doucement à Bronston en se penchant vers lui.

— Comment ça « nos amis » balbutia-t-il tout en avalant une gambas qui disparut en une fraction de seconde dans sa bouche ?

— Derrière vous à la table ronde au fond... L'éditeur Meyer, Mèzon le propriétaire viticole où loge notre écrivain et le Banquier de l'équipe.

— Vous ne m'en avez pas encore parlé de ce Banquier?

— Non, c'est vrai. Jusqu'à ce qu'on apprenne ce matin sa présence au sein de ce Pacte je ne le considérais pas comme un suspect. Il n'était présent qu'à la soirée à la Villa Fauve et n'avait a priori aucun lien avec les autres affaires. Tout ce que je sais de lui c'est qu'il est le gestionnaire de fortune de notre veuve joyeuse et de Bob Meyer. Et que pour obtenir un prêt auprès de lui il est préférable d'avoir une bouche pulpeuse et gourmande plutôt que de bonnes garanties bancaires.

— Ah yes ! Quand même. Intéressant. Faudrait peut-être qu'on creuse un peu plus de ce côté-là, non ? Et vérifier s'il n'est pas aussi le Banquier d'autres membres de notre joyeuse équipe, et principalement de Stéphanie Costa.

— Oui. D'autant que nous avons un sujet de discussion… Ce Pacte mystérieux. Mais pas maintenant s'il vous plait, Charly. De toute façon il est plus de 21 heures et la loi française nous interdit toute investigation entre 21 heures et six heures du matin. Si j'avais su, j'aurais quand même bien volontiers planqué un micro sous leur table avant. Mais on est là ce soir pour se faire plaisir, pas pour bosser… N'est-ce pas Capitaine, précisa la commissaire, le regard pétillant en direction de Bronston.

Chapitre 20

Disparition et œufs bacon

Samedi 28 Juillet
07 h 00
La Grande Motte - Appartement de Nathalie Lamy

Il était sept heures quand le réveil du téléphone de Lamy se mit à sonner sur la table de chevet près d'elle. Elle tendit le bras pour l'attraper mais n'y parvint pas de suite. La moitié du corps écrasé par celui de Bronston dormant comme un bébé, sur le ventre, la tête enfouie dans l'oreiller et le bras droit posé sur les épaules de la commissaire.

Elle finit par saisir l'appareil en se glissant doucement hors du lit sans réveiller son collègue, devenu depuis quelques heures son amant.

Elle aimait trois choses en lui : son côté gros nounours rassurant, sa peau couleur d'ébène, et sa façon de lui faire l'amour, avec douceur et fermeté réunies.

Rentrés du restaurant vers minuit, ils avaient fait l'amour jusque tard dans la nuit. Elle n'avait dû dormir que trois ou quatre heures. Ses yeux peinaient à rester ouverts. Elle se dit que la prochaine fois il faudrait qu'elle pense à ramener un peu de coke des réserves du commissariat... tant que c'est pour la bonne cause. En attendant, elle mit la machine à café en marche puis alla rapidement prendre une douche avant qu'il ne se réveille. Des années qu'elle n'avait pas préparé un petit déjeuner pour deux. Habituellement elle rencontrait ses amants en journée, ou les voyait repartir rapidement au petit matin sous de fallacieux prétextes dont elle n'était pas dupe. C'est vrai qu'il n'était pas facile de partager la vie d'un flic.

C'est une fois sortie de la douche qu'elle s'aperçut qu'un sms, envoyé par la « scientifique », lui était arrivé la veille au soir à 20 heures 32. Totalement concentrée sur son projet de mettre le capitaine dans son lit, elle n'avait pas regardé son smartphone de toute la soirée. Une faute professionnelle impardonnable. Mais qu'elle ne regrettait pas le moins du monde, au contraire...

Elle s'empressa d'en lire le contenu. Sa surprise fut totale au point de ne pas voir que le mug qu'elle remplissait en même temps, était en train de déborder.

Ce qu'elle venait de lire était incroyable.

Après avoir repris ses esprits elle prépara sans faire de bruit un plateau café-bacon-œufs-jus d'orange, qu'elle posa sur la petite table près du lit.

Bronston, qui avait discrètement ouvert les yeux depuis bien longtemps, se régalait d'observer en secret les mouvements gracieux de sa compagne de la nuit lui préparant son petit déjeuner. Bien longtemps que cela ne lui était pas arrivé. Depuis le départ de Victoria en fait, il y avait pile un an. Et cette petite robe légère qu'elle avait passée en sortant de la douche. Terriblement excitante. Encore plus impudique que nue.

Il décida de se retourner et tenta de la saisir par la taille pour l'entrainer dans ses bras mais elle résista et recula au pied du lit.

— Mon cher ami, je suis extrêmement flattée que vous ayez encore envie de moi après la nuit que nous venons de passer, mais je suis au regret de vous annoncer que nous avons du pain sur la planche…

— Et bien faisons le griller au toaster…

Nathalie Lamy éclata de rire.

— Mais non, « du pain sur la planche » est une expression française qui signifie que beaucoup de boulot nous attend. En l'occurrence, d'aller lever le Banquier chez lui et lui signifier sa mise en examen pour le meurtre de Stéphanie Costa.

— *What fucking news* … Si vous me prenez par les sentiments, *darling*, je veux bien reporter mes projets immédiats à plus tard…

— Alors, arrêtez de regarder mon cul. Prenez votre mug et allez le boire sous la douche. Vous avez cinq minutes…

A peine avait-il refermé la porte derrière lui qu'elle ôta ses sandales en les faisant voler à travers la pièce puis enleva sa robe en un éclair avant de se diriger à son tour vers la salle de bain…

Elle avait craqué sur lui dès les premières secondes où elle l'avait vu à l'aéroport. Elle n'allait quand même pas rater une occasion pareille… Leur meurtrier attendra…

Le Banquier avait la particularité d'habiter sur une péniche. Une très grande et très belle péniche de plus de trente mètres de long, amarrée à Agde, le long du Canal du Midi juste avant qu'il ne se jette dans l'étang de Thau. Il l'avait achetée et fait venir d'Amsterdam qui avait la réputation de construire les plus belles au monde. Dotée sur le pont supérieur d'une grande véranda solarium avec jacuzzi encastré à l'arrière, elle détonnait des autres, amarrées alentour, plus sobres, mais non dénuées de charme pour autant.

A l'arrière était attaché un petit cabin-cruiser, un « *Leader 36* » pour être précis, de près de dix mètres tout de même. Il s'en servait pour ses petites escapades en mer. Rien de tel qu'une bonne séance de cul au large, à la tombée du jour, quand le soleil donne ses plus belles couleurs, pour se remettre du stress de la journée.

Mais il n'aimait pas que le cul et le fric notre Banquier. Il aimait aussi les beaux paysages. Et pour lui la traversée de Sète par les canaux qui relient l'étang à la mer était tout simplement magique. Aussi bon qu'une pipe de cliente venant solliciter un prêt… son plus grand kif. Comme quoi !!

— Oui monsieur le juge, les empreintes retrouvées sur la bouteille de champagne près du corps de Stéphanie Costa appartiennent au Banquier. Nous venons de recevoir l'info du labo. On a eu la chance qu'il soit déjà fiché au FAED pour une sombre affaire de mœurs et sa fiche est sortie. Nous sommes en route, le capitaine Bronston et moi-même pour aller l'interpeller sur sa péniche. Il faudrait nous préparer une commission rogatoire d'urgence. Nous serons sur place d'ici vingt minutes. Et vous pouvez déjà informer le proc' que nous l'embarquons en garde à vue dans la foulée.

— Pas de souci Nathalie, je fais le nécessaire de suite. Je suis enchanté que la situation se débloque. J'ai toute la hiérarchie sur le dos avec cette histoire.

— Merci monsieur le juge. Je vous tiens au courant dès qu'il y a du nouveau.

Puis elle raccrocha et annonça à son nouvel amant :

— Je vais appeler la gendarmerie d'Agde pour qu'ils mettent en place un périmètre de sécurité avec barrage aux carrefours. On ne sait jamais, des fois qu'il ait des velléités de fuite en nous voyant arriver.

Pendant qu'elle téléphonait tout en conduisant à vive allure, gyrophare clignotant sur le toit, il la regardait avec une sorte de sourire angélique, oubliant où ils allaient et ce qu'ils avaient à y faire.

Il avait été surpris que ce soit elle qui prenne les initiatives la veille au soir. Il n'était pas habitué à ça. Lui aussi était attiré par elle mais il n'aurait jamais osé. Depuis le départ de Victoria il avait perdu toute confiance en lui. Il lui était impossible de prendre une autre femme dans ses bras… jusqu'à hier soir.

Samedi 28 Juillet
08 h 30
Agde - Péniche du Banquier

Après avoir eu la confirmation par le chef de la police d'Agde que le dispositif était en place, Lamy et Bronston descendirent de leur voiture garée assez loin de la péniche, sur l'autre rive. Après avoir passé un petit pont de pierres, certainement là depuis des centaines d'années, ils s'approchèrent en silence, accroupis derrière les buissons qui longeaient le canal.

La passerelle était descendue. Aucune chaine ne bloquait l'accès au pont. Les rideaux étaient baissés et l'on ne distinguait aucun mouvement à l'intérieur.

Bronston s'avança le premier. Après avoir franchi la passerelle, il se plaqua contre la paroi près de la porte. Il frappa trois fois et annonça : « Police… ouvrez !! Nous avons un mandat du juge d'instruction à votre encontre. Si vous refusez de sortir nous enfoncerons la porte ».

Pas de réponse. Rien. Pas un bruit, pas un mouvement. Il renouvela son appel. Rien. Toujours rien en retour. Puis la troisième sommation, sans plus de résultat.

Il fallait maintenant s'introduire à l'intérieur au risque de se faire tirer dessus. Mais cela semblait peu probable vu le profil de l'individu.

Bronston respira un grand coup puis enfonça d'un coup d'épaule la porte qui ne résista pas, pour la simple raison qu'elle n'était pas fermée à clef. Le capitaine faillit tomber en avant, surpris du peu de résistance. Nathalie Lamy qui avait vu la scène ne put s'empêcher de rire malgré le sérieux de la situation. Puis elle suivit Bronston, flingue à la main à l'intérieur de la cabine. Les deux jeunes inspecteurs du SRPJ qui les accompagnaient étaient quant à eux en position à chaque extrémité du pont, toutes les écoutilles dans leur champ de vision.

Après avoir fait le tour complet de l'embarcation ils durent admettre que l'oiseau s'était envolé…

— Espérons qu'il est parti chercher du pain et qu'il va revenir, avança Bronston mi-figue mi-raisin.

— J'appelle la PTS pour prendre des relevés. On saura s'il était seul. En attendant une bonne perquis' s'impose et après nous irons interroger les deux amis avec qui il dînait hier soir, lui répondit Lamy.

— Dire que j'étais venu pour résoudre une affaire de disparition et voilà que j'en ai une deuxième sur les bras, pensa-t-il à haute voix.

Lamy profita de cet instant de désarroi de son co-équipier pour s'approcher de lui et l'embrasser furtivement sur les lèvres.

Au moment où ils se réunirent sur le pont afin de faire le point sur ce que la fouille de la péniche et du « Leader 36 » avait donné, une Mini Cooper dernier cri s'approcha et stoppa devant la péniche. Immédiatement leur reflexe fut de sortir chacun leur arme qu'ils rengainèrent rapidement en voyant une jeune femme brune aux cheveux courts en sortir.

— Vous venez voir le Banquier ? lui demanda immédiatement Lamy.

— Oui, nous avons rendez-vous, répondit la fille tout en observant les brassards rouges marqués « police » sur le bras gauche des quatre personnes face à elle.

— Montez sur le pont nous raconter tout cela de plus près s'il vous plaît, lui intima la commissaire.

La fille hésita un instant puis monta sur la passerelle afin de la rejoindre sur le pont. De toute manière elle n'avait pas le choix…

— Donc vous aviez rendez-vous ce matin ici avec lui. Pouvez-vous nous dire pour quel motif ?

Après un long silence la jeune femme répondit :

— Je travaille dans un restaurant et il arrive que mon patron m'autorise à faire des extras chez certains clients pour y faire le service, ou la cuisine selon les cas. Ce midi je dois préparer un déjeuner pour quatre convives et faire le service.

Lamy avait quelques doutes sur ce que lui racontait cette fille.

— Vous êtes sûre que c'est pour faire la cuisine que vous êtes venue ?

— Oui bien sûr, et le service aussi.

— Alors pourquoi cette mini-jupe et ces escarpins ? Ce n'est pas une tenue vraiment adaptée pour travailler en cuisine, sur un bateau de surcroît !

— Je suis bien d'accord avec vous mais c'est une exigence du client.

Au final Lamy se foutait royalement de savoir si la fille était pute ou cuisinière. Ou les deux !

L'important était d'apprendre qu'un déjeuner avait été organisé pour le midi et que le Banquier avait donc prévu d'être à sa péniche…. Et a priori il avait disparu entre temps.

— Bon, ok. Laissez vos coordonnées à l'inspecteur qui est à l'entrée de la passerelle et rentrez chez vous. Le service est terminé. Nous vous recontacterons pour venir faire votre déposition au commissariat.

— Revenons à nos moutons, lança Nathalie Lamy à son équipe. Vous êtes d'accord avec moi ? Notre homme s'est barré en cavale. Hormis l'absence d'un ordinateur dont les câbles et la souris sont restés posés sur le bureau, rien ne semble suspect. Par contre il a laissé ses clefs de voiture sur la table du salon et la voiture un peu plus loin sur le chemin de halage. Donc, soit un complice l'attendait, soit il avait un autre véhicule pour s'enfuir.

— Et s'il avait été kidnappé ? avança Bronston.

— Ça se verrait. On n'a aucune trace de violence ni d'effraction. La « scientifique » nous le confirmera certainement. Par acquis de conscience, on va envoyer des plongeurs vérifier qu'il n'est pas tombé à l'eau et ne s'est pas noyé. Il ne nous reste plus qu'à extraire les fichiers de la clé USB trouvée par terre sur le pont, certainement perdue dans sa précipitation, pour en apprendre peut-être un peu plus.

— Bon vous deux, vous allez me faire l'enquête de voisinage habituelle tout en gardant un œil sur la péniche. On vous enverra une relève dans l'après-midi, annonça Lamy aux deux inspecteurs présents tout en prenant Bronston par le bras pour l'entrainer vers la voiture.

— Mon cher Charly, accepteriez-vous de prendre le volant, j'ai pas mal de coups de fil à passer d'urgence. Et surtout je n'ai pas vraiment les yeux en face des trous ce matin. La nuit a été courte… Je ne voudrais pas que vous finissiez votre brillante carrière contre un platane.

— C'est trop d'honneur. Avec plaisir. D'autant que j'apprécie beaucoup la fraîcheur que dégagent ces arbres le long de vos routes, surtout avec ce « *cagnard* ». Cela m'embêterait que l'on en abime un.

Ce qui causait le plus de soucis à Lamy dans tout ça, c'était que le suspect semblait s'être enfui dans les heures qui avaient suivi les résultats du labo au sujet des empreintes. Ce qui laissait à penser qu'il aurait un informateur au sein de la police ou du Parquet.

Elle se rappela soudain un détail qui lui avait semblé anodin la veille au soir. Elle se souvenait que le Banquier avait quitté la table avant la fin du repas… juste après avoir reçu un coup de fil.

— Quand je pense que nous l'avions sous le coude hier soir. On aurait pu le pécho au resto…

— Le « *pécho* » ???

— Oui mon Capitaine. C'est du verlan, de l'argot français. On inverse les syllabes. Ça veut dire « choper », « attraper »

— Ah ok ! Les *frenchies* sont vraiment compliqués avec leur langue.

— C'est clair. Cela dit, le sms du labo est arrivé à 20h32 sur mon téléphone. On aurait pu le serrer à ce moment-là.

— Non, parce qu'ils ne sont arrivés qu'après 21heures, heure légale qui le protège, m'avez-vous expliqué vous-même.

— Ah oui. Vous avez raison. J'avais oublié ce détail. Malgré tout, on aurait pu quand même le garder en visu toute la nuit et le cueillir ce matin à l'aube.

— Oui c'est exact mais… nous n'aurions pas passé la nuit que nous avons vécue.

— Une nuit étoilée au bord d'un étang peut aussi se révéler très torride mon cher, même pendant une planque. Surtout avec la chaleur qu'il fait actuellement. Je vous ferai découvrir si ça vous tente. La région possède pléthore de lieux secrets au bord de l'eau pour passer des nuits magiques.

Bon, en tout cas la première des choses à faire est d'appeler le juge.

— Monsieur le juge, la situation est un peu plus compliquée que prévu. Notre suspect semble avoir été informé de notre arrivée et nous a filé entre les pattes. Il faut de toute urgence prévenir Interpol et lancer un mandat d'arrêt international.

— Quelqu'un l'aurait prévenu ? demanda immédiatement le juge à la commissaire.

— Peut-être. Nous avons appris, selon des témoins, qu'il aurait dîné hier soir au Bucket's et qu'il serait parti avant la fin du repas, juste après avoir reçu un appel.

(Il n'était pas nécessaire de lui faire savoir qu'elle y était aussi, en tête-à-tête, avec son shérif chéri).

— Bien, utilisez tous les moyens possibles, bornage, cartes de crédit, fadettes, perquis' dans le réseau d'amis, etc. Vous avez carte blanche. Mais retrouvez-moi au plus vite ce putain de Banquier. Souvenez-vous qu'il est accusé d'avoir assassiné une icône nationale, quand même.

— Ok. Bien sûr. Merci monsieur le juge.

Lamy se dit en raccrochant que le juge devait être bien à cran pour traiter de « putain » un Banquier. Pas dans ses habitudes…

— On va où maintenant, demanda Bronston qui commençait à s'habituer à la conduite de cette « petite » voiture française.

— Faut aller interroger Meyer et Mèzon qui étaient avec lui hier soir. Bob Meyer habite tout près. Commençons par lui.

Chapitre 21

Alibis et mini-jupe

Samedi 28 Juillet
09 h 30
Mas des Herbes Bleues

Ce matin je dois speeder. Bob m'attend avec le dernier jet du manuscrit. Une douche rapide, un café en bas au bar et je trace.

« Qu'est-ce que c'est encore que ce plan ? » me dis-je soudain en apercevant Emma entrer dans l'hôtel, traverser le hall rapidement et foncer vers le bureau de Mèzon.... en mini-jupe et escarpins... à 10 h du mat... !!!

Elle m'avait dit qu'elle partait très tôt pour toute la journée. Un extra à faire sur un bateau. Mais pourquoi était-elle revenue voir Mèzon ? Et dans cette tenue !

Cela dit, avec un peu de chance j'avais peut-être là l'occasion d'apprendre des choses intéressantes. Je me levai, fis mine de me diriger vers l'escalier menant à ma chambre et tournai rapidement sur la gauche pour passer la porte qui ouvrait sur un patio d'où la voix de Mèzon me parvenait par la fenêtre de son bureau.

Emma entra brusquement sans frapper dans la pièce.

— Emma !!!!... Que t'arrive-t-il ? Tu n'es pas à la péniche ?

— J'en viens. A la place du Banquier, je suis tombée sur une équipe de police.

— Comment ça… ! Il y avait des flics sur la péniche ?

— Oui, ils avaient l'air d'être venus le chercher.

— Mais pour quel motif ? s'inquiéta Mèzon.

— Je n'en sais rien moi ! Ils ne m'ont rien dit. En tout cas, ils n'étaient pas là pour nos petites affaires sinon ils m'auraient gardée. D'ailleurs je soupçonne la nana qui avait l'air d'être leur cheffe, d'avoir compris mais d'en n'avoir rien à foutre. Non, ils étaient là pour autre chose.

— Qu'est-ce que tu leur as raconté sur ta présence là-bas ?

— Que j'étais serveuse et que j'étais venue pour organiser un déjeuner ce midi.

— Excellent ma belle, super réaction. Tu es vraiment la meilleure de toutes. Tiens d'ailleurs j'ai un truc pour toi. Une sextape à tourner dans une villa à Mèze. Un type à piéger. Je n'ai pas encore la date mais ça ne devrait pas tarder.

— Euh… s'il y a une sextape… faudra que votre client pense à ajouter une petite prime…

— Oui, oui, t'inquiète. Au fait, je n'ai pas eu le temps de te demander encore… Comment ça s'est passé au Métropole avec le client du Banquier ?

— Génial, le mec ce qu'il voulait c'était nous regarder, Valérie et moi, en train de faire l'amour devant lui. J'ai même pas eu à le masturber. Il s'est débrouillé tout seul comme un grand. Et en plus il était enchanté. Faut dire qu'avec Valérie quand on baise toutes les deux ça déménage. Évidemment…

— Ok, mais tout ça ne nous dit pas pourquoi les flics en voulaient à notre ami. J'appelle de suite Chantal, elle a sûrement déjà des infos. Ma petite Emma, du coup je te donne ta journée. Fais-en ce que tu veux.

Ce que je venais d'entendre confirmait bien ce que Cristo avait eu tant de mal à me dire l'autre jour. Emma, ma petite

Emma était… une pute… de luxe… mais une pute quand même !!

Je vous rassure, cette révélation n'avait rien enlevé au charme qu'elle opérait sur moi.

J'avais déjà des doutes depuis le soir où j'avais dîné chez elle. Je n'ai pas été surpris. D'un côté je tirais une certaine fierté d'avoir comme maitresse une femme avec qui les autres devaient payer pour obtenir ses faveurs. Et d'un autre côté l'idée qu'un autre homme puisse mettre la main sur elle, la caresser, la pénétrer me rendait dingue.

En tout cas, après avoir appris que le Banquier servait d'entremetteur, j'avais maintenant la preuve que Mèzon était le boss de ce business… Et Emma, sa favorite.

Samedi 28 Juillet
09 h 40
Sète - Villa de Bob Meyer

Malgré l'heure encore matinale, Bob se trouvait enfoncé dans un fauteuil gonflable au milieu de sa piscine… une coupe de champagne à la main.

Quand il vit arriver les silhouettes de Lamy et Bronston il compris de suite que la matinée ne se déroulerait pas comme prévue.

En quittant le Bucket's hier soir à la fermeture il avait réussi à embarquer une des dernières filles encore présentes avec un argument tout simple. Chez lui la coke c'était open bar 24 sur 24. Ce qui suffit largement à la décider. Elle dormait là-haut dans son lit et il avait la ferme intention de la rejoindre une fois sa bouteille de champ' terminée. Le champagne était le seul somnifère qui lui faisait de l'effet lorsqu'il dépassait les trois grammes de poudre dans la nuit. « Que pouvaient bien vouloir ces deux-là » se dit-il en attrapant la bouteille posée sur la margelle de la piscine.

— Bonjour monsieur Meyer. Désolés de vous déranger de si bon matin. Je vous présente le capitaine Bronston, du

NYPD de Manhattan. Nous aurions quelques questions à vous poser, lui dit la commissaire Lamy.

— Ah oui, carrément. Un flic est venu de New York pour m'interroger. Quel honneur ! Et peut-on savoir à quel sujet ?

— Sortez de votre piscine et nous vous expliquerons.

Bob rageait intérieurement mais s'exécuta.

— Tout d'abord, pouvez-vous nous dire à quelle heure vous êtes parti et ce que vous avez fait en sortant du Bucket's hier soir ?

— Si vous savez que j'y étais, vous devriez savoir à quelle heure j'en suis sorti, et avec qui.

— Si vous souhaitez finir cet entretien au commissariat continuez comme ça, vous allez gagner, menaça Bronston d'un ton ferme et décidé.

— OK, OK, je vous réponds. J'ai quitté le resto à la fermeture, vers deux heures du mat'

— Et ensuite qu'avez-vous fait ?

— Je suis rentré ici

— Vous avez un témoin ?

— Oui, au premier étage, troisième porte sur la droite. Vous la reconnaitrez facilement elle a un lion tatoué sur la fesse gauche… Ou droite… Je sais plus…

— Franchement, changez de ton sinon ça ne va pas le faire du tout lâcha Bronston en fusillant Bob du regard.

Le capitaine avait une autorité naturelle qui scotchait ses interlocuteurs. Nathalie Lamy adorait.

— Alors faites vite, mon alibi m'attend dans mon lit, osa avancer Bob.

Les deux enquêteurs ne relevèrent pas la remarque et enchaînèrent les questions…

— Votre ami le Banquier, qui était avec vous, est parti avant la fin du dîner après avoir reçu un appel téléphonique. Qui l'a appelé ? De quoi parlaient-ils ?

— Vous êtes venus de New York pour me demander ça ? Je n'en reviens pas !! Allez plutôt demander au principal intéressé. Vous le trouverez sur sa péniche.

— Justement non, il n'y est plus… Évaporé votre ami Banquier...

Bob les regarda avec des yeux ronds. Il ne comprenait rien à ce que les autres disaient. Une petite ligne lui aurait fait du bien mais il n'osait pas. Le grand black risquait de l'envoyer à Alcatraz pour le reste de ses jours sinon... (Bob ne savait pas que l'ancien bagne était aujourd'hui un musée visité par les touristes du monde entier).

— Et nous comptons sur vous pour nous aider à le retrouver.

— Mais comment... !! Que puis-je faire ?

— Creusez votre mémoire embrumée. Connaissez-vous des lieux où il pourrait aller se planquer par exemple ?

— Non je ne vois pas. Il n'a que sa péniche. Mais d'abord, pourquoi le cherchez-vous ? Pourquoi voudrait-il fuir ? Il est peut-être simplement parti en week-end quelque part sur la planète.

— Nous ne pouvons rien vous dire, sauf que la situation est grave pour lui et qu'il ferait mieux de réapparaître rapidement. Faites-lui savoir si vous entrez en contact avec lui. C'est dans son intérêt, et le vôtre aussi. En attendant vous n'avez pas répondu à notre question. Avec qui était-il au téléphone hier soir à table ?

— Avec une fille avec qui il avait rendez-vous ce matin. C'est pour ça qu'il est parti plus tôt. Il voulait être en forme et il savait qu'en restant avec nous ça risquait d'être compromis, répondit Bob avec un sourire imbibé d'ironie.

— Bon, ok. On va en rester là pour aujourd'hui. Vous pouvez aller vous taper votre « alibi ». Une dernière question : le Banquier... c'est... « votre » Banquier?

Bob fut surpris de la question.

— Oui bien sûr, c'est le meilleur des gestionnaires de fortune de la région. Pourquoi ?

— Non pour rien, comme ça, lui répondit Bronston en souriant avant de se retourner et de remonter le petit chemin de gravier blanc jusqu'à la voiture.

Samedi 28 Juillet
10 h 50
Mas des Herbes Bleues

En revenant du patio je tombai sur Emma qui se précipita immédiatement dans mes bras

— Oh ! Mon Écrivain… Je suis contente de te croiser. Mon extra a été annulé. J'ai ma journée de libre. Viens, on va se baigner au lac, dit-elle en me prenant la main.

— Euh… avec plaisir mais j'ai rendez-vous chez mon éditeur ce matin et je suis déjà à la bourre.

— Allez… Viens…. Fais-moi plaisir. J'en ai vraiment besoin. Je connais des petites criques isolées ou l'on pourra faire l'amour tranquillement… Tu n'as plus envie de moi… ?

— Si, si bien sûr

— Alors préviens-le que tu iras plus tard…

Il ne me fallut pas longtemps pour me décider. Cette fille aurait pu me faire faire n'importe quoi. J'appelais Bob qui, heureusement, avait oublié notre rendez-vous et semblait soulagé que je ne vienne pas. Sûrement à cause de la disparition du Banquier. Mon roman pouvait attendre.

— C'est bon… On peut y aller dans ta crique secrète…

— Allez, on rentre au bureau maintenant. Je suis impatiente de voir ce que recèle cette clé USB.

Les deux enquêteurs venaient de ressortir du bureau de Mèzon plutôt déçus. Ils n'avaient rien appris de plus qu'avec Meyer, hormis que le Banquier était aussi celui du propriétaire du Mas des Herbes Bleues. Même réponse concernant le coup de téléphone reçu par le Banquier. Sinon il n'avait pas, comme son ami Bob, d'alibi « en chair et en os » mais juste les caméras de surveillance du Mas qui avaient confirmé son retour vers 2 heures 30.

La surprise vint quand ils arrivèrent sur le parking pour reprendre leur voiture. Une Mini Cooper dernier cri venait de démarrer sous leurs yeux… Avec la serveuse de la péniche au volant et, assis à côté d'elle… leur romancier-globe-trotteur.

— Voilà qui ne va pas simplifier notre organigramme, dit Bronston d'un ton désemparé.

Une fois de retour au SRPJ, ils se précipitèrent sur l'ordinateur de Lamy et y insérèrent la clé trouvée le matin même sur le pont de la péniche.

Des dizaines de fichiers mp4 s'y trouvaient enregistrés, classés par date. Mais aussi bon nombre de documents « Word » et « Excel » dont Lamy fit immédiatement une copie pour l'envoyer à la brigade financière.

— On commence par quoi ? demanda-t-elle en se tournant vers son « Shérif ».

— Les vidéos les plus récentes, non ?

Sans plus attendre, la commissaire cliqua sur le fichier placé en haut de la liste.

Samedi 28 Juillet
14 h 30
Lac du Salagou

Emma ne m'avait pas menti. L'endroit était idyllique. J'y étais déjà venu avec Cristo à mon arrivée dans la région, mais à l'autre bout du lac, du côté des guinguettes, là où touristes et locaux venaient s'enivrer durant tout l'été.

Nous étions dans la partie sauvage du rivage. A la pointe d'une petite presqu'île à la végétation dense et variée. Il fallait marcher un long moment à travers les monticules de roches rouges typiques de cet endroit, puis descendre un petit chemin abrupt et glissant pour accéder à la rive. A peine arrivée, Emma se déshabilla intégralement et plongea directement dans l'eau.

— Viens, elle est bonne, c'est un régal, me dit-elle en tendant les bras vers moi.

— Mon régal, c'est de te regarder nager.

— Allez… Viens… insista-t-elle avec une petite moue tout en prenant ses seins dans les mains avant d'en effleurer délicatement les tétons du bout des doigts.

Le message était clair. Je la rejoignis sans plus attendre.

Samedi 28 Juillet
16 h 30
Montpellier - Bureaux du SRPJ

— Bien, on a « du pain sur la planche », annonça Bronston, le regard souriant en direction de Lamy.

Ils venaient de terminer le visionnage du dernier fichier de la liste. Encore sous le choc de tout ce qu'ils avaient vu. Et surtout abattus par la masse de travail qui les attendait au vu de toutes les nouvelles pistes qu'avaient fait apparaître ces images.

La première chose à faire était de découvrir où tout cela avait été tourné, et surtout… par qui et pourquoi ?

— Premier point, elles ont toutes été tournées au même endroit lança Lamy.

— Deuxième point, elles ont toutes été filmées avec la même caméra, sous le même angle et de façon discrète, certainement à l'insu de certains des protagonistes, ajouta Bronston.

— On peut donc en conclure qu'elles ont pu servir à en faire chanter certains.

Samedi 28 Juillet
16 h 38
Lac du Salagou

— On n'est pas bien là mon doux romancier ? me murmura Emma la tête posée sur mon épaule.

Si, bien sûr qu'on était bien là, tous les deux, allongés sur le sable de cette petite crique, protégés de la chaleur caniculaire par un enchevêtrement de peupliers, d'oliviers et d'érables de Montpellier qui nous faisaient ombrage. Tellement bien que je n'arrivais pas à aborder le sujet qui me torturait l'esprit. Et pourtant il fallait en passer par là. On ne pouvait rester plus longtemps dans ce non-dit.

Une petite famille de canards passa tranquillement devant nous, en file indienne, la mère ouvrant la route, les petits au milieu et le père derrière pour les protéger.

Emma les regarda évoluer sur l'eau avec tendresse comme si c'était la première fois de sa vie qu'elle voyait un tel spectacle. Totalement craquante, simplement vêtue d'un paréo chamarré noué autour de la taille, la poitrine offerte aux rayons du soleil.

Il fallait que je me décide. Sa réaction m'inquiétait. Qu'allait-elle me répondre ?

— Chérie, ça fait longtemps que tu fais la pute pour Mèzon ?

La question, brutale, la déstabilisa. Elle hésita avant de répondre.

— T'es au courant… !?

— Oui je sais que tu me trimballes depuis le début. Que tu me sors des prétextes bidons pour justifier tes absences certains soirs. Que « l'extra » que tu devais aller faire sur la péniche du Banquier n'avait rien de culinaire. Que ton « repas de famille » était en fait une passe à l'hôtel Métropole et plein d'autres choses encore…. Dis-moi… explique-moi… pourquoi ?

— Parce que j'en avais marre de bosser pour trois fois rien. Parce que je devais financer mes études seule, parce que…

— Mais tes parents ne pouvaient pas t'aider ?

— Non… Ils sont morts… il y a cinq ans… fauchés. Ils ne m'ont rien laissé, j'ai dû me débrouiller seule. Et puis j'ai rencontré Mèzon qui m'a d'abord embauchée pour le service et quelques temps après m'a proposé de démultiplier mes revenus en acceptant des rendez-vous avec des types blindés de tunes qu'il connaissait. Au début surtout des types pas mal, attentionnés et respectueux. Ça me plaisait, je prenais mon pied… et du fric. Ensuite ça s'est dégradé. Le summum a été ce fameux week-end avec un oligarque russe. Il m'a traitée comme une esclave, mais pas comme dans une relation SM classique. Plutôt comme un mec qui hait les femmes, qui jouit de les rabaisser plus bas que terre. Tu sais ce que c'est toi que de se faire sodomiser avec une bouteille de champagne, entourée de types hilares qui te regardent ? J'me suis sentie souillée, humiliée. Quand j'ai dit à Mèzon que j'en avais marre, que je voulais arrêter, il est entré dans une terrible colère. Il m'a menacée de me virer, mais surtout de balancer sur les réseaux sociaux les vidéos qu'il avait prises de moi à mon insu. J'étais coincée.

Ce qu'Emma venait de me raconter me rendait encore plus dingue d'elle. Son côté, fille paumée me faisait complètement fondre. Je n'arrivais pas à lui en vouloir. Mais me disait-elle la vérité ? Ne se complaisait-elle pas de tout cela ? Difficile de faire la part des choses.

— Je comptais t'en parler mais je n'y arrivais pas. J'avais peur que tu ne me quittes, peur de détruire l'image que tu as de moi. Je ne voulais pas que tu doutes de mes sentiments à ton égard. J'ai craqué sur toi dès le premier jour où tu es arrivé au Mas. Tu étais si différent de tous ces gens, si attentionné, si doux. L'idée de m'enfuir avec toi m'est même venue à l'esprit.

— Écoute, tu es coincée par Mèzon, moi je le suis par mon éditeur et le contrat que j'ai signé. Si tu le veux, dès que je lui aurai remis mon manuscrit terminé, on part à l'autre bout du monde. Tous les deux. En attendant on fait comme si de rien n'était.

Pour seule réponse elle dénoua son paréo et vint s'allonger sur moi tout en forçant sur ses cuisses pour mieux écarter les miennes.

Samedi 28 Juillet
16 h 42
Sète - Villa de Chantal Casanova

— Merci d'être venu aussi vite Jean-Paul. Il était mieux que l'on se voit ici. Je pense que nous sommes sur écoute.

Chantal Casanova tournait en rond sur sa terrasse. Mèzon, prostré dans un transat, un verre de vin à la main, regardait silencieusement l'étang face à lui.

Puis il se tourna vers elle le regard inquiet.

— Mais que s'est-il passé ? Pourquoi s'est-il « enfui » ?

— D'après les infos que j'ai obtenues, il semblerait que les flics le soupçonnent d'avoir assassiné Stéphanie. Il paraît que ses empreintes ont été retrouvées sur la bouteille avec laquelle elle a été frappée. Quand ils sont arrivés ce matin pour l'interpeller il avait disparu. Ils pensent que quelqu'un l'aurait prévenu.

— Mais pourquoi tuer Stéphanie ? En plus ce soir-là j'ai passé toute la soirée avec lui. On avait levé deux petites super chaudes qu'on s'est envoyées au fond du parc. Il n'a pas mis les pieds dans la maison de toute la soirée.

— Vas expliquer ça à la police.

— Je leur ai déjà dit ce matin quand ils sont passés m'interroger au Mas. Ils ont quand même l'air convaincus que c'est lui. Tu as essayé de le joindre de ton côté ?

— Bien sûr. Aucune réponse, boite vocale direct. J'ai appelé tous nos amis communs. Personne ne l'a vu, ni eu en ligne.

— Et si c'est vraiment lui… c'est peut-être lui aussi qui a tué Lacaze, voire la femme de Vigneaux. Peut-être avait-il en tête de récupérer toutes les collections de notre Pacte.

— C'est bien ce qui m'inquiète aussi Jean-Paul. Parce que, dans ce cas-là, nous étions certainement les prochains sur sa liste.

Samedi 28 Juillet
18 h 30
Montpellier - Bureaux du SRPJ

Lamy en était sûre, c'était bien la fille qu'ils avaient vue sur la péniche, et au Mas des Herbes Bleues avec l'écrivain, que l'on voyait sur certaines des séquences. Sur l'une d'elles, vêtue d'une combinaison moulante en cuir, elle promenait au bout d'une laisse un type nu à quatre pattes, un collier de chien autour du cou. Elle le faisait tourner dans la pièce en lui donnant des petits coups de martinet entre les cuisses. On la voyait ensuite le sodomiser violemment, un godemichet attaché à la taille. Chose qu'il avait l'air d'apprécier particulièrement au vu des petits cris qu'il poussait.

Chacun son truc, me direz-vous.

Nymphomane dominatrice ou call-girl, la question restait posée mais nos deux enquêteurs penchaient pour la seconde solution. Il était clair que ses cris de jouissance étaient simulés et ses gestes trop parfaits pour être honnêtes. Cette fille ne baisait pas, elle bossait. Bronston avait quelques doutes mais Lamy, elle, était catégorique.

Les femmes ne se trompent jamais sur ces sujets-là.

— Pourquoi voit-on Chantal Casanova sans masque sur certaines vidéos et avec sur d'autres ? Je ne comprends pas.

Bronston et Lamy étaient à nouveau rivés à l'écran et décortiquaient les plans.

— Tu connais cette fille avec elle que l'on voit attachée à une croix de Saint André ? Très belle fille d'ailleurs.

— Eh... Ho… On est devant des pièces à conviction là, pas dans une boite du « Cap »

— Jalouse… ?

— Pffff….

— Alors tu la connais ?

— Oui, il me semble la reconnaître malgré son bandeau sur les yeux. J'ai l'impression qu'il s'agit de Sandrine Chassagne.

— Qui est-ce ?

— Une artiste peintre qui tient une galerie à Aigues-Mortes…

— Et lui là, ce n'est pas notre écrivain ?

— Oui ça en a bien l'air. Et sous le masque je parierais que c'est encore Chantal Casanova.

— Donc en résumé, parmi toutes ces personnes nous avons pu identifier l'écrivain, la veuve joyeuse, la petite brune, et cette artiste peintre d'Aigues Mortes, dont le lien avec les autres reste flou. Il serait peut-être temps de refaire un point général.

— Bien volontiers mon shérif, mais à la maison, autour d'un plateau de sushis et d'une bonne bouteille. La journée a été longue et j'ai le ventre vide…

— Avec plaisir. Au fait… Dis-moi… *Please*… C'est quoi le « Cap »…?

Samedi 28 Juillet
18 h 30
Lac du Salagou

— Ça te dirait pas qu'on passe la nuit ici ? J'ai vu un food truck dans le coin en arrivant. On va se chercher des pizzas et une bouteille et à nous la Voie lactée en cinémascope. De toute façon avec cette canicule il fait trop chaud pour dormir enfermés.

— Oui j'aimerais bien mais Valérie m'attend au Mas. Je lui ai promis de rentrer dans la soirée.

— C'est toi qui vois. C'est comme tu veux, pris-je le risque de lui dire.

— Ok je reste avec toi.

Emma n'avait pas mis trois secondes pour se décider.

Samedi 28 Juillet
21 h 30
La Grande Motte - Appartement de Nathalie Lamy

— Je veux bien t'expliquer ce qu'est « le Cap », mais connaissant un peu le puritanisme anglo-saxon j'ai bien peur que tu ne sois choqué par ce que je vais t'apprendre. C'est le spot mondial du libertinage. Un endroit où des milliers de couples viennent chaque été pour coucher avec d'autres milliers de couples. A quatre… à six… à huit…, voire beaucoup plus. Un truc de fous. Au départ ce n'était qu'un simple camp naturiste pour familles tranquilles. Et puis petit à petit le lieu a été envahi par ce que l'on appelle les « libertins », assez loin dans leur démarche de ceux du $18^{\text{ème}}$ siècle. En fait, ils n'ont gardé que le côté cul de la chose. Oublié l'anticléricalisme, le combat contre le dogmatisme et l'esprit libre-penseur de Diderot et de ses amis. Aujourd'hui il ne reste plus que le « mélangisme », « l'échangisme », « le triolisme », le « voyeurisme », les « gang-bangs » au fond des « backrooms » sombres des discothèques, j'en passe et des meilleurs. Bien loin des salons des philosophes des « Lumières », sans parler de ce qui se passe dans les villas alentours…

— Ah ouais… Carrément !!

Nathalie Lamy et Charly Bronston étaient assis sur des coussins, face à face, séparés par une grande table basse où étaient posées de nombreuses coupelles de sushis différents. Une bouteille d'Hortus blanc vide trônait au milieu. Une autre attendait son tour dans un rafraichisseur en terre cuite. Il n'y avait pour seule lumière que des petites bougies disséminées un peu partout sur le plateau de la table. De la terrasse de l'appartement de Nathalie Lamy on avait une vue complète sur le port de la Grande Motte, station balnéaire typique des habitants de l'ouest parisien - bon chic, bon genre - mais pas assez friqués pour aller à Cannes. Bon, il y avait tout de même des plages privées, des restos classes et un casino. C'était l'essentiel. Suffisant pour enrichir leur « story » de selfies éphémères et souvent sans intérêt… sauf pour les services fiscaux.

— Le plus drôle au Cap c'est que la galerie marchande du camp naturiste regorge de magasins de fringues alors qu'ils vivent tous à poil. Tu me diras, ce sont des fringues qui déshabillent plutôt qu'elles n'habillent. Faut les voir, à l'heure de l'apéro, déambulant devant les terrasses de café le long du port, s'observant les uns les autres comme des bonobos se croisant dans la savane.

— Vous êtes vraiment des grands allumés avec le cul, vous les Français. Nous c'est avec le fric. Vous avez Le Cap… Nous, on a Las Vegas… Bon… Et si on se remettait au boulot ?

— Justement à ce propos mon Capitaine, si on reportait notre analyse de l'enquête à demain matin et qu'on éteignait les bougies… ?

Samedi 28 Juillet
23 h 00
Lac du Salagou

Emma était blottie dans mes bras. L'air s'était très légèrement rafraichi depuis le coucher du soleil, exceptionnel en cet endroit. On entendait frissonner les feuilles des arbres.

Au fil des minutes qui passaient, les étoiles nous apparaissaient. L'univers nous regardait.

— Dis-moi ma chérie, tu pourrais m'en dire un peu plus sur le Banquier?

— Ah non, pas maintenant… Pas ici… Oublie… Fais-moi l'amour plutôt… les étoiles s'impatientent…

Chapitre 22

Sextape et macarons

Dimanche 29 Juillet
07 h 30
La Grande Motte - Appartement de Nathalie Lamy

— Bon, on commence par quoi, demanda Bronston tout en se servant un grand bol de céréales ?

— Par faire l'amour...

— *Shit*... Sois sérieuse. On a trois morts et deux disparus à s'occuper.... Eh ! *You remember ?*

— Ok. Je vais prendre une douche et on se met au taf.

A peine avait-elle passé le jet d'eau chaude sur ses seins que Nathalie Lamy ressentit immédiatement des frissons lui parcourir tout le corps. Des images de la nuit lui remontaient à l'esprit. Elle laissa doucement glisser le pommeau de la douche entre ses cuisses, en régla la puissance, puis ferma les yeux en se remémorant la nuit qu'elle venait de passer...

De son côté, Bronston venait de s'attaquer à l'assiette d'œufs bacon posée devant lui tout en réfléchissant à la suite des événements. Allaient-ils retrouver le Banquier ? Avait-il un rapport avec les autres meurtres ? Avec la disparition de

McCoy ? L'assassinat de l'actrice était-il en rapport avec le Pacte des collectionneurs ?

— Chéri, je suis prête annonça-t-elle en sortant de la salle de bain, vêtue d'une robe rouge légère et courte avec sandales à talons, rouge à lèvre et vernis assortis

— Waoooh.... Sexy *my* commissaire...

— Qu'est-ce qu'on fait aujourd'hui, répondit-elle en faisant un tour sur elle-même comme une ado ? C'est dimanche. On n'aura pas de résultats de la « scientifique » avant demain. Toute la procédure Interpol, frontières, bornage, etc., est en place. Si on prenait notre journée ?

— Bonne idée... Et du coup, ce midi, je t'invite à déjeuner...

— Où ça ?

— Surprise...

Dimanche 29 Juillet
07 h 30
Lac du Salagou

Emma avait dormi toute la nuit comme une enfant dans mes bras, bercée par le léger frémissement des vaguelettes du lac. Le soleil se levait majestueusement face à nous. Pas du tout envie de bouger. Mais elle était de service ce matin. Il fallait que je la réveille.

— Chérie... ? Ouvre les yeux... Regarde ce magnifique lever de soleil que je t'ai commandé pour ton petit-déjeuner.

Elle ouvrit un œil. Puis l'autre. Puis les frotta... se redressa... secoua la tête... passa les mains dans ses cheveux... et se tourna vers moi, un immense sourire aux lèvres, avant de se pencher pour m'embrasser tendrement.

— Quelle heure est-il ?

— Sept heures trente.

— Oups... Je prends mon service dans une heure. Faut qu'on trace.

Dimanche 29 Juillet
12 h 30
Mas des Herbes Bleues

— Nous avons réservé pour douze heures trente, annonça Charly Bronston à la cheffe de rang qui les accueillit.

— Votre table vous attend, sous la tonnelle, au fond, près de la piscine. Je vous envoie une serveuse.

— Ok. Impeccable. Merci.

— Tiens Emma, vas t'occuper de la 12, lui demanda sa supérieure en lui tendant deux cartes.

C'est une fois arrivée à leur table qu'elle reconnut les deux enquêteurs. Ses mains se mirent alors à trembler légèrement et sa circulation sanguine à s'accélérer.

— Quelle coïncidence dit Lamy en relevant la tête vers la serveuse. Vous travaillez ici ?

— Oui Madame, pour toute la saison et certains week-end l'hiver aussi.

— Vous ne nous en avez pas parlé.

— Vous ne m'avez pas posé la question. Vous m'avez juste demandé de laisser mes coordonnées à votre inspecteur. Ce que j'ai fait.

— Elle a raison, dit Bronston en regardant sa collègue.

— Et qu'est-ce que cela change que je travaille ici ou ailleurs… ?

— Peut-être beaucoup de choses, mais nous en reparlerons à un autre moment. Vous pouvez prendre notre commande s'il vous plait ? conclut Lamy.

Emma s'exécuta et partit en direction des cuisines.

— On pourrait peut-être profiter que nous sommes ici pour avoir un petit entretien avec notre écrivain. Qu'en pensez-vous mon cow-boy ?

Bronston brandit un immense sourire avant de répondre :

— C'était mon idée de départ ma chère.

— M'inviter au resto n'était donc qu'un prétexte. Je suis déçue.

— Mais non *honey*... !

C'était la première fois qu'il l'appelait ainsi. Un instant de relâchement ?

— Disons que je voulais joindre l'utile à l'agréable. Finalement… c'est vous qui me le proposez, ma chère, dit-il en lui posant délicatement la main sur son bras.

— Ok, pardonné. D'autant que l'on n'a aucune charge contre lui, il serait difficile de l'entendre en garde à vue. Quant à une enquête préliminaire, même pas en rêve. Un entretien informel ici comme premier contact fera très bien l'affaire.

C'était la première fois qu'Emma entrait dans ma chambre sans frapper… Ou gratter doucement avant. Elle avait l'air un peu en panique.

— Qu'est-ce qui t'arrive ? Tu t'es barrée en plein service ?

— Non, non. Mais en bas, il y a les deux flics qui sont en train de déjeuner. La commissaire de Montpellier et cet Américain que j'ai vu sur la péniche

— Américain ?!

— Oui. Et ils t'invitent à venir boire un café avec eux à la fin de leur repas. Ils m'ont demandé de te prévenir.

— Ils m'invitent…??!! Ils sont marrants ces deux-là. Mais où est le problème ? On n'a rien à se reprocher.

— Ben toi peut-être, mais moi j'ai pas envie qu'ils découvrent que je fais l'escort, et encore moins que Mèzon est derrière tout ça avec le Banquier comme entremetteur. En plus je sais qu'il avait des copies de vidéos tournées chez Chantal Casanova…

— Tu la connais ?

— Oui. Elle fait appel à moi de temps en temps.

— Pour le service à table ou… sous la table ?

— Parfois les deux. Qu'importe. Je sais que le Banquier possède des vidéos et que l'on me voit sur certaines. S'ils tombent dessus c'est chaud ! Et avec ces histoires de meurtres, de disparitions, sans parler de l'accident étrange du père de Valérie, moi je flippe.

— Faut pas ma chérie. Pour la disparition du Banquier tu es arrivée après les flics, et pour le meurtre de Costa tu n'y étais carrément pas.

— Ben si… justement... j'y étais.

— Comment ça ? Tu m'avais dit que tu ne voulais pas sortir ce soir-là !!!

— C'était vrai. Je ne voulais pas sortir. Mais un client m'a appelée et m'a demandée de le rejoindre là-bas. Il voulait me baiser dans la chambre de Stéphanie Costa suite à un accord passé entre eux. Fantasme pour lui ou pour elle, je n'en ai pas la moindre idée. Du parking il m'a emmenée directement dans la chambre en passant par l'arrière de la maison et les escaliers de service. Dans le deal il était prévu que je porte un masque vénitien. Ça m'arrangeait bien. Moins de risques que tu me vois.

Une fois arrivés dans la chambre il m'a demandé de me déshabiller, de mettre une nuisette en soie qui était posée sur le lit et de me parfumer avec le flacon d'*Heure Bleue* qui se trouvait sur la coiffeuse. Il a aussi voulu que je garde le masque sur mon visage... Il m'a rejoint dans le lit après avoir pris le temps de s'enfiler un énorme rail, et m'a baisée pendant deux ou trois minutes... quatre, peut-être. Puis il a joui tout en murmurant comme une supplique… « Fanny… Fanny… » et s'est endormi comme une masse juste après. Du coup, je me suis vite rhabillée et je suis partie. J'ai repris le même chemin qu'à l'aller jusqu'au parking sans croiser personne. Et j'ai tracé aux Herbes Bleues où je suis allée directement me coucher.

— C'était qui ce type ?

— J'en sais rien. Faudrait demander à Costa, mais c'est un peu compliqué maintenant... Ou à Mèzon, c'est lui qui lui a donné mon numéro. C'était un Américain. La quarantaine, a priori très proche de l'actrice. Friqué… mais radin. Il ne m'a filé que 500 balles.

— Pour trois minutes, c'est pas si mal payé, rétorquai-je sèchement. Bon, et si les flics me parlent de toi, qu'est-ce que je raconte ?

— Eh bien, qu'on se connaît, forcément, puisque tu es client du Mas. T'es pas obligé de dire qu'on est amants. Jusqu'à preuve du contraire ils ne nous ont jamais vus ensemble.

— Et alors ? pourquoi leur cacher ?

— Eux je m'en fiche qu'ils le sachent. C'est par rapport à Mèzon. Allez, faut que j'y aille. J'ai laissé Valérie seule en bas au service, elle va être dans le jus. Et les autres vont commencer à se demander ce que je fais. Je t'envoie un message quand ils en seront au café.

— Qu'est-ce qu'ils foutent ici… ? demanda Mèzon à Emma en voyant le couple d'enquêteurs installé en terrasse.

— Ben, comme tous les autres. Ils sont venus déjeuner.

— Mon cul oui ! Avant-hier ils t'interrogent sur la péniche de notre ami. Hier ils viennent me cuisiner ici, C'est qui l'heureux élu aujourd'hui… ?

— L'écrivain. Ils l'ont invité à boire le café avec eux.

— Nom de Dieu ! Mon resto transformé en commissariat. On aura tout vu ! Pourvu qu'il ne raconte pas de conneries. Tu ne lui as rien dit sur nos activités ?

— Non Jean-Paul. Bien sûr que non.

— Qu'est-ce qu'ils peuvent bien avoir à lui demander !?

En arrivant sur la terrasse je reconnus tout de suite la commissaire Lamy installée à une table près de la piscine. Avec ses cheveux blancs coupés courts on la remarquait de loin.

Attablé avec elle, un grand Black chauve. Le policier new-yorkais dont m'avait parlé Emma. Revoir Lamy m'amusait plutôt. Non, c'est son acolyte qui me faisait souci. Il était forcément là pour McCoy. Il allait falloir la jouer fine.

— Bonjour mon cher. Contente de vous revoir.

Ce n'était sûrement pas pour mes beaux yeux qu'elle se disait « contente de me revoir. ». Contente de me cuisiner à nouveau, oui.

— Je vous présente le capitaine Bronston du NYPD.

— En vacances dans notre belle région ? tentai-je avec un grand sourire aussi faux que celui d'un ministre vous annonçant une baisse d'impôts.

— Si on veut, oui, me répondit-il légèrement agacé.

Je compris immédiatement qu'il fallait absolument que je me force à la jouer profil bas. Sinon à force de leur balancer des vannes j'allais finir par me prendre une condamnation pour outrage, voire un week-end tous frais payés en garde à vue, histoire de m'apprendre les bonnes manières.

— Trois cafés s'il vous plaît, demanda Bronston quand Emma arriva pour prendre notre commande.

— Heu… un gourmand, pour moi.

Emma me regarda interrogative, avec un léger sourire en coin qui faisait ressortir ses fossettes. Trop craquante.

— Oui, le café… gourmand, avec plein de délicieuses mignardises…

Pour une fois que le ministère de l'Intérieur me payait un café, autant prendre ce qu'il y avait de mieux. Non ? Vous n'auriez pas fait pareil... ?

Après qu'Emma nous ait apporté notre commande, Lamy attaqua d'entrée :

— Vous la connaissez bien la fille qui vient de nous servir ?

— Un peu. Vous savez quand quelqu'un vous porte votre petit déjeuner au lit tous les matins depuis plus de deux mois, forcément ça crée des liens.

— Vous couchez avec… ?

— Il m'est obligé de répondre ?

— Non, mais ce serait mieux.

— Si le patron de l'hôtel apprenait qu'une de ses employés couchait avec des clients, elle serait immédiatement virée. Je ne peux pas vous répondre. Désolé.

— Vous admettez donc coucher avec elle.

— Pas plus qu'une commissaire de police n'admettrait être la maîtresse d'un homme politique marié.

— Que voulez-vous dire par là, dirent Lamy et Bronston d'une seule voix inquiète, mais pas pour les mêmes raisons ?

— Rien. Juste un exemple pour vous faire comprendre qu'il est difficile d'avouer une relation quand celle-ci a des répercutions professionnelles ou publiques.

C'était Bob qui m'avait appris que la commissaire était la maîtresse du député. Lui-même l'avait su par Payet, son avocat. Cela m'amusait bien de leur montrer que moi aussi j'enquêtais de mon côté. Mais je prenais des risques. Elle risquait de ne pas apprécier du tout et de me le faire payer plus tard. En plus à la réaction de son *« Manhattan cowboy »*, j'ai bien compris qu'il y avait un truc entre eux. Je crois avoir dit une connerie.

Enchainant immédiatement, a priori très gênée, elle me demanda :

— Et justement, Jean-Paul Mèzon, son patron, vous en pensez quoi ?

— Une personnalité étrange aux multiples facettes.

— Qu'entendez-vous par là… ?

— Il est complètement obsédé par sa collection d'œuvres d'art. Prêt à tout pour l'enrichir. Sous des apparences de vigneron attaché à son terroir se cache un homme d'affaires redoutable. Toujours prêt à prendre l'argent là où il se trouve.

— Du genre… ?

— Tout ce que je sais c'est qu'il a des billes dans des tas de trucs, dont certains plutôt limites.

— Vous en avez trop dit ou pas assez…

— Donnant-donnant. Je vous file une info pour votre enquête, et vous m'en donnez une pour mon roman. Moi aussi je bosse. Moi aussi j'ai un « chef » qui me demande des résultats. Il s'appelle Bob Meyer, vous devez le connaître je suppose. Et puis tant que votre enquête ne sera pas terminée, mon bouquin ne le sera pas non plus. Alors on a plutôt intérêt à collaborer.

— Bon, vous proposez quoi ?

— Une info sur Mèzon contre une sur le Banquier.

— Pourquoi sur le Banquier ?

— Parce qu'il vient de disparaître.

— Comment le savez-vous ? Ça date de 48 heures et personne n'est encore au courant.

— Si… Mèzon. Vous êtes venus l'interroger hier matin. Ses bureaux sont juste au-dessous de la terrasse de ma chambre. Après votre départ il a téléphoné à quelqu'un pour lui résumer votre passage, et comme il a eu la bonne idée d'ouvrir sa fenêtre, j'ai tout entendu, leur dis-je avec un grand sourire.

Pas question de leur dire qu'en fait c'est en l'écoutant parler avec Emma que j'avais tout appris. L'enfoncer lui, me réjouissais, mais je devais préserver mon Emma. Difficile équilibre.

— Ok. Et à qui parlait-il ?

— Pas la moindre idée. Il a simplement expliqué à son interlocuteur, ou interlocutrice, que vous cherchiez le Banquier pour l'inculper du meurtre de Stéphanie Costa, et qu'il semblait s'être enfuit.

— Et bien dites donc, effectivement, vous n'êtes pas mauvais comme informateur. On s'y met à notre petit jeu de questions/réponses, conclut Lamy ?

— Attendez, attendez. J'ai une petite question à poser à monsieur avant de passer à autre chose, intervint Bronston qui n'avait rien dit jusque-là.

— Je vous écoute répondis-je assez inquiet.

Il attaqua direct.

— Où étiez-vous le week-end des 5 et 6 mai derniers ?

— A New York.

— Et qu'y faisiez-vous ?

Je m'étais préparé à la question. Nier que j'y étais allé était difficile. Une simple enquête dans les hôtels ou sur les listes de passagers de Kennedy Airport suffisait à me confondre maintenant qu'il connaissait mon nom. Merci la commissaire Lamy ! Et que dirait la secrétaire de Ken McCoy si jamais Bronston lui montrait un jour ma photo, maintenant qu'il l'avait, et avec mes empreintes en prime ? Il y a de grandes chances qu'elle m'identifie comme le type venu voir son patron le 5 mai en fin de journée… juste avant qu'il ne disparaisse. Il valait mieux jouer la franchise… ou presque.

— Je suis venu rencontrer un éditeur de Manhattan que l'on m'avait recommandé. Je cherchais à l'époque à signer un contrat d'édition pour mon premier roman. Il s'appelle Ken McCoy, vous pouvez le trouver facilement dans l'annuaire. Il vous le confirmera.

Bronston encaissa avec difficulté l'uppercut qu'il venait de recevoir en m'écoutant. Le type qu'il cherchait à interroger depuis des semaines était là, devant lui, dans un restaurant du sud de la France à lui répondre en toute tranquillité, sans complexe, qu'il était avec Ken McCoy ce jour-là et que ce dernier… pourrait le confirmer !!!!

— Et comment s'est passé cet entretien ? demanda-t-il après avoir repris ses esprits en buvant une grande gorgée du *Pic Saint Loup* qui restait dans son verre.

— Monsieur McCoy m'a reçu chaleureusement mais brièvement. Je suis arrivé en fin de journée, vers 19 heures. Il était attendu pour un dîner …

— Savez-vous avec qui il devait aller dîner ? me demanda-t-il en m'interrompant.

— Plus ou moins, il m'a parlé d'une femme, française. Je n'en sais pas plus. Ce que je sais c'est qu'il devait me recontacter le lendemain afin qu'on se revoie et il ne m'a jamais rappelé. Pourtant mon projet avait l'air de lui plaire. Il a emmené avec lui les feuillets que j'avais sur moi. Il m'a même dit « à demain » en me quittant. Et au final j'ai passé mon dimanche à écouter du Gospel et manger du pot au feu… délicieux d'ailleurs… les deux.

— Vous n'êtes donc pas retourné à son bureau le dimanche ?

— Ben non puisqu'il ne m'a pas rappelé, je vous dis. Par la suite j'ai rappelé plusieurs fois à sa boite. A chaque fois on m'a répondu la même chose. Qu'il était absent et injoignable. Heureusement peu de temps après, j'ai rencontré Bob Meyer ici, qui lui, m'a de suite fait signer un contrat.

— Comment s'appelle la personne qui vous a recommandé à ce McCoy ?

— Un certain « Evans » je crois me souvenir. Un type, plutôt âgé, que j'ai rencontré dans un *diner* d'un petit village du Massachusetts. Il disait avoir travaillé dans l'édition durant des années et avoir quelques best-sellers à son actif. Je lui ai parlé de mon projet d'‘écriture et il m'a donné une carte de visite de McCoy en me conseillant de le rencontrer. Voilà. C'est tout ce que je peux vous en dire.

— Qu'avez-vous fait de cette carte de visite ?

— Il me semble l'avoir laissée à la secrétaire… charmante d'ailleurs, si ma mémoire est bonne.

— Connaissez-vous Clotilde Casanova ?

Bronston enchainait les questions les unes après les autres. Il avait enfin quelqu'un avec qui parler de McCoy. Il n'allait pas se priver.

— Oui, plus ou moins. Je l'ai croisée une ou deux fois. C'est la fille de Chantal Casanova et elle tient une galerie à New York. Voilà ce que j'en sais.

— Quel type de relation entretient-elle avec votre ami Cristo, le peintre ?

Il avait l'air d'en savoir des choses notre yankee. L'impression qu'avec lui les choses allaient bouger.

— Je suis désolé mais mon ami ne me raconte pas tous ses plans cul... Si tel est le fond de votre question. Sinon, ils ont l'air de faire de bonnes affaires ensemble.

— Dans quel hôtel étiez-vous descendu ce week-end-là ?

— Au Waldorf, le samedi et le dimanche soir. Je suis reparti le lundi. Demandez à Air France si vous voulez le n° du vol…Mais au fait !! Pourquoi toutes ces questions sur mon passage à New York et cet éditeur ?

— Ça je ne vous le dirai pas. Désolé, mais ça ne sera pas dans votre livre.

J'eus un mal fou à ne pas sourire.

— Et si on revenait à cette histoire d'échange d'infos dont on parlait tout à l'heure, avança Lamy en nous regardant à tour de rôle ? Plus de questions pour notre ami l'écrivain, capitaine ?

— Non, c'est bon pour moi… pour l'instant, grommela Bronston.

— Où en étions-nous relança Lamy ?

— Je vous proposais un échange Banquier/Mèzon

Bronston et Lamy se regardèrent et dirent ok en même temps.

— Mèzon est impliqué dans un réseau d'escort girls, leur lâchai-je cash.

— Comment savez-vous ça ?

— Permettez-moi de protéger mes sources. Vous me comprenez. Mais je peux vous affirmer que mon informateur est fiable à 100% et que l'info a été recoupée plusieurs fois par plusieurs témoignages différents. Je vous en ai assez dit. À vous maintenant de me donner quelque chose.

— Pourriez-vous nous laisser un instant seul à seul, s'il vous plait ?

— Pas de souci, je vais aller au bar me faire un petit cognac en attendant.

— Qu'est-ce qu'on lui lâche ? info ou intox ? demanda Lamy une fois seule avec son chéri.

— Un peu des deux. Je propose qu'on lui parle de la clé USB avec les vidéos sans lui dire qu'on l'a retrouvée. Juste lui dire que l'on sait qu'il en existe une. S'il divulgue l'info ça va faire réagir tous ceux qui sont concernés, lui le premier. Les langues vont se délier. Ça nous apportera certainement quelque chose.

— Ok, validé pour moi. L'idée me plait bien, répondit la commissaire. Et sinon, tu en penses quoi de ce type par rapport à ton éditeur disparu ?

— La facilité avec laquelle il a expliqué son séjour à New York m'a un peu déconcerté. Il s'est présenté spontanément comme la dernière personne à avoir vu McCoy sans faire apparaître la moindre culpabilité. De plus je n'ai rien contre lui, ni élément matériel, ni mobile. Une seule chose est sûre, c'est bien lui le Français qui a rencontré McCoy. Le seul témoignage visuel, celui de la secrétaire, n'a même plus d'intérêt. La carte de visite elle-même se retrouve être la preuve de sa bonne foi. C'est le monde à l'envers. Par contre, il a ouvert une autre piste sans le savoir. La fille avec qui l'éditeur a dîné le samedi soir était bien française… ne serait-ce pas Clotilde Casanova ? Dès demain matin j'envoie une équipe revoir le sommelier qui avait témoigné pour lui montrer sa photo. On sera fixés. Il faudra aussi éplucher les fadettes de Mèzon pour savoir qui il a appelé après notre passage.

J'avais à peine eu le temps de finir mon verre de « *Fine Napoléon* » que je vis la commissaire me faire signe de la main pour que je les rejoigne à leur table.

— C'est ok, nous avons une info à vous donner en échange. Mais il faut d'abord nous en dire un peu plus sur Mèzon, me dit d'entrée Lamy.

— D'accord, juste un truc de plus... Mèzon fournit les filles… Et le Banquier les clients… Vous avez quoi en échange ?

— Une clé USB.

— C'est-à-dire ?

— On a la preuve que le Banquier possède une clé USB sur laquelle se trouvent de nombreuses vidéos de *sextapes* impliquant des personnalités de la région, me précisa Lamy.

Il s'agissait certainement des vidéos dont m'avait parlé Emma. Ils les avaient donc trouvées.

— Des personnalités… ? Osais-je demander à tout hasard.

— Oui…et vous aussi, lui lâcha Lamy avec un regard limite libidineux.

— Et du coup vous allez pouvoir nous aidez. Où cela a-t-il été filmé, enchaina Bronston ?

— Ah ben non. Donnant-donnant on a dit.

— Donnant-donnant mon cul ! Si vous ne me répondez pas, je vous inculpe sur le champ pour entrave à la justice.

— Ok, ok… chez la veuve…

— La veuve ?

— Oui, chez Casanova mère si vous préférez. C'est son surnom dans le milieu. Si vous voulez tout savoir elle est complètement nymphomane. Elle a aménagé une pièce spéciale dans sa villa pour y organiser des petites soirées assez... particulières. J'avais passé un deal avec elle. C'était le prix à payer pour quelle me donne des informations.

— « Prix à payer », ça n'a pas l'air de vous avoir dérangé plus que ça lança Lamy ironique.

— Quelles informations ? enchaina immédiatement Bronston.

— Au sujet de leur Pacte. Je suppose que vous êtes au courant. Je cherchais à savoir qui en étaient les membres. Elle m'a donné Lacaze, Mèzon, et elle bien sûr. J'ai appris plus tard pour Costa et le Banquier. Voilà tout ce que je sais. Je n'ai rien de plus à ajouter.

Chapitre 23

Fragonard et gyrophare

Dimanche 29 Juillet
18 h 00
Villa de Cristo

Cristo préparait de la peinture lorsque j'arrivai à son atelier. Il était en train de mélanger dans une assiette en porcelaine, à l'aide d'un couteau à peindre, une poudre rouge avec une matière qui ressemblait à de la cendre.

— Tu vois, je prépare du « rouge cendré » pour notre toile. De la terre du Salagou chargée en oxyde de fer et des cendres que je vais lier avec de la cire d'abeille, venue de Lacoste, un village tout près d'ici. Le résultat sera unique. Du 100% maison. Rien à voir avec ce que l'on trouve dans le commerce, même à Londres chez *Winsor & Newton*. J'aime créer moi-même mes couleurs avec des pigments naturels.

— Ça t'embêterait de faire un break. J'ai des choses importantes à te dire.

— Qu'est ce qui se passe. Emma t'a quitté ?

— Non, non. Bien plus ennuyeux.

— Viens, on va se poser dans le jardin. Tu vas me raconter. Whisky ? Champagne ? Rosé ?

— Un Jack… double, s'il te plait.

— Alors qu'est ce qui se passe ? me demanda Cristo, une fois installés dans de confortables rocking-chairs au bord de la piscine.

— La police cherche le Banquier. Il aurait décampé juste avant qu'ils ne viennent le cueillir sur sa péniche…

— Oups, et moi qui allait lui confier du fric à placer. J'ai eu chaud. Et qu'est-ce qu'ils lui reprochent à notre ami ?

— Ils ne me l'ont pas dit, mais d'après Emma, qui le sait par Mèzon, lui-même averti par notre Veuve, il semblerait qu'il soit suspecté d'avoir tué Stéphanie Costa.

— Ah ben merde alors. Une histoire de magouille financière ? Une histoire de cul ? Il était son amant ?

— Je n'en sais rien, pas la moindre idée. Mais on s'en fout du Banquier. Il y a plus embêtant. La commissaire Lamy est venue me voir ce midi au Mas accompagnée d'un collègue à elle venu de Manhattan qui m'a cuisiné au sujet de McCoy. Il m'a aussi posé des questions sur toi et ta copine galeriste.

— Comment ce flic a-t-il pu te retrouver ?

— Je n'en ai pas la moindre idée. Il connaît bien Lamy, ça c'est sûr. Mais je ne vois pas le lien avec McCoy et moi. Par ailleurs, il a l'air de participer à l'enquête sur la mort de Costa. Mais je ne vois toujours pas le rapport avec moi. Cette femme, je ne la connaissais pas avant cette soirée chez elle.

Bref tous les risques que nous avons pris à New York n'ont servis à rien. On aurait pu laisser le corps sur place, ça n'aurait rien changé.

— Oh si ça en aurait changé des choses. Parce que tant que le corps ne sera pas retrouvé personne ne pourra être accusé d'homicide. Le fait que tu l'aies rencontré avant sa disparition ne fait pas de toi un meurtrier. Pas besoin de te défendre d'une quelconque accusation.

— Oui, je sais bien. C'est pour cela que j'ai raconté mon weekend à Manhattan dans le détail, ou presque, à cet enquêteur américain.

— Et que lui aurais-tu raconté si le corps de McCoy avait été retrouvé dans son bureau le lundi matin ?

— T'as raison. Tiens, ressers-moi un *Jack* pour fêter ça… Mais au fait… tu ne m'as toujours pas dit ce que tu en as fait.

— Bientôt, bientôt… T'inquiète, tu ne seras pas déçu. Mais c'est encore trop tôt. Et qu'est-ce qu'il t'a demandé ton *yankee* sur Clotilde et moi ?

— Pas grand-chose en fait. Si je la connaissais. Si je savais quel type de relation vous aviez tous les deux. Il m'a aussi interrogé sur le dernier dîner de McCoy le samedi soir. Le fait de lui dire que la femme qui l'accompagnait était française a eu l'air de l'interpeler….

Cristo aussi sembla tout d'un coup bien pensif.

— Un souci ? J'ai dit une connerie ? lui demandai-je intrigué.

— Non, non, tout va bien, merci. Et si on plongeait une tête ? L'eau est à 29°

Lundi 30 Juillet
14 h 00
Montpellier - SRPJ

— Les résultats de la PTS viennent d'arriver, annonça la commissaire en attrapant un dossier qu'un inspecteur venait de poser sur son bureau.

— Aucune trace autre que celles du Banquier lui-même, ni sur la péniche, ni dans la voiture, ni sur le bateau. Aucun retrait d'argent non plus. Silence radio. On n'a relevé aucun appel depuis celui du vendredi soir vers onze heures, venant du numéro de la serveuse… Impossible à borner...

— C'est donc bien elle qui l'a appelé lorsqu'il dînait au Bucket's, la coupa Bronston. Mais je vois deux explications à cet appel. Soit, comme Meyer et Mèzon l'affirment, elle l'a rappelé au sujet du déjeuner prévu le lendemain… Soit elle l'a appelé pour le prévenir de notre arrivée et est venue à la péniche le lendemain matin récupérer quelques affaires pour lui… genre une clé USB...

— Effectivement ça tient la route. Cette fille joue peut-être un rôle plus important que ce que nous croyons. En tout cas, il y a une chose qui me paraît évidente, c'est qu'elle tapine pour Mèzon. L'écrivain nous a dit texto : « Mèzon apporte les filles et le Banquier les clients ». Elle bosse chez Mèzon et on la retrouve sur la péniche du Banquier juste après sa fuite, venue soi-disant préparer un déjeuner. Faut pas me la faire ! En tout cas si elle l'a prévenu, il faut savoir comment elle l'a appris. Le juge tient absolument à ce qu'on trouve la taupe.

Et du côté de Manhattan, quoi de neuf mon shérif ?

— J'ai fait envoyer un de mes gars au restaurant pour interroger le sommelier. J'attends…

— Un petit café alors pour patienter ?

— Avec plaisir.

— Mais sur ma terrasse…

— Rhooo… Darling, ce n'est pas sérieux…

— Avec le gyrophare on est à 12 minutes de ma *Senseo*.

— Bon, allez, ok… *Let's go*…

Lundi 30 Juillet
15 h 00
Mas des Herbes Bleues

La chaleur caniculaire s'abattait sur ma terrasse. Les oiseaux faisaient la sieste et les clients du restaurant étaient partis. Il ne me restait plus que le chant des cigales pour me tenir compagnie. J'étais seul. Face à mon clavier. Il était temps de m'y remettre, j'avais beaucoup d'événements nouveaux à mettre en forme. Je sentais le dénouement approcher et cela me procurait un double sentiment. D'un côté une grande euphorie à l'idée de voir peut-être bientôt mon livre aux vitrines des librairies… Mais d'un autre côté, une grande tristesse à l'idée de devoir quitter mes personnages. De ne plus les imaginer évoluer, discuter, rires, faire l'amour… ou mourir. Les laissant disparaître sous les presses de l'imprimeur, pour mieux renaître dans l'imaginaire de lecteurs inconnus.

Il semblerait que mon enquête avance aussi vite que celle de la police. En me speedant un peu je devrais avoir fini mon histoire avant qu'ils n'aient réglé la leur. S'ils veulent leur coupable, ils n'auront qu'à acheter mon bouquin. Cela dit, il y a une chose importante que je dois découvrir d'urgence. Pourquoi veulent-ils interpeller le Banquier ? Y aurait-il des preuves de quelque chose de grave contre lui ? Un meurtre ? Lequel ? Tous ?

Le mieux pour en savoir plus était d'aller voir ma chère Veuve.

J'en étais là dans mes pensées quand mon mobile sonna. C'était Bob.

— Salut mon Écrivain préféré. Dis-moi, je fais un petit barbeuc ce soir à la maison, un petit truc improvisé entre potes. Tu viens ?

— Heuuu…

— Il y aura ta chère amie la Veuve.

— Ah... Ben, ok alors.

Lundi 30 Juillet
19 h 00
La Grande Motte - Appartement de Nathalie Lamy

— *Fuck, fuck, fuck !!!*

— Qu'est-ce qu'il t'arrive mon shérif ?

— Je viens d'avoir la réponse de Manhattan. Le sommelier est en congé. Il est parti une semaine faire du traineau dans le Grand Nord canadien. Injoignable. Le con.

Lamy et Bronston n'étaient finalement pas retournés au bureau de l'après-midi. Ils alternaient coups de fil et séances de baise, allongés dans des poufs sur la terrasse. Un ventilateur posé sur le sol leur diffusait une douce fraîcheur.

— Ce n'est pas grave. Ça fait trois mois que tu cours après ton McCoy. Tu n'es plus à quelques jours près.

— *Shit, shit, shit*. Tu ne te rends pas compte. Ça change tout si c'est bien Clotilde Casanova qui a dîné avec McCoy ce jour-là. Elle devient la dernière personne à l'avoir vu vivant à la place de l'écrivain, qui lui, au passage, n'a pas nié l'avoir rencontrée. Au contraire même. Alors que si c'est bien elle, elle m'aurait menti la première fois que je l'ai interrogée... Pourquoi ?

— J'ai une bonne nouvelle qui vient d'arriver de mon côté annonça Lamy en regardant l'écran de son iPhone. On a le numéro que Mèzon a appelé après notre visite chez lui… C'est celui de Chantal Casanova.

— Bon, ben, on est bon pour retourner la voir… et visiter sa salle « spéciale » dont nous a parlé l'écrivain

— Allez viens. En attendant on va aller se faire une poêlée de moules sur le port pour se changer les idées… et reprendre des forces.

Lundi 30 Juillet
21 h 30
Sète - Villa de Bob

Sacré Bob. Ce qu'il appelait un « petit truc improvisé entre potes » était en fait un dîner avec près d'une vingtaine de convives réunis autour d'un immense barbecue posé au milieu du parc. Quatre serveuses topless assuraient le service. Bob ne prenait que du personnel féminin, et surtout topless. Une obsession les seins chez lui. Par contre, il avait donné congé à son cuisinier ayant décidé de gérer lui-même son barbecue, son côté Cro-Magnon. Les invités étaient assis sur des coussins soyeux autour d'une immense table basse en pierre, aux motifs orientaux. Des chandeliers, associés à la lueur des flammes du grill créaient une ambiance étrange.

— Il faut que je te dise un truc que je n'ai pas pu te dire au téléphone, me dit soudain Bob en posant son bras sur mes épaules dès mon arrivée.

— Ah oui, quoi donc ?

— En fait j'ai organisé ce dîner pour réunir toutes les personnes qui apparaissent dans les vidéos que les enquêteurs ont trouvées, histoire d'en discuter tranquillement entre nous. A ce propos, bravo ! T'as trop assuré d'avoir eu l'info. Sans toi personne n'en aurait rien su.

— C'est ennuyeux d'après toi qu'ils aient récupéré cette clé USB ?

— Non, pas vraiment. Tout le monde était adulte et consentant.

— Euh… moi, j'en connais un qui n'était pas consentant…

— Oui, mais toi, c'est pas pareil, répondit Bob en se marrant. C'était ton parcours initiatique en quelque sorte. De plus, ça t'a apporté de la matière. Non, ce qui est embêtant c'est que les flics vont nous prendre la tête pour savoir si personne ne faisait chanter personne et pourquoi notre Banquier avait récupéré ces vidéos. A mon avis, tel que je le connais, c'était juste pour s'occuper les soirs de solitude, … Bon allez viens, on va rejoindre les autres.

Sur la table, des plateaux de homard grillé, de gambas marinées – forcément avec Bob - de brochettes de sole et de saumon, et d'un tas d'autres mets qui semblaient aussi délicieux les uns que les autres.

A ma gauche, Chantal Casanova toute émoustillée de me retrouver là ce soir. Ça tombait bien, j'avais quelques questions à lui poser. Elle n'avait pour seul vêtement qu'une longue robe en mousseline de soie blanche outrageusement transparente. Elle ne portait pour toute parure que deux anneaux en argent pinçant ses tétons et une chaine fine sertie de diamants autour de la taille.

Sa fille, Clotilde était présente aussi, collée à Catherine de La Tour, sa nouvelle conquête, qui glapissait en tendant le cou pendant qu'elle la couvrait de petits baisers espiègles. A priori ces deux-là s'étaient trouvées…

A l'autre bout de la table Jean-Paul Mèzon était là aussi, discutant avec une fille assise à sa droite qui paraissait à peine ses dix-huit ans. Il était certainement en train de la baratiner pour la faire rentrer dans son cheptel. Sandrine Chassagne était également parmi les invités. Par contre pas de Cristo en vue. Étonnant !

Mais le plus surprenant était la présence d'Emma, assise à la gauche de Mèzon, faisant comme si nous ne nous connaissions pas. Je n'avais aucune idée de qui étaient les autres. Bizarrement Bob n'avait pas fait les présentations, indiquant juste les prénoms.

Petit détail complémentaire, des loups vénitiens en velours blanc pour les hommes et en dentelle noire pour les femmes étaient de rigueur. La bienveillance incarnée, ce Bob…

A la fin du dîner il se leva et prit la parole.

— Mes chers amis. Si je vous ai réunis ce soir de façon un peu précipitée c'est parce que j'ai quelque chose d'important à vous annoncer au plus vite. Certains ici ne se connaissent pas mais un point commun vous relie. Mais je vais laisser notre amie Chantal, que vous connaissez tous, vous expliquer.

Chantal Casanova se leva à son tour. Pris le temps de regarder un par un tous les convives puis se lança.

— Nous avons un problème. Nous avons appris que la police judiciaire recherche notre ami le Banquier. Il serait soupçonné d'avoir assassiné l'actrice Stéphanie Costa. Ses empreintes ont été retrouvées sur la bouteille avec laquelle elle a été assassiné. Et cela fait maintenant quatre jours qu'il a complètement disparu.

Un murmure de surprise traversa l'assemblée, puis elle reprit :

— Mais le sujet qui nous intéresse ce soir n'est pas le meurtre de cette pauvre Stéphanie mais une clé USB… Une clé qu'il aurait oubliée sur sa péniche en s'enfuyant. Et sur cette clé il y aurait des vidéos tournées chez moi... Si vous voyez ce que je veux dire… En résumé, par des moyens que j'ignore, le Banquier a récupéré des copies de nos ébats… et la police les aurait retrouvées. On ne sait pas s'ils connaissent l'endroit où cela a été filmé. Mais je vais vite le savoir. Je m'attends à les voir débarquer. Nos petits jeux n'ont rien d'illégal mais vous connaissez la police, toujours à chercher la petite bête. J'ai d'ailleurs à ce propos une question à vous poser à tous : Le Banquier vous a-t-il déjà contactés dans le but de vous faire chanter avec ces films… ?

Tous répondirent d'un non catégorique.

— Mais les enquêteurs vont peut-être le croire. Voilà, je tenais à vous prévenir afin que vous ne soyez pas surpris au cas où ils vous contacteraient. Cela dit certains d'entre vous ne sont pas reconnaissables avec leur masque. Pour ma part vous savez que je ne leur dévoilerai rien de mon côté. Avez-vous des questions ?

Un des invités que je ne connaissais pas lui demanda comment elle avait eu ces infos, et si elle était vraiment sûre de leur véracité.

— Bien sûr mon cher. Vous me connaissez. Je ne suis pas du genre à me laisser embobiner. En fait, ce sont des informations croisées entre Bob, Jean-Paul et moi-même qui nous amènent à ces conclusions. Nous ne vous aurions pas réunis ce soir si nous n'étions pas sûrs de nous.

Une autre personne demanda s'il était possible que d'autres copies soient en circulation.

— A priori non, mais nous ne pouvons en être totalement certains, lui répondit ma veuve.

Incroyable ! Ce que j'étais en train d'entendre était incroyable. Il y a quelques heures encore je me demandais comment faire pour avoir de nouvelles infos et voilà que je me retrouvais au cœur de l'histoire. Je venais d'avoir la réponse à tout ce qui me travaillait l'esprit. Que du bonheur ! J'allais reprendre de l'avance sur mes enquêteurs de la PJ.

Bob reprit la parole et annonça :

— Et maintenant que tout a été dit, si on passait aux choses sérieuses ? Cela vous dit une petite partie de Colin-Maillard dans le parc… en hommage à notre grand Fragonard… ?

Un oui général enthousiaste se fit entendre. Ce qui ne me surpris pas vu que tout ce petit monde était complètement obsédé par le cul. Et que forcément, une partie de Colin-Maillard chez Bob ne pouvait se terminer qu'en sauterie.

— Chantal va vous en expliquer les règles… avec quelques adaptations personnelles…

« Ah ben, si en plus c'est elle qui dicte les règles, va falloir s'accrocher aux branches. » pensai-je avec inquiétude.

Puis ma veuve se leva à nouveau et expliqua :

— Vous connaissez tous, je suppose, les règles de base de Colin-Maillard. Une personne parmi nous va être tirée au sort pour être « le chasseur ». Elle devra porter un bandeau sur les yeux et essayer d'attraper une des « proies » en la touchant avec la main. Une fois qu'un des participants sera touché par le chasseur ce dernier devra tenter de le reconnaître, uniquement en le palpant. Je vous demanderai un silence absolu, c'est impératif. Le chasseur aura le droit de toucher la personne capturée sur toutes les parties du corps qu'il souhaitera et aussi longtemps qu'il le désirera. Dans la mesure du raisonnable bien sûr. Si la personne identifiée est la bonne, cette dernière prendra la place du chasseur et le jeu reprendra. S'il s'est trompé le chasseur devra exécuter un gage ordonné par la « proie » avant de reprendre son rôle de chasseur.

Les « proies », devront se répartir à travers le parc et rester sans bouger ni parler, chacune d'elles devant également avoir les yeux bandés.

Par ailleurs, nos quatre charmantes hôtesses ici présentes, seront là pour servir de guides aux chasseurs et leur éviter de se perdre dans le parc.

Nous avons délimité une zone de jeu d'environ 2000 mètres carrés incluant le jardin-labyrinthe que vous apercevez au fond.

Ah, dernier petit détail… afin de ne pas être trop facilement identifiables je vous demanderai de bien vouloir vous dévêtir, bijoux, montres et accessoires compris… et de porter à la place les paréos à votre disposition.

Chapitre 24

SMS et mèche de cheveux

Mardi 31 Juillet
01 h 00
La Grande Motte - Appartement de Nathalie Lamy

— Oh non…
— Qu'est-ce qu'il se passe… ?
— Un meurtre…
— Encore !!?...
— Chez Meyer.

Il était une heure du matin. Notre couple d'enquêteurs avait décidé de se coucher tôt. Ils étaient sur le point de s'endormir, bien blottis dans les bras l'un de l'autre quand l'iPhone de la commissaire avait vibré à l'arrivée d'un sms.

— Qui est mort ?
— Je ne sais pas le message dit juste : « Quelqu'un vient d'être assassiné chez Bob Meyer »
— Mais qui te l'a envoyé... ?
— Je ne sais pas non plus. C'est un appel masqué.
— Qu'est-ce qu'on fait... ?
— Ben on lève notre cul et on va voir, conclut Lamy.

Mardi 31 Juillet
01 h 35
Sète - Villa de Bob Meyer

Comme la règle du jeu l'imposait, Jean-Paul Mèzon n'avait pas bougé depuis qu'il avait pris place au fond du parc, bien dissimulé dans un recoin du labyrinthe. Et a priori il ne risquait plus d'enfreindre la règle à l'avenir, vu le sang qu'il avait perdu par un petit trou situé au niveau du cœur. En revanche son bandeau était toujours en place. Il n'avait a priori pas entendu arriver son assassin, ni eu le temps de réagir.

— Bonsoir monsieur Meyer. Décidemment, si ça continue on va finir par installer nos bureaux chez vous, lança ironiquement Lamy. Je ne vous présente pas le capitaine Bronston…

Puis elle se tourna vers les invités de Bob et demanda :

— Qui parmi vous nous a prévenu qu'un meurtre avait eu lieu ici ce soir ?

Ils se regardèrent tous l'air étonné.

— Personne, répondit Bob. Nous avons découvert le corps il y a quelques minutes. Nous étions sur le point de vous appeler quand vous êtes arrivés. On jouait à Colin-Maillard depuis un moment quand notre « chasseur » s'est approché de notre ami, et a commencé à le palper pour le reconnaître, avant de sentir la blessure sur son torse.

— Où est la victime ? Vous avez son identité ?

— Oui, bien sûr. Vous le connaissez déjà il me semble. Il s'agit de Jean-Paul Mèzon

Lamy et Bronston encaissèrent le coup. Mèzon venait de passer de suspect à victime en basculant brutalement de vie à trépas. Avec le Banquier disparu et Mèzon mort l'enquête sur le trafic d'escorts allait tomber à l'eau. Et je ne pensais pas si bien dire. Il ne restait plus a priori que la piste du Pacte.

— On ne l'a pas déplacé. Il est dans le labyrinthe au fond du parc. C'était le seul à avoir choisi cet endroit pour se cacher. Ça ne lui a pas réussi, ajouta Bob, déconfit.

— Cela faisait combien de temps que vous « jouiez » quand vous l'avez découvert ? enchaîna Bronston.

— Environ vingt minutes.

Nos deux flics n'y comprenaient rien. Il fallait une bonne demi-heure pour aller de chez Lamy jusqu'à chez Bob. L'appel aurait-il été passé avant que le meurtre ne soit commis !?

« Notre « client » serait-il en train de nous narguer ? de jouer à « Colin-Maillard » avec nous ? » se dit Bronston, les sourcils froncés.

— Commençons par prendre l'identité et le témoignage de chacun. Et j'appelle de suite la PTS afin qu'ils viennent vite geler les lieux.

— Ah ! Et bien je vois que nous sommes en famille. Décidément nous n'arrêtons pas de nous croiser. A croire que les scènes de crime vous attirent comme les mouches sur un cadavre, lâcha la commissaire en nous regardant Emma et moi.

Puis elle se tourna vers Bob le regard suspicieux.

— Et vous, mon cher monsieur Meyer, ne trouvez-vous pas que deux morts chez vous au cours de soirées à quelques semaines d'intervalle ça fait un peu beaucoup… non ?

— Il faut croire que ma maison inspire les meurtriers… mais qu'y puis-je ?

— Bon, qui était « le chasseur » au moment de la découverte du corps ? enchaina Bronston.

— Moi, lui répondit instantanément Catherine de La Tour, encore sous le choc de sa découverte.

— Y avait-il quelqu'un à vos côtés lorsque vous avez découvert le corps ?

— Oui, bien sûr, les quatre serveuses qui me guidaient vers « ma proie »

— Comment cela ?

— Chasseurs et proies avions tous un bandeau sur les yeux. Personne ne pouvait savoir où étaient les autres. Hormis les serveuses qui étaient « nos yeux ».

Bronston se tourna vers les quatre filles.

— Vous confirmez ce qui vient d'être dit ?

— Absolument répondit l'une d'entre elles.

— Avez-vous vu quelqu'un d'autre, une silhouette, rodant près de l'emplacement du corps ?

— Vous savez, la zone de jeu fait plus de deux mille mètres carrés. C'est une nuit sans lune. On ne voyait pas très loin. Catherine a été la seule « chasseresse » à s'approcher de lui. Nous avons d'abord guidé Madame Casanova qui avait été tirée au sort pour démarrer la partie. Nous l'avons amenée jusqu'à l'écrivain qu'elle a facilement reconnu. Ce qui ne l'a pas empêché de s'amuser un peu avec lui, profitant qu'il était à sa merci…

— Vous me passerez les détails… Merci… Ensuite… ?

Bronston avait l'air un peu énervé.

La fille enchaîna :

— Ensuite l'écrivain a pris le relais et nous l'avons mené vers la fille de madame Casanova, qu'il n'a pas reconnue. Il a eu droit à un gage puis il a repris son rôle de chasseur

— Quel était son gage ?

— Faire jouir Clotilde Casanova en ne la caressant qu'avec sa langue. Ce qu'il a réussi rapidement. Il a fait le choix de plonger directement entre les jambes de la galeriste sans passer par les seins, ni les aisselles, ni le creux des genoux, ni les oreilles. Direct le clito… Et hop…

— S'il vous plaît, dispensez-nous des détails. J'ai encore du monde à interroger après vous. Alors, et ensuite ?

— Ensuite on l'a guidé vers la jeune Emma qu'il a reconnue sur le champ. On était déçues.

— Pourquoi « déçues ? interrogea Lamy.

— Parce qu'on aurait aimé qu'il ait un autre gage, répondit-elle en se marrant. Ensuite Emma a eu du mal à trouver une proie malgré notre aide. Il lui a fallu du temps pour tomber sur Bob qu'elle a reconnu ensuite facilement vu sa corpulence. Lui-même, devenu chasseur, a attrapé Sandrine Chassagne sans pouvoir la reconnaître. Il a aussi eu droit à son gage…

— En l'occurrence... ?

— Sniffer un rail de coke entre les seins de Sandrine Chassagne… sans les toucher…. Ensuite il est retourné à la chasse et a fini par tomber sur Catherine de La Tour qu'il a reconnue après lui avoir longuement caressé les seins. L'occasion était trop bonne. Vous connaissez la suite…

C'est après avoir entendu tout le monde et reconstitué le déroulement du jeu minute par minute que Lamy réalisa. Son « shérif » avait raison. Elle le prit par le bras et l'entraina un peu à l'écart.

— Ne me dis pas que tu as envie de faire l'amour…

— Mais non, idiot... ! T'avais raison…

— J'avais raison !!... A quel sujet ?

— La clé, les vidéos, l'info donnée à l'écrivain…

— Oui et bien quoi ?

— Ça a marché. Regarde les bien. Tous ceux qui sont sur les vidéos sont présents ce soir. Le but de leur soirée n'était pas de s'encanailler en paréo avec un bandeau sur les yeux, mais bien de faire le point sur notre découverte de leurs ébats filmés. Il faut qu'on les réinterroge à ce sujet. Ce qui n'était pas prévu c'est l'homicide du propriétaire du Mas des Herbes Bleues… A moins que...

— A moins que quoi ?

— A moins que Mèzon ne fût complice du Banquier et les faisait aussi chanter. Peut-être ont-ils organisé cette partie de Colin-Maillard pour le trucider discrètement. Si l'on n'avait pas reçu ce sms et n'étions pas venus de suite, notre viticulteur serait peut-être six pieds sous terre au fond du jardin à cette heure-ci.

— Déjà, la première question à se poser est : Qui est l'auteur du sms ?

— J'ai bien peur que l'on n'y arrive pas. Il nous a certainement appelé avec une carte prépayée. Il y a trois options. Soit c'est un meurtre collectif, soit le tueur est un des joueurs, soit il est venu de l'extérieur. Pour ce qui est du meurtre collectif il y a peu de probabilités. Il aurait fallu qu'ils aient tous quelque chose de grave à reprocher à Mèzon. Et de là à rendre complices les jeunes serveuses, non je ne le sens pas.

— Et en tueur solitaire, tu vois qui se détacher, toi ?

— En premier lieu cette Emma. Peut-être n'en pouvait-elle plus de tapiner pour lui. Peut-être devenait-il trop exigeant… mais en même temps ce n'est pas une technique très féminine le couteau. Trop violent… Ou bien l'écrivain, qui me semble être bien accro à cette fille et aurait voulu la sortir des griffes de Mèzon.

— Et pourquoi pas tous les deux complices ? proposa Bronston.

— Effectivement, à étudier de plus près. Sinon, qui d'autre ?

— A priori personne en particulier. Pas de mobile apparent pour quiconque, hormis le chantage aux sextapes.

— A propos, ça ne te dirait pas que l'on se les refasse tranquillement à la maison, ces vidéos… proposa Lamy, le regard espiègle.

— Dis tout de suite que j'ai une « virilité défaillante ».

— Mais non, pas du tout. Juste pour mettre un peu de piment…. Et nous donner des idées… Mon cow-boy… Allez…

— On verra, on verra… Mais ce sont des pièces à conviction, normalement on ne peut pas !! Revenons à notre sujet…

— Donc qui d'autre ? relança Nathalie Lamy

— Meyer était son ami de longue date. Je ne l'imagine pas lui plantant un couteau dans le cœur, chez lui, au cours d'une soirée devant un tas de témoins. C'est absurde. Chantal Casanova peut-être…

— Être une nymphomane dominatrice ne fait pas d'elle une meurtrière. Et puis Mèzon était de forte corpulence et costaud. Il n'y a qu'un homme qui ait pu faire ça... répondit la commissaire d'un ton assuré.

— Mais n'oublie pas qu'ils faisaient tous les deux parties du Pacte, et que mis à part le Banquier, il n'y a plus qu'elle. Elle va finir par se retrouver avec toutes les collections d'œuvres de la bande pour elle toute seule.

— Avant que sa fille n'en hérite… si elle devait être amenée à disparaître prochainement.

Ils se regardèrent un instant les yeux dans les yeux, le regard inquiet.

— Il faudrait peut-être que l'on mette une équipe autour d'elle. On fera d'une pierre deux coups. On surveille « la suspecte », et on protège « la victime potentielle » en même temps proposa Bronston.

— Quant aux autres ils ne connaissaient même pas Mèzon. Ils l'ont tous rencontré pour la première fois ce soir ici.

— Et tu verrais qui « venu de l'extérieur » ?

— J'en vois au moins deux. Les deux de leur petit groupe qui n'étaient pas parmi les convives de ce soir… Le Banquier… et le peintre, Cristo… Pour le premier on peut imaginer un différend financier, ou pour éviter des révélations compromettantes, voire pour récupérer les toiles du Pacte. Mais c'est délicat pour lui maintenant qu'il est en cavale. Pour le second je ne vois pas bien ce qui peut le relier à Mèzon. On n'a aucun mobile apparent. Il n'est même pas sur les vidéos. Il ne nous reste plus qu'à attendre les conclusions du labo de la PTS pour espérer voir se dégager une des pistes.

A cinq heures du mat, peu après le départ de l'équipe de la PTS, et après nous avoir prélevé un échantillon d'ADN à chacun, la commissaire nous annonça que l'on pouvait enfin partir. Tout en précisant qu'il nous était interdit de quitter la région pour l'instant et qu'ils auraient certainement d'autres questions à nous poser par la suite.

Emma n'ayant plus de chauffeur, pour cause de décès prématuré, monta évidemment à mes côtés dans la voiture.

— Ramenons la petite nana qui était avec Mèzon. Elle est toute paumée la pauvre. Et puis si jolie… Qu'est-ce que tu en penses ? me demanda Emma sur un ton que je vous laisse imaginer…

Pour toute réponse je l'embrassai longuement et profondément. Et c'est ainsi que l'on se retrouva trente minutes plus tard tous les trois, un peu à l'étroit il faut l'avouer, dans mon lit au Mas…

Mardi 31 Juillet
05 h 30
Mas des Herbes Bleues

Après avoir exploré toutes les combinaisons possibles et imaginables qu'un homme puisse faire avec deux femmes, je décidai de les laisser continuer sans moi et allai sur la terrasse rejoindre mon ordinateur. J'avais du pain sur la planche, et ce n'était pas quatre nichons et deux petits culs qui allaient m'en distraire. Elles finirent par s'endormir enlacées, et moi… la tête sur le clavier de mon Mac.

Il était un peu plus de midi lorsque qu'un taxi vint chercher la copine de Mèzon, encore secouée par la nuit qu'elle venait de vivre. Après son départ, Emma et moi nous lancèrent dans un debriefing de cette nuit étrange.

— Pourquoi étais-tu chez Meyer hier soir ? Attaquai-je

— Parce que Mèzon m'avait dit que Chantal Casanova souhaitait réunir tous ceux qui étaient déjà allés dans son « donjon ». Et toi ?

— Pour les mêmes raisons.

— Ah oui carrément... !! répondit-elle un sourire malicieux dans les yeux.

— Ce n'est pas ce que tu crois… Elle m'a piégé avec du GHB. Je n'ai rien vu venir et j'ai fini menotté dans son « donjon ».

— Tu as apprécié j'espère.

— Je n'en sais rien. Aucun souvenir.

— Menteur. Sinon, tu penses que la mort de Jean-Paul a un rapport avec la disparition du Banquier?

— Il y a de grandes chances.

— Et donc avec les vidéos aussi ?

— Pas forcément. Ils faisaient tous les deux parties du Pacte. La piste est peut-être de ce côté-là. Mais ce qui m'étonne c'est l'absence de Cristo hier soir. Ok il n'est pas sur les vidéos. Mais c'est un intime de Bob. Il aurait dû être invité quand même.

— Moi je pense plutôt que c'était pour préserver l'intimité des personnes présentes. Tous les invités étaient concernés par les vidéos, hormis les quatre hôtesses bien sûr.

— Ouais, tu dois avoir raison. Au fait… j'ai bien aimé notre petit trio de cette nuit.

— Moi aussi… On remonte se coucher… ? Maintenant que je suis libre...

Mardi 31 Juillet
17 h 30
Montpellier - Bureaux du SRPJ

Les premières conclusions venaient de tomber. Bien qu'épuisés par la nuit difficile qu'ils avaient passée, Lamy et Bronston se précipitèrent sur le dossier.

La première chose étonnante qui en sortait était que Mèzon n'était pas mort des suites du coup de couteau, mais par asphyxie. A priori son assassin serait arrivé par derrière et l'aurait étouffé avec un tissu dont la matière serait identique à celle des bandeaux utilisés lors de la soirée. Des fibres de tissu similaires ont été retrouvées dans ses narines et sa bouche. Par contre, ni bandeau autre que celui de la victime, ni objet pouvant faire office de couteau n'ont été trouvés sur les lieux.

Le coup de couteau aurait été porté post-mortem. Message ? geste symbolique ? les deux enquêteurs ne savaient plus quoi penser. La découverte la plus intéressante étaient les cheveux retrouvés sur Mèzon. Il semblait qu'il se soit défendu et ait pu agripper son agresseur par les cheveux. Le bandeau qui l'étouffait l'empêchant certainement de crier.

— Il faut au plus vite comparer les ADN du Banquier, du peintre et des personnes présentes, y compris les quatre serveuses, avec celui des cheveux trouvés sur Mèzon. Ces quelques cheveux sont notre seule piste, dit Bronston.

Puis il se leva, s'approcha de la fenêtre et resta un moment à observer en silence les toits de Montpellier avant de lâcher d'une voix timide :

— Peut-être que quelque chose nous a échappé en visionnant les vidéos… Ce serait peut-être plus consciencieux de les revoir….

Mercredi 1er Août
10 h 30
Cœur d'Hérault - Villa de Cristo

— Bonjour. Vous nous reconnaissez ? Nous aurions quelques questions à vous poser… On peut entrer ?

— Bien sûr, bien sûr, je vous en prie…

Cristo n'était pas surpris de voir débarquer Lamy et son Yankee. Bob l'avait déjà appelé pour lui résumer les événements de la nuit.

Après les avoir installés au pool house autour d'une table ronde en fer forgé rouge vif, Cristo leur servit des cafés accompagnés de macarons aux couleurs irrésistibles.

— Vous vous doutez pourquoi nous sommes venus vous rendre visite, demanda Bronston après avoir avalé une demi-douzaine de macarons plus vite qu'il ne faut pour l'écrire.

— A propos de Jean-Paul Mèzon je suppose ? Oui, on m'a prévenu. Je le connaissais peu mais je l'aimais bien. C'était un type assez jovial et bon vivant, très bon vivant. D'ailleurs, il en est mort. Ce qui était dommage chez lui c'est qu'il n'y connaissait rien en peinture contrairement à ce qu'il laissait croire. Ce qui comptait pour lui c'était d'accumuler des toiles. D'en remplir sa salle blindée jusqu'à plus soif. L'idée d'en faire profiter les autres ne lui traversait même pas l'esprit, à part pour quelques privilégiés, à de rares occasions, pour leur en mettre plein la vue.

— Saviez-vous qu'il était mêlé à un business d'escort girls ?

— Non mais je ne suis pas surpris. Avec sa boulimie pour le fric et sa passion pour le cul c'est cohérent.

— Pouvez-vous nous dire où vous étiez et ce que vous faisiez dans la nuit de lundi à mardi entre minuit et 2 heures du matin ?

— Je faisais l'amour. Ici. Chez moi.

— Quelqu'un peut-il le confirmer ?

— Je fais rarement l'amour seul. Elle s'appelle Monica.

— Est-il possible d'avoir ses coordonnées ?

— Pas la peine. Si vous prenez le temps de finir tranquillement votre café… et les macarons… Vous aurez la chance de la voir. Nous sommes mercredi. Elle est allée au marché et ne devrait pas tarder à revenir. Habituellement je l'accompagne mais j'avais du travail en retard à finir.

— Est-ce que cela vous dérangerait qu'en l'attendant nous en profitions pour faire un prélèvement de votre ADN ? C'est une demande du juge d'instruction. Vous avez le droit de refuser mais c'est aussi l'occasion de vous disculper.

— Non, non, pas de soucis, allez-y ? Vous pouvez sortir vos cotons tiges.

A peine avaient-ils emballé l'échantillon d'ADN de Cristo dans un sachet hermétique que l'on entendit la cloche du portail carillonner. Monica venait de rentrer. Après avoir déposé ses courses sur le plan de travail de la cuisine d'été donnant sur le jardin, elle se dirigea vers le pool house, curieuse de savoir qui était ce couple qui prenait le café avec son chéri.

— Miss Breizh ! Quel plaisir de vous revoir, lança Bronston en se levant pour aller au-devant d'elle.

— Capitaine Bronston... ? C'est bien vous ? Quelle surprise de vous voir ici. Vous avez retrouvé mon patron ?

— Heu… malheureusement non, pas encore.

— « Retrouvé ton patron » !!! C'est quoi cette histoire ? interrogea Cristo en regardant Monica Breizh avec un regard inquiet.

Il ne comprenait plus rien à ce qui se passait. Sa Monica connaissait le flic new-yorkais et comptait sur lui pour retrouver son patron, en l'occurrence, McCoy !!!

— Oui mon chéri. Je ne t'en ai jamais parlé mais si je suis venue en France c'est parce que la maison d'édition pour laquelle je travaille m'a octroyé un congé illimité… le temps de retrouver mon patron, qui a mystérieusement disparu. C'est à cette occasion que j'ai rencontré le capitaine Bronston, chargé de l'enquête.

Cristo failli vaciller. Quel truc de malade. La fille qu'il a rencontrée le soir du concert au théâtre de la Mer, au milieu de milliers de spectateurs, et qui partageait maintenant sa vie, était la secrétaire de McCoy… !!

— A ce propos, puisque je vous ai sous la main. Reconnaissez-vous cet homme sur la photo ?

Monica se pencha sur le smartphone de Bronston et regarda attentivement l'écran.

— Oui bien sûr… C'est un ami de Cristo. Je l'ai rencontré lors de l'horrible soirée chez Stéphanie Costa.

— Mais encore… ?

— Mais encore quoi ?

— Vous ne l'aviez jamais rencontré auparavant ? insista le capitaine.

— Non je ne crois pas. C'est qui ?

— Le type qui est venu voir votre patron le samedi soir précédent sa disparition.

Monica feint la surprise.

— Vous voulez dire que l'ami de Cristo est la personne que j'ai entrevue au bureau ce jour-là ? Et vous pensez qu'il a quelque chose à voir avec sa disparition ?

— Je n'en sais rien. C'est une possibilité.

— Cette histoire est absurde, intervint Cristo. Qu'aurait-il fait de votre « McCoy ». Pourquoi le faire disparaître ? Écrire est la seule chose qui le fait vibrer. Tout le reste n'est que décor. D'ailleurs il a très vite trouvé un autre éditeur.

— Reconnaissez que tout cela est surprenant, lui répondit Bronston. Mademoiselle Breizh, notre écrivain et vous-même étiez tous en même temps à New York début mai. Votre ami, écrivain, rencontre l'éditeur, patron de mademoiselle. Ce dernier disparaît juste après, et sa secrétaire devient votre maîtresse. Beaucoup de coïncidences tout de même, non ? Sans parler de Clotilde Casanova dont la galerie se trouve à quelques blocs des bureaux de McCoy, et que l'on retrouve sur deux scènes de crime récentes chez des amis à vous, dont la villa de votre ami Bob Meyer… chez qui vient d'être assassiné Jean-Paul Mèzon… Propriétaire de l'hôtel où loge votre ami écrivain. La boucle est bouclée. Vous répondez quoi à ça… ?

— Je sais que c'est dur à admettre pour vous, mais parfois, les coïncidences sont réellement… des coïncidences lui répondit Cristo sur un ton bienveillant.

— Ça n'existe pas les coïncidences dans la police. Sachez-le.

— Puisque vous êtes là Capitaine, permettez-moi une question… Avez-vous des nouvelles du vol de ma toile à Céret ?

— Voyez avec Lopez à Perpignan, c'est lui qui suit le dossier.

C'en était trop. Bronston était au bord de péter un câble. Ces gens-là se foutaient de sa gueule et il n'avait aucun élément probant à aligner en face.

— Venez Nathalie, allons-y. Je crois qu'on a fait le tour. Et puis le légiste nous attend à l'IML. Nous reprendrons contact avec vous plus tard, au revoir, conclut sèchement le capitaine en se levant d'un coup.

Puis il se dirigea vers la sortie avant de revenir sur ses pas pour attraper le denier macaron qui se trouvait encore par miracle dans la coupelle. Un vert. A la pistache.

… *Mes préférés*.

Mercredi 1er Août
14 h 00
Montpellier - Institut médico-légal

Mèzon était allongé sur une table en inox, le corps recouvert d'un drap bleu remonté jusqu'aux épaules. Il avait bonne mine. On aurait cru un personnage du Musée Grévin. Le visage figé, sans rides. Mort.

— Alors quoi de neuf ? demanda Lamy au toubib penché sur le cadavre.

— Rien de nouveau par rapport aux premières constatations. Mort étouffé à l'aide d'un morceau de tissu. Lame de type « coupe-papier » portée au cœur post-mortem. Pas de traces toxicologiques particulières. Rien sous les ongles. L'heure de la mort se situe vers une heure du matin. Je ne peux rien vous dire de plus.

— Merci. On va maintenant allez voir du côté de la scientifique.

Mercredi 1er Août
14 h 30
Montpellier - Locaux de la PTS

— Nous vous avons ramené un échantillon d'ADN du peintre, annonça fièrement Lamy au jeune inspecteur la tête plongée dans son écran.

— C'est gentil... Mais on n'en a plus besoin...

— Comment ça « plus besoin » ?

— On a déjà comparé l'ADN des cheveux avec celui du Banquier prélevé sur sa péniche... Banco du premier coup. Ça a matché... Ce sont les siens.

— Voilà qui va nous simplifier la suite, philosopha Bronston.

— Donc notre bonhomme est toujours dans le coin. Et il a eu le culot de venir assassiner Mèzon chez son ami Bob, au nez et à la barbe de tous. Du coup il ne nous reste plus qu'une piste logique... l'élimination des membres du Pacte. Costa, Mèzon et certainement Lacaze. Notre Banquier semble bien prendre la pente d'un serial killer. Il faut absolument mettre la main sur lui au plus vite. Et il serait peut-être urgent aussi d'organiser une réunion avec le juge et tous les responsables concernés. Il serait bien aussi de contacter les « brocs ».

— Les « brocs » ?

— Oui capitaine. C'est le diminutif de « brocanteurs », le surnom que l'on donne aux gars de l'OCBC... Allez, j'appelle de suite le juge...

— L'OCBC ... ?

— Grrrr... Oui, l'office central de lutte contre le trafic de biens culturels. L'office a une vocation interministérielle. Bien qu'appartenant à la direction centrale de la PJ, il agit pour le compte de la gendarmerie nationale, des douanes et de plusieurs ministères : Culture, Justice et Affaires étrangères. Ils travaillent aussi en partenariat avec Interpol et de nombreux organismes à travers le monde. Ils sont équipés de logiciels et de bases de données extrêmement performants pour analyser les œuvres.

Mercredi 1er Août
16 h 00
Montpellier - Palais de Justice

La salle, du plus pur style Empire avec ses horribles couleurs vertes et bordeaux, ses dorures désuètes du sol au plafond et ses pendules en bronze doré aux figurines allégoriques, était occupée en son centre par une grande table carrée où étaient sagement assis le juge d'instruction, la directrice départementale de la sécurité publique, le commandant de gendarmerie, un responsable des douanes, le médecin légiste, le chef de la police technique et scientifique ainsi que bien entendu, Lamy, Bronston et Lopez.

Après une bonne heure passée tous ensemble à décortiquer les éléments qu'ils avaient en main, le juge d'instruction pris la parole et annonça :

— Il est évident que nous avons à faire à une situation délicate et complexe qui nécessite une collaboration étroite entre tous les services. Nous sommes sur une affaire qui regroupe quatre morts et un suspect en fuite, sans compter la disparition de cet éditeur new-yorkais, qui semblerait être lié à tout cela. D'un côté nous avons des coïncidences surprenantes et de l'autre un nombre important de suspects avec de multiples mobiles potentiels, mais sans aucun indice ni pièce à conviction réelle, hormis pour le Banquier. Et bien entendu, aucun aveu de personne. Il est clair que toutes ces affaires sont en rapport avec le marché de l'art et liées entre elles. La priorité est de retrouver ce Banquier avant qu'il ne sévisse à nouveau. J'ai eu ce matin le chef de Cabinet du ministre au téléphone qui m'a donné son feu vert pour rendre l'affaire publique et diffuser un communiqué d'avis de recherche à la presse avec photo de l'intéressé. C'est notre meilleure chance pour le retrouver. On n'a plus le choix, tant pis pour la réputation des personnalités liées à cette affaire. Par contre, je vous demande dans la mesure du possible, de ne pas évoquer le cas de l'épouse de notre député. Le ministre y tient beaucoup, du moins tant qu'il n'y a pas de lien direct avec les autres crimes.

Compte tenu de la notoriété de Stéphanie Costa, attendez-vous à avoir de nombreux journalistes à vos trousses, en particulier les « people ». Le Banquier ne les intéresse pas, c'est l'actrice qui fait vendre du papier. Je vais vous faire envoyer des éléments de langage. Merci de les utiliser.

Par ailleurs, je vais donner instruction à l'OCBC de venir enquêter à vos côtés. Leurs effectifs sont restreints mais je pense pouvoir obtenir deux enquêteurs.

Concernant les frontières et les contrôles routiers je vous demande de doubler votre présence sur le terrain et d'être des plus vigilants.

Des notables qui s'entretuent pour s'approprier des œuvres d'art n'est pas du plus bel effet pour l'image de notre pays. Et la présence d'une actrice de renommée internationale parmi les victimes n'arrange rien à l'affaire.

Pour conclure, après avoir remercié nos équipes d'enquêteurs pour le travail accompli, je vous demande, à toutes et à tous, de tout faire pour régler cette affaire dans les meilleurs délais, avec toute la diplomatie d'usage, mais aussi une rigueur maximum. Je vous remercie.

Chapitre 25

Paloudes et montre suisse

Jeudi 02 Août
12 h 30
Port de Mèze

La table de Cristo et Clotilde Casanova était installée tout au bord du quai. Les embarcations amarrées face à eux semblaient les regarder déjeuner, ballotant légèrement au rythme d'un petit vent léger qui atténuait la chaleur caniculaire.

Le port de Mèze était un des cinq lieux, avec Sète, Marseillan, Balaruc-Les-Bains et Bouzigues, accueillant les bateaux des pêcheurs de l'étang de Thau, principalement des ostréiculteurs et des mytiliculteurs. S'y ajoutait l'été les pénichettes de touristes venant du sud par le « Canal du Midi » ou du nord par le « Canal du Rhône-à-Sète » à l'autre extrémité. La faible profondeur de l'eau empêchait les gros navires de venir dénaturer cet endroit exceptionnel.

Clotilde et Cristo avaient bien entendu commandé un plateau de fruits de mer XXL. La coutume voulait qu'il soit accompagné d'un « *Picpoul* », le vin incontournable du coin.

Mais ils préférèrent commander un *Hortus* blanc, bonifié au pied du Pic Saint Loup, à l'autre bout du département.

— Enfin, notre premier déjeuner en tête-à-tête depuis que je suis arrivée en France, se réjouit la galeriste.

— Il était mieux que l'on ne soit pas trop vus en ville ensemble. Les choses sont assez compliquées comme ça.

— Qu'est-ce que tu as de nouveau à m'apprendre ?

— Un truc de dingue. Tu ne vas pas me croire. Monica, l'Américaine que j'ai rencontrée au concert, et avec qui je passe aujourd'hui les trois quarts de mon temps se trouve être… la secrétaire de McCoy…

Clotilde Casanova faillit s'étrangler.

— Noon… C'est pas possible… !!

— Si, si. Et dire que Bronston ne croit pas aux coïncidences.

— Comment as-tu appris ça ?

— Par Bronston justement. Il est venu m'interroger hier à la maison avec Lamy. Monica est arrivée et ils se sont mis de suite à parler de McCoy. C'est elle qui a prévenu la police de la disparition de son patron. Et c'est Bronston qui est allé l'interroger. J'étais sur le cul. Bon, de toute manière elle n'est au courant de rien et n'a pas fait le lien entre nous deux et lui. Ni même avec notre écrivain… jusqu'à ce que Bronston lui explique.

— Mais qu'est-ce qu'elle fout en Occitanie ?

— Sa boîte lui a donné un congé en attendant le retour de son patron.

— Et bien, elle n'est pas près de repartir. Mais pourquoi, ici, chez nous ? Tu es sûr qu'elle ne bosse pas pour le FBI ?

— On n'est jamais sûr de rien, mais je ne pense pas. Je n'ai rien remarqué d'étrange.

Sinon pour le Derain tout est ok ?

— Nickel. Ton Lorenzo a assuré. Ni vu ni connu. La toile est planquée dans un coffre dissimulé dans une des cabanes au fond du domaine, sous une pile de casiers à huîtres et de filets de pêche.

— Et l'autre ?

— A Singapour, au « port-franc », comme prévu.

Jeudi 02 Août
16 h 45
Montpellier - Bureaux du SRPJ

— Pour commencer nous allons photographier toutes les toiles de vos suspects... et celles des victimes. Grâce à « TREIMA », le dernier logiciel de reconnaissance photographique de l'OCBC, nous les comparerons à celles du fichier des œuvres volées. 60.000 y sont répertoriées. Je suis sûr que l'on va découvrir des choses étonnantes. Ensuite on se penchera un peu plus près sur cette vente aux enchères pas très claire. On enquêtera du côté des ports-francs pour voir si elle n'y est pas tranquillement cachée. En espérant que le député, en tant que président de la fondation où a eu lieu la vente ne soit pas impliqué. Il est proche de l'exécutif. On risquerait d'avoir des bâtons dans les roues. Dernier point, nous irons aussi gratter du côté de la toile volée de ce Cristo. Mais il nous faut une photo de la toile. Sinon on ne pourra rien faire.

L'inspecteur Laures, de l'OCBC, était fier de son petit effet. Lamy, Bronston et Lopez étaient tout ouïe. Arrivé une heure plus tôt de Paris avec son adjoint, il s'était de suite plongé dans les dossiers. Cette histoire de Pacte de collectionneurs l'excitait au plus haut point.

Jeudi 02 Août
18 h 30
Mèze - Villa de Chantal Casanova

— Mon cher Édouard, venez par ici, j'ai à vous parler.

Chantal Casanova était sur sa terrasse, allongée sur un matelas traditionnel thaïlandais avec ses typiques petits coussins triangulaires, face à l'étang, avec la méditerranée en arrière-plan. Un martinet posé à côté d'elle sur une table basse attendait patiemment. Ce qui n'était pas bon signe pour ce « cher Édouard »...

D'un ton très calme elle lui dit d'entrée :

— Vous m'avez trahie. Je suis extrêmement déçue. C'est vous qui avez copié mes vidéos pour les donner au Banquier...

— Mais non Madame, je vous assure, je n'aurais jamais fait ça…

— Arrêtez, vous vous enfoncez. Je le sais. Ne niez pas. Combien vous a-t-il donné pour ça ?

Édouard baissa les yeux.

— Je suis désolé Madame.

— Appelle-moi « Maîtresse » dorénavant.

— Excusez-moi Maîtresse…

— Voilà, c'est mieux.

— Il m'a donné 1500 euros.

— Le problème, vois-tu, c'est qu'il est en cavale le Banquier, soupçonné de meurtre. Et la clé USB est entre les mains de la police. Et dessus il y a tes empreintes… Tu me suis ?

— Oui Mad… heu… oui Maîtresse.

— Pour l'instant les enquêteurs ne te connaissent pas et n'ont pas fait le lien avec toi…. Mais ça pourrait changer… À moins que…

— A moins que quoi… Maîtresse ?

— A moins que tu ne me signes ce nouveau contrat de travail que je t'ai préparé et dans lequel j'ai ajouté un certain nombre de clauses… disons… particulières.

— Oui Maîtresse, je ferai tout ce que vous voulez pour me faire pardonner.

— Ne parle pas trop vite. Lis d'abord…

Vendredi 03 Août
07 h 30
Étang de Thau

Ludo était un des derniers pêcheurs de palourdes de l'étang. Une réglementation stricte en limitait le nombre. L'afflux de braconniers ces dernières années avaient failli faire disparaître l'espèce, mais les autorités maritimes avaient réagi à temps.

Malgré l'heure matinale il faisait déjà chaud. Il était sûr que la pêche serait bonne. Cela faisait plus d'une semaine qu'il n'était pas venu sur cette partie de l'étang. Il pêchait à l'ancienne, en plongeant en apnée, comme lui avait appris son grand-père. Après avoir enfilé sa combinaison il chargea sa barque de paniers et la poussa sur quelques mètres avant de monter à bord et de démarrer son moteur.

Comme à son habitude il longea les « tables » d'où étaient suspendues des cordes en nylon immergées. Les huitres y étaient collées par groupe de trois ou quatre jusqu'à maturité pendant dix à quatorze mois.

Comme à chaque fois qu'il se retrouvait seul sur sa barque au milieu de l'étang, Ludo se disait qu'il était un homme chanceux. Il vivait dans un cadre exceptionnel et faisait un métier qui le passionnait. Il en était là de ses réflexions quand il aperçut au fond de l'eau une masse noire entrelacée dans les cordes à huîtres. C'était un plongeur en combinaison qui semblait coincé dans les cordages. Ludo plongea aussitôt pour lui venir en aide. C'est en apercevant son visage qu'il comprit, tétanisé, qu'il ne pourrait pas faire grand-chose pour lui.

Vendredi 03 Août
08 h 15
La Grande Motte - Appartement de Nathalie Lamy

— On commence par qui aujourd'hui ? demanda Bronston tout en avalant son troisième pancake

— Qui pour quoi ?

— La tournée avec nos « brocanteurs ». Pour photographier les collections.

La commissaire était sur le point de lui répondre quand son iPhone lui annonça un nouveau message.

— Même pas le temps de déjeuner tranquille, Pffff…

— Qu'est-ce qui se passe, lui demanda le capitaine en s'attaquant à un quatrième pancake ?

— Je te dirai ça quand j'aurai fini de déjeuner. On n'est pas à cinq minutes près, dit-elle avant de retourner son smartphone sur la table. Qu'est-ce que l'on disait ? Ah oui, par qui on commence…

Elle n'eut pas le temps de finir sa phrase que le téléphone sonna à nouveau. Elle se tourna vers son shérif avec une moue triste et reprit l'appareil en main.

— Changement de programme. On oublie le shooting du jour annonça-t-elle après avoir lu le message sur son écran.

— Et pourquoi donc ? C'est une bonne idée de vérifier s'il n'y a pas des tableaux volés, ou des faux parmi leurs collections.

— On oublie… Le Banquier a été retrouvé…

— *Fucking news*. Je vais enfin pouvoir l'interroger. Je te promets « *honey* », je vais le coincer comme un steak haché entre deux *buns*.

— J'ai bien peur que ce soit compliqué.

— Pourquoi ? Il est planqué au fond de l'Amazonie ?

— Non… Au fond de l'étang de Thau.

Vendredi 03 Août
09 h 20
Bouzigues - Bord de l'étang de Thau

La brigade de gendarmerie de Balaruc-les-Bains ainsi qu'une équipe de la police technique et scientifique étaient déjà en place quand nos deux enquêteurs arrivèrent. Le corps du Banquier était allongé sur le rivage. Une combinaison de plongée le couvrait intégralement hormis son visage dont les yeux avaient disparu. Deux trous béants à la place. Ses joues et son nez étaient aussi bien entamés. Mais bon, les hommes mangent bien du poisson. Il n'y a pas de raison.

Lamy et Bronston se dirigèrent directement vers le légiste qui semblait tirer une drôle de tête.

— Ça n'a pas l'air d'aller, lui dit Lamy en s'approchant de lui.

— Ce n'est rien de le dire. On est confronté à un cas particulier. Il va être difficile de dater le décès.

— Comment êtes-vous sûr que c'est notre Banquier, avec la tronche qu'il a ?

— Sa montre, une « *Patek Philippe* ». Grâce au numéro de série, il a suffi d'un coup de fil au fabricant pour avoir le nom du proprio… Ils conservent le nom de tous leurs clients depuis leur création en 1839… Faudra quand même vérifier son ADN pour confirmer.

— Ok… Et ces premières constatations alors ?

— Tout d'abord il faut que vous sachiez qu'un corps en eau douce ne réagit pas de la même façon qu'un corps en eau de mer…

— Et nous sommes à la limite des deux, c'est cela, l'interrompit la commissaire ?

— Exactement. Il a été retrouvé dans la partie de l'étang où le flux de la mer vient se mélanger à l'eau douce arrivant du Canal du Midi. Bref à cet endroit, l'eau est saumâtre. Ajoutez à ça la chaleur caniculaire actuelle qui accélère la putréfaction mais avec une combinaison intégrale qui le protégeait des attaques extérieures…. Et cerise sur le gâteau… notre homme n'est pas mort noyé.

— Comment pouvez-vous en être déjà sûr ? demanda Bronston.

— Sa peau serait bleuâtre sinon. Ce qui n'est pas le cas. De plus il ne semble pas avoir d'eau dans les poumons. Du moins de ce que je peux en voir. J'en saurai plus une fois qu'il sera sur ma table d'autopsie, sans combinaison.

— En conclusion, il est mort avant de se retrouver au fond de l'étang et il va être difficile d'être précis sur le jour et l'heure de son décès, soupira Lamy.

— Oui… Ou bien il a fait un AVC sur le pont de sa péniche avant de tomber par-dessus bord. Ce sont des choses qui arrivent. On parle dans ce cas-là de « noyé blanc ».

Compte tenu du fait que la rigidité cadavérique a disparu, on peut estimer que la mort remonte à au moins trois jours. Et vu que la putréfaction n'a pas l'air avancée… elle ne remonte pas non plus au-delà de huit jours.

— A quoi le voyez-vous ? questionna Bronston, curieux.

— Parce qu'il n'a pas le ventre gonflé par la production de gaz, principalement du méthane, exhalant une odeur forte. Ce qui se produit à partir du huitième jour. Il va nous falloir faire des analyses approfondies pour être plus précis. L'étude des organes internes nous en dira plus, en particulier l'estomac. Au bout de 4 à 6 jours, des tâches isolées, plus ou moins grandes, d'un rouge sale, apparaissent. Au fur et à mesure, le rouge est remplacé par une couleur grisâtre et le tissu de l'organe se ramollit. Puis les intestins se putréfient de la même façon que l'estomac, les réactions se répandent alors au reste du tube digestif. La rate devient molle puis ressemble à de la pâte d'une couleur verte-bleue…

— Et le lieu de sa mort, ou du moins, de son immersion ? On peut en avoir une idée ? s'empressa de demander Lamy histoire de changer de sujet et d'éviter par la même de vomir sur le légiste.

— Même problème que pour la salinité. On a les courants marins venant du grau, les courants venant du nord par le « Canal du Rhône à Sète » et ceux venant du Sud par le « Canal du Midi »… Il n'est pas impossible qu'il ait dérivé depuis sa péniche amarrée au sud de l'étang jusqu'ici… Mais je n'ai rien pour le confirmer.

En regardant autour de lui Bronston réalisa que de là où il se trouvait il avait d'un côté, une vue sur le mont Saint-Clair où habitait Bob Meyer, et à l'opposé, une vue sur les rives de Mèze où se situait le domaine de Chantal Casanova. La péniche du Banquier était, elle, amarrée un peu plus au sud de l'étang, à l'entrée du canal. Le triangle de la mort se dit-il. La clé du mystère se trouvait ici, autour de cet étang.

Vendredi 03 Août
11 h 30
Montpellier - Bureaux du SRPJ

A peine arrivés au commissariat Lamy et Bronston se dirigèrent vers l'immense organigramme tracé sur le tableau magnétique fixé au mur.

Bronston attaqua d'entrée.

— Premier point, la date de la mort du Banquier. Le légiste dit entre trois et huit jours. Mèzon a été tué il y a quatre jours et le Banquier a disparu depuis huit jours. On a donc deux hypothèses. Soit il est mort il y a trois jours, juste après avoir buté Mèzon… Soit, il est mort avant… voire dans la nuit qui a précédé notre visite sur sa péniche. Et là, la question se pose… Qui alors a tué Mèzon ? Et qu'est-ce que les cheveux du Banquier foutaient sur lui du coup ?

— Et dans tous les cas… Qui a jeté le Banquier dans l'étang ?

— Et pourquoi pas Mèzon lui-même ?

— Qui aurait été ensuite assassiné par une tierce personne ? Ça me semble peu probable.

— Quelle prise de tête cette enquête. Un vrai « *Rubik's cube* »

— Une chose est sûre. Ils étaient tous les deux membres du Pacte, comme Lacaze, Costa et Casanova mère. Et la seule qui soit encore vivante, c'est elle, notre veuve. Prochaine victime ou serial « killeuse », voilà ce qu'il nous faut découvrir… Et ce n'est pas un gag.

— Commençons par demander à l'équipe qui la surveille de nous faire un rapport sur ses déplacements.

— Bonne idée mon cow-boy… Et si on allait déjeuner en attendant leur réponse ?

— Oui, mais vite fait sur une terrasse de *La Comédie* alors… Pas sur la tienne… on n'a pas le temps…

D'accord, répondit-elle avec une moue boudeuse qui fit craquer le capitaine.

— Et surtout pas d'huîtres ni de palourdes à la carte, conclut-il avant de la prendre par la taille et de l'entrainer vers la sortie.

Vendredi 03 Août
12 h 20
Montpellier - Place de La Comédie

Alors que Bronston commandait deux salades et un pichet de rosé au serveur de la brasserie où ils avaient eu la chance de trouver une table de libre, le téléphone de Lamy sonna. Elle décrocha et écouta silencieusement son interlocuteur.

— OK, merci. Et surtout ne relâchez pas la surveillance.

Elle raccrocha et résuma la situation à son collègue.

— Chantal Casanova n'est pas sortie de chez elle depuis que nos gars la surveillent, soit depuis la mort de Mèzon.

— Elle a peut-être quelqu'un pour exécuter les basses œuvres à sa place ?

— C'est envisageable et plus cohérent que de l'imaginer réaliser ces meurtres elle-même.

Aucune visite non plus, par contre un détail intéressant : hier midi sa fille est sortie. Ils ont décidé de la filer… Et l'ont vue déjeuner avec le peintre Cristo dans un resto du port de Mèze. Elle est rentrée directement au domaine après.

— Et lui, au fait, ce peintre, on le place où sur l'échiquier ?

— Sur la place du fou. Il arrive par la bande, en diagonale, l'air de rien. Se faufile entre les pièces sur l'échiquier. Rien ne l'inquiète. Il a l'air de survoler les événements sans en faire partie… c'est un artiste !! Il faut tenir compte que ces gens-là ont parfois des comportements irrationnels, et c'est un euphémisme…

En tout cas on n'a rien sur lui. Le seul point qui joue en sa défaveur c'est qu'hormis pour le meurtre de Mèzon, on le retrouve sur toutes les scènes de crime, à Manhattan, chez Meyer, chez Costa… ainsi qu'au restaurant de Lacaze. N'oublions pas qu'il lui a livré un tableau peu de temps avant sa chute. Sans compter qu'il a rencontré, soi-disant « par hasard », la secrétaire de McCoy, qui est devenue depuis sa maîtresse.

— Résumons. Nous avons trois pistes. Le Pacte, la clé USB et le réseau d'escorts. Dans l'hypothèse du Pacte, Chantal Casanova est la suspecte N°1. Voire la seule suspecte… avec sa fille.

Concernant les vidéos sur la clé, je ne pense pas qu'elles soient liées à aucun des crimes. Tous les participants étaient majeurs et consentants. Aucun d'entre eux ne semblait perturbé par l'existence de cette clé d'après ce que disent leurs témoignages. Cela dit notre veuve se retrouve encore au milieu de l'histoire. Ces vidéos ont quand même été tournées chez elle. Et elle est la seule à connaître tout le monde.

Pour ce qui est du réseau d'escorts, avec nos deux protagonistes disparus, le dossier est, de fait, bouclé avant même d'avoir été ouvert. Et ce n'est pas cette Emma qui nous en apprendra plus. D'autant que l'on n'a aucun élément contre elle, ni contre son écrivain… hormis un mobile… Se débarrasser de ses souteneurs. Un peu léger je trouve. Pas besoin de les supprimer pour ça.

— Et quid des autres ? Qui a tué l'actrice et Lacaze ?

— Dans tous les cas il faut que l'on attende le rapport de l'IML pour avoir une date plus précise sur la mort du Banquier, et des précisions sur la façon dont il a été tué. On ne pourra pas tirer de conclusions avant. En tout cas, si le Banquier a été tué avant Mèzon, il est clair que le meurtrier de ce dernier a voulu le faire accuser en laissant ses cheveux sur le foulard. Plutôt machiavélique notre « client ».

— Idem pour les empreintes sur la bouteille qui a tué l'actrice si cela se trouve.

— Oui mais alors je ne vois pas bien comment un autre meurtrier aurait pu déposer les empreintes du Banquier sur la bouteille, juste avant de tuer Stéphanie Costa avec. Donc on peut voir les choses de la façon suivante. Le Banquier s'en prend à Stéphanie Costa, pour un motif qui nous échappe. Un autre individu, à identifier, descend le Banquier. Puis lui coupe une mèche de cheveux qu'il laisse ensuite sur le corps de Mèzon après l'avoir trucidé, afin de le faire accuser. Mais pour quelle raison, si l'on exclue la Veuve et le Pacte ?

— Le Banquier et Mèzon étaient très liés. Ils pouvaient très bien avoir un ennemi commun. Genre un collectionneur lésé, quelqu'un qui leur devait de l'argent ou je ne sais qui d'autre.

— Et cet éditeur, Bob Meyer on en fait quoi ? Deux des crimes ont quand même été perpétrés chez lui.

— Je n'en sais rien. On n'a pas le début de l'ombre d'une preuve contre lui. Il n'est pas membre du Pacte et n'était pas sur les vidéos. Quant au réseau de call girls il n'a pas l'air impliqué non plus. Et a priori il se débrouille très bien tout seul pour s'entourer de filles.

— Le bon côté des choses dans cette affaire c'est qu'à chaque fois que l'un d'entre eux meurt ça réduit d'autant le nombre de suspects.

— Oui, mais en même temps le seul suspect contre lequel on a des éléments à charge fait partie des victimes… Et ça va être difficile de le faire parler maintenant.

— Et qu'en est-il de la mort de la femme du député dans tout ça ?

— Là, c'est le brouillard total.

— N'oublie pas que son mari est le président de la fondation dont toute notre petite bande est membre…. Et dont tu étais, au passage, la maîtresse, avança Bronston du bout des lèvres, se souvenant d'un coup des propos de l'écrivain quelques jours auparavant.

— Accuse-moi de complicité pendant que tu y es. Bon d'accord, j'ai eu une relation avec lui. Mais c'était il y a longtemps… Avant que je ne te voie arriver à l'aéroport, lui répondit-elle en l'embrassant doucement sur la bouche.

Chapitre 26

Space cakes et barbecue

Samedi 04 Août
09 h 10
Mas des Herbes Bleues

« *UN BANQUIER RETROUVÉ MORT DANS L'ÉTANG DE THAU* »

Ainsi commençait l'article paru en première page du *Midi Libre* du matin.

« *Le corps, accroché à des cordes à huîtres, a été trouvé hier matin par un pêcheur de palourdes demeurant à Bouzigues. On ignore pour l'instant les causes du décès. D'après certaines sources proches de l'enquête la victime faisait partie des suspects concernant le meurtre de l'actrice Stéphanie Costa, assassinée lors d'une soirée dans sa villa de Collioure il y a dix jours. Un autre meurtre, commis ces jours-ci sur la personne d'un propriétaire viticole de la région pourrait aussi être lié à cette affaire. L'enquête a été confiée au SRPJ de Montpellier, assisté par la brigade de recherche de la gendarmerie nationale ainsi que par une équipe d'enquêteurs venue spécialement de Paris et spécialisée dans le trafic d'œuvres d'art. »*

— Chérie, tu as vu le journal de ce matin ?

— Non pas encore, pourquoi ?

Emma avait réussi à s'échapper des griffes de Valérie pour passer la nuit avec moi. Cette dernière, petit à petit, s'habituait à l'idée de devoir partager sa chérie avec un écrivain.

De son côté, le frère de Jean-Paul Mèzon, venu en urgence pour gérer le domaine à sa place, se foutait royalement que je couche avec la fille du room service. Il avait bien d'autres problèmes plus urgents à régler. Depuis le temps qu'il rêvait de reprendre le domaine familial.

— Le corps du Banquier vient d'être repêché dans l'étang de Thau.

Elle sortit aussitôt de la salle de bain et m'arracha le journal des mains avant de s'allonger à côté de moi sur le lit.

— Non… ? Fais voir…

Alors qu'elle lisait l'article je remarquai un léger sourire sur ses lèvres.

— Sa mort te réjouit ?

— Non c'est pas ça. M'en fiche du Banquier. Je vois qu'il n'y a pas un mot sur le business avec Mèzon, et ça, ça me rassure.

— Tu as vu, ils écrivent qu'il y a des flics spécialisés en œuvres d'art qui ont été appelé en renfort. Ça confirme bien ce que je te disais. Tous ces meurtres sont liés à leur histoire de Pacte. En revanche, ils ne disent pas quand, et de quoi il est mort, remarquai-je.

— Ça aussi on s'en fiche, me répondit-elle en se ruant sur moi pour m'embrasser goulument.

Samedi 04 Août
09 h 30
La Grande Motte - Appartement de Nathalie Lamy

Bronston dormait encore, allongé sur le dos, en travers du lit. Lamy, elle, assise sur le rebord, le regardait avec tendresse tout en buvant un grand mug de café noir, quand une sonnerie de sms les sortit brutalement tous les deux de leur torpeur.

— Oh non… On avait dit grasse matinée… Laisse tomber *honey,* marmonna Bronston en entrouvrant un œil.

— C'est un message du légiste… Devine de quoi est mort notre Banquier.

— De rire…

— T'es con ! Perforation du thorax par un objet pointu. Entre les côtes, direct dans le cœur… A priori une lame de type coupe-papier.

— « *God damn it* » jura-t-il en se redressant d'un coup. Comme Mèzon… Mais pas post-mortem cette fois ci… !!!! J'ai comme l'impression que le tueur cherche à jouer avec nos nerfs. On a affaire à un fou.

— Moi je dirais qu'il, ou elle, joue à se faire passer pour un psychopathe pour nous envoyer sur une fausse piste. Ce tueur est tout sauf un malade mental.

— Et concernant le jour du décès, rien de nouveau ?

— Non, pas encore. Il nous dit de passer à l'IML lundi matin. Il aurait un truc surprenant à nous montrer !

— Mais encore ?

— Il n'en dit pas plus… Allez… on peut retourner se coucher pour tout le week-end.

— Ah, enfin une bonne nouvelle…

Dimanche 05 Août
14 h 30
Cœur d'Hérault - Villa de Cristo

Cristo nous avait promis, à Bob et à moi, une surprise au dessert.

On n'y était pas encore. On attaquait à peine les délicieuses vérines que nous avait préparées Monica avant de partir à la plage. Elle en avait assez de nager dans 50 m2, paraît-il. Même à 29°.

La Vache, impassible, nous regardait de son œil interrogateur, maquillée plus que de raison. Il faut reconnaître que ce bleu aux yeux ressortait trop bien avec sa peau d'un rouge éclatant.

Oui, il faut que je vous précise une chose... C'est une sculpture... la vache... Pas une vraie...

Qu'est-ce que je disais ? Ah oui, la surprise. Donc Cristo nous avait promis une surprise pour le dessert. Évidemment l'idée d'une fille sortant d'un gâteau nous traversa l'esprit un instant mais à son petit sourire en coin on sentait plutôt un truc perso dont il était très fier de nous parler ce midi. Il était rare que Cristo, Bob et moi déjeunions tranquillement tous les trois ensembles. L'ambiance était on ne peut plus joviale. Les enceintes disséminées dans le jardin faisaient leur boulot en diffusant discrètement une musique *smooth jazz* des plus reposantes. Pas une seule fois durant le repas nous n'avions prononcé le nom de Mèzon ou du Banquier. Pas un mot sur les affaires criminelles en cours. C'était un choix délibéré. Envie d'une journée ordinaire.

On arrivait enfin au gâteau. Un « space cake » pour être très précis. « Très léger » nous avait garanti Bob, qui avait tenu à apporter « le dessert », fait de ses mains. On a eu de la chance, il était tout à fait capable de nous faire des milk-shakes à la coke ou une salade de fruits au MDMA.

Après avoir fini chacun notre part de gâteau, accompagné d'un délicieux thé à la menthe, Cristo se leva et nous fit signe de le suivre.

Bob et moi nous regardâmes malicieusement et le suivirent en direction de la maison.

Une fois arrivé dans l'atelier, Cristo se dirigea directement vers un chevalet recouvert d'un drap blanc, marqua une pause, nous regarda en souriant et le souleva.

Derrière se cachait une toile d'une flamboyance digne des plus grands maîtres du fauvisme. Les couleurs vous éclataient à la gueule. Vives, violentes. Dans le fauvisme, les couleurs sont arbitraires. Les arbres peuvent être rouges. De plus il y avait aussi ce côté mystérieux, figé, sublimé de la scène représentée. Géométrique. Minimaliste. Dans le plus pur style du réalisme américain du XXème. J'avais sous les yeux Matisse et Hopper enlacés. Au premier coup d'œil on pensait voir une œuvre abstraite et ensuite, très vite, les détails surgissaient les uns après les autres à votre regard…

Mon roman…. C'était mon roman que je voyais… Le « Tableau de Vie » de « La Villa Fauve ». Mes mots devenus couleurs. Du vert émeraude au rouge sang.

Bob et moi étions aux anges. Ce tableau en couverture du livre allait faire un carton. C'était sûr.

— Je vois que tous les personnages sont présents, fît remarquer Bob les yeux rivés sur les détails de la toile.

— Non… il manque McCoy lui répondis-je en me tournant vers lui.

— Normal… Il a disparu… On ne peut pas le voir…, sortit-il en se marrant.

Cristo intervint.

— Si… Il est présent... Vous ne le voyez pas mais il est présent… Omniprésent même… Au cœur de la toile… Il EST la toile.

Sur le coup je me suis dit que le cake de Bob n'était peut-être pas si « léger » que ça...

La réponse de Cristo était étrange. Après l'avoir malgré tout félicité pour son talent et son fabuleux travail nous décidâmes de retourner en manger une deuxième part.

C'est un peu plus tard que je me souvins de sa phrase, à propos des pigments qu'il faisait lui-même, la dernière fois où j'étais passé le voir… « du rouge cendré… de la terre du Salagou mélangée à… de la cendre… ».

Dimanche 05 Août
14 h 30
Mèze - Villa de Chantal Casanova

— Tu réalises ma chérie. Je me retrouve aujourd'hui seule propriétaire des collections de Lacaze, de Mèzon, de Costa et du Banquier. Au moins une cinquantaine d'œuvres. Si la police découvre l'existence de notre Pacte elle va être persuadée que c'est moi qui ai commandité tous ces horribles crimes.

— Y a des chances, rétorqua Clotilde Casanova à sa mère. Déjà que moi-même je n'ai pas trop la cote avec eux.

— A propos, dis-moi… c'est quoi cette histoire d'éditeur disparu à New York dans laquelle tu serais impliquée… ? Qu'as-tu fait là-bas... ? Tu l'as tué… ?!! Tu le connaissais… ?

— Non je ne l'ai pas tué bien sûr. Mais oui, je le connaissais. J'ai simplement… comment dire… J'ai simplement profité d'une opportunité.

— Genre ?

— Au point où l'on en est je vais te raconter. McCoy était un client de la galerie. La dernière fois que je l'ai vu il m'a donné un mandat pour faire les salles de vente et les galeries de la région pendant mon séjour ici. Avec un million de dollars de budget. Il m'en reste la moitié sur un compte numéroté à Genève. C'est lui l'acheteur du Derain. Mais entre-temps j'ai appris qu'il avait disparu et surtout, qu'il avait été tué. Et du coup je me retrouve avec le Derain et un demi-million d'euros « en héritage ».

— Mais comment sais-tu qu'il est mort ? En es-tu sûre ?

— Je ne sais pas qui a fait ça, ni comment, mais je suis sûre qu'il est décédé. Crois-moi. Je ne peux pas t'en dire plus.

— Et la toile, tu en as fait quoi alors ?

— Elle attend tranquillement dans un box du port-franc de Singapour que McCoy vienne la récupérer… Ce qui n'est pas près d'arriver. Sauf que… par sécurité… c'est une copie que j'ai faite réaliser entre temps qui est partie à Singapour. On ne sait jamais si un jour un ayant-droit… ou la justice, venait à la récupérer. L'original est en sureté dans un lieu secret.

— Donc, tu as acheté le Derain pour le compte de ce type, tu en as fait une copie qui devient la toile « officielle », et tu as gardé l'original pour toi ? C'est ça ?

— Exactement.

— Mais tu ne risques rien ? On ne peut rien contre toi ? Tu en es certaine ?

— Oui, rassure-toi maman. Tout est cloisonné par des banques off-shore et des cabinets d'avocats. Impossible de remonter jusqu'à moi. Et quand tout sera calmé je mettrai en vente la copie de Singapour… Avec les certificats d'authenticité de l'original. Et toi, toutes ces collections dont tu dois hériter que vas-tu en faire ? Où sont-elles ?

— Pour l'instant les toiles de Lacaze sont chez Payet, l'avocat. Les autres sont encore chez leurs propriétaires respectifs. Est-ce que je vais pouvoir les récupérer ? Est-ce que la police connait l'existence de notre Pacte ? Je n'en sais rien. Mais que vais-je en faire. ? Où vais-je les mettre ?

— Garde celles qui te plaisent le plus pour ici et mets le reste dans un port-franc. Plutôt à Genève. C'est le plus sûr de tous. Le premier à avoir ouvert en 1854 pour faciliter les importations suisses, jusqu'à être devenu aujourd'hui un immense coffre-fort anonyme et défiscalisé pour des milliers de marchands d'art en tout genre. Un no man's land dédié aux transactions secrètes. Des milliers de containers blindés abritent antiquités, œuvres d'art, montres, bijoux, métaux précieux, vins, cigares, tapis, documents confidentiels, et j'en passe….

— Mais j'ai entendu dire que les douanes sont de plus en plus exigeantes sur la traçabilité et l'origine des œuvres.

— Oui, ils réclament maintenant des inventaires, mais ça se contourne. Et ils ne peuvent toujours pas accéder à l'identité de l'ayant droit final, le vrai propriétaire. C'est l'essentiel. Heureusement, de nouveaux ports-francs sont en construction actuellement en Chine, où les règles seront beaucoup plus souples.

Dimanche 05 Août
16 h 30
Cœur d'Hérault - Villa de Cristo

Pris à son propre piège, Bob s'était endormi sur sa chaise, une cinquième part de *space cake* dans la main.

J'en profitai pour éclaircir avec Cristo cette histoire de cendres et l'entrainai dans le fond du jardin.

— T'es malade !!!... Complètement malade. On avait dit « le faire disparaître » …pas le cramer… !!

— Et quelle meilleure solution tu avais ? Le jeter dans l'Hudson ? Pour qu'il ressurgisse comme une baudruche une semaine plus tard ? Là, je te le garantis, on est peinard. Personne ne pourra plus jamais le retrouver.

Il faut que je t'avoue un truc. Cela faisait longtemps que je rêvais de créer des pigments à base de cendres humaines. L'occasion était trop belle.

— Faut que je reconnaisse qu'en même temps… quelle idée géniale… McCoy lié pour l'éternité à une œuvre picturale, issue d'un roman dont il est l'un des personnages essentiels. Je suis sûr qu'il aurait adoré. Dommage qu'il ne soit plus des nôtres pour le voir. Cela dit, tu ne peux pas regarder une toile et ETRE la toile. Faut choisir.

— Et regarde cette couleur, ce gris. Unique au monde. Aucun peintre ne pourra jamais me copier. Et puis j'avais besoin de faire un test. J'ai une idée en tête que j'aimerais commercialiser.

— Ah ouais…. Réaliser des sculptures avec des ossements… ?

— Non. Réaliser pour les familles des portraits des défunts en utilisant leurs cendres. T'imagines le truc, le mec en portrait dans son salon ? Réalisé avec ses propres cendres. De la tuerie…

— C'est le cas de le dire. Et tu t'y es pris comment pour l'incinérer ? Et où surtout ?

— J'ai un ami qui possède une maison au milieu d'une forêt à Morristown, une petite ville du New Jersey, à une heure de route du centre de Manhattan par la I-78 West. Il me la prête quand je viens à New York. C'est très agréable de rentrer là-bas le soir après une journée dans le speed de Manhattan.

— Oui, bon, et McCoy ? Tu l'as mis au micro-onde ?

— Non… Comme les Hindous… Au barbecue. Par contre j'ai bien pensé à placer la tête face au sud.

— Pourquoi… ??!!

— Parce que c'est comme ça chez les hindous. C'est la direction vers laquelle vont les morts. Sinon, tu savais que le fémur est l'os le plus difficile à bruler... ? Le plus galère, ça a été de réunir assez de bois. Six heures de combustion quand même ! Et je ne te parle pas des odeurs. Heureusement que le premier voisin est à plus d'un kilomètre.

— C'est bon… c'est bon... M'en dis pas plus !

— C'est quand même toi qui m'as appelé pour t'aider à le faire disparaître, non ?

— Oui, c'est vrai. Et c'est vrai que tu as assuré grave. Mais ces histoires de mec au « barbecue », franchement je préfère ne pas savoir. Bon, en même temps, ton idée des cendres dans la toile, j'adore…

Dimanche 05 Août
16 h 30
Mas des Herbes Bleues

— Mon père s'est suicidé.

— Qu'est-ce tu racontes… ??!!! Il s'est jeté volontairement de sa terrasse sur les rochers… ?!!

— Oui. En voulant déplacer le « Tableau de Vie » que lui a réalisé ce peintre, Cristo, j'ai trouvé une enveloppe fixée au dos de la toile. A l'intérieur se trouvait une longue lettre qu'il a rédigée juste avant sa mort. Il y parle de ses problèmes d'argent qui l'ont poussé à faire des copies de ses toiles et à vendre les originaux sur des marchés parallèles. Tous les tableaux que ce consortium suisse a récupérés sont des faux. Il semblait très mal vivre cette trahison envers ses amis du Pacte. Il parle également de la perte de son étoile au resto. C'est, a priori, ce qui aurait déclenché son envie de passer à l'acte. Il s'adresse aussi à ma mère. Il lui demande de lui pardonner toutes ses incartades, sans préciser lesquelles. Sauf concernant la femme du député dont il aurait été l'amant. Elle l'aurait par ailleurs aidé à écouler ses toiles.

— Qui est au courant de cette lettre à part toi ?

— Personne, hormis toi maintenant.

— Et tu en as fait quoi ?

— Je l'ai remise à sa place. Ce tableau qui raconte la vie de la famille avec cette lettre cachée derrière est bien son genre. On s'amusait souvent quand j'étais enfant à faire des jeux de piste dans le jardin de la maison. Ce dernier est un clin d'œil qu'il m'adresse. Bon allez, maintenant il faut qu'on se rhabille et qu'on range un peu la chambre, le service reprend dans un quart d'heure, conclut Valérie d'une voix nouée.

Cette garce d'Emma, sachant que j'allais passer la journée chez Cristo avait invité sa Valérie à venir faire la sieste… dans mon lit…

Lundi 06 Août
09 h 15
Montpellier - Institut Médico-Légal

Lamy, Bronston et le légiste étaient réunis autour d'une table où était allongé le Banquier, un drap bleu lui recouvrant le corps jusqu'à la tête, à la même place que Mèzon, quelques jours plus tôt. Ce dernier attendant sagement dans son frigo d'être rendu à sa famille.

— Alors. Où en êtes-vous concernant le jour de la mort ? demanda tout de suite Lamy.

— Comme je vous l'avais expliqué, il est impossible d'être précis. Au moins trois jours avant qu'on l'ait retrouvé, au minimum, et six au maximum. La combinaison que la victime portait et le temps passé sous l'eau faussent nos données biologiques.

— Sinon quoi d'autre ?

— Les analyses toxicologiques donnent un fort taux d'alcool, mais rien d'autre en apparence. La mort a été instantanée. Le cœur a été transpercé par une lame longue et fine de type coupe-papier, identique à celle utilisée pour Mèzon.

— Bon sang… mais c'est bien sûr !! lança Bronston qui, en dehors de Columbo, était aussi fan des séries françaises des années 60. La secrétaire m'a affirmé que la seule chose qui avait disparue du bureau de son patron était… son coupe-papier. Je vous parie ma *Studebaker* décapotable de 1951 contre un vélo électrique que c'est ce même coupe-papier qui a tué Mèzon, le Banquier et certainement McCoy lui-même.

Le peintre Cristo a éliminé et fait disparaître l'éditeur pour le compte de Chantal Casanova, afin qu'elle puisse récupérer le Derain.

— Très bien mon chéri… Il ne te reste plus qu'à le prouver.

— Compte sur moi *darling*. L'idéal serait de mettre la main sur ce coupe-papier.

— Sinon qu'avez-vous d'autre à nous annoncer, demanda Lamy au légiste qui attendait pour reprendre son exposé.

— Son bol alimentaire indique juste qu'il aurait mangé du saumon quelques heures avant d'être assassiné. On trouve quelques marques avec des traces de bois en teck sur le dos, a priori identique à celui du pont de sa péniche. Ce qui laisse penser qu'il a été tué à bord, et trainé sur le pont.

Mais je vous ai gardé le meilleur pour la fin…

Lamy et Bronston regardèrent le légiste avec curiosité.

— Votre truc « surprenant » ? interrogèrent-ils d'une seule voix.

— Oui… Figurez-vous qu'il a… qu'il est… qu'il a été… émasculé… post-mortem. Rassurez-vous, il n'en a rien su.

— *What* ? interrogea le capitaine en regardant sa partenaire.

— On lui a coupé les couilles, lui expliqua-t-elle froidement.

Un frisson traversa Bronson de la tête aux pieds.

— Ce que je peux affirmer, renchérit le médecin légiste, c'est que votre tueur n'est pas chirurgien. Une vraie boucherie. On sent qu'il a fait ça précipitamment, voire impulsivement, sans préméditation.

— Ça sent le crime passionnel cette histoire… ou le geste d'un fou…

— Ou alors, c'est encore un plan pour nous envoyer sur une fausse piste. Ça devient une habitude chez lui...

— Ou « elle » précisa Lamy.

— Oui mais du coup, quel rapport avec la mort de Mèzon ? Il aurait subi le même sort sinon.

— A moins que le meurtrier n'en ait pas eu le temps.
— Bref, plus on avance et plus ça se complique… *Pfff*...

Chapitre 27

Paquets de clopes et rayons X

Lundi 06 Août
12 h 05
Le Perthus - Poste des douanes

Le coffre rempli de tabac, d'alcools divers, de charcuterie et de quelques fringues de marque, Lorenzo rentrait tranquillement de la ville frontière du Perthus où il allait régulièrement faire ses courses « ordinaires ». En respectant toujours les quantités légales. Pas une clope de plus.

Quand il aperçut au loin le barrage de la douane volante il ne se formalisa pas plus que cela. Tout était ok.

— Bonjour monsieur. Avez-vous quelque chose à déclarer, lui demanda un des motards en se penchant à sa fenêtre.

— Non. Que des choses légales.

— Garez-vous sur le côté et descendez du véhicule s'il vous plaît. Nous allons vérifier tout cela.

Le douanier fut rejoint par l'un de ses collègues tenant un chien en laisse. Lorenzo restait détendu, convaincu d'être en règle.

C'est en entendant le chien aboyer après être monté dans l'habitacle qu'il sentit comme un malaise. Un des deux types lui fit signe de s'approcher.

— Et ça, ça vient aussi du supermarché du Perthus ? lui demanda-t-il en mettant sous son nez un sachet qui devait bien contenir une dizaine de grammes de cocaïne.

Lorenzo réalisa d'un coup. Il avait complètement oublié de sortir de la voiture ce sachet destiné à une cliente de Perpignan avant de prendre la route pour la frontière espagnole.

« Quel con, mais quel con !!! » se dit-il. « Se faire chopper comme un débutant pour un malheureux paquet de quelques grammes ». Comment leur expliquer que c'était une erreur. Qu'il n'avait pas acheté cette coke en Espagne. Qu'il était simplement allé faire son marché à la frontière et qu'il ne savait absolument pas pourquoi ce sachet se trouvait sous la banquette arrière.

Pour se sortir de ce guêpier il ne lui restait plus qu'une solution : appeler Lopez. Ça allait lui coûter cher en info mais il n'avait pas le choix.

L'inspecteur principal du poste de douane du Perthus était un vieil ami de Lopez. Ils avaient à leur actif de nombreuses affaires résolues ensemble. Le secteur sur lequel ils travaillaient, entre la frontière espagnole et Perpignan était un vivier de trafics en tout genre. Lopez expliqua que Lorenzo était son « cousin » et qu'il avait besoin de lui pour l'affaire de « La Villa Fauve » que le douanier connaissait bien sûr. Ce dernier accepta immédiatement de remettre son « client » à Lopez. Il lui devait bien ça. Mais surtout cela lui faisait un rapport de moins à taper. Toujours ça de gagné.

Cependant ils se mirent d'accord pour faire mariner un peu Lorenzo et lui laisser entendre que ça n'allait pas le faire. Qu'il serait déféré en comparution directe du fait qu'il s'agissait d'un flagrant délit, histoire de le rendre un peu plus bavard.

— Bon, va falloir que tu sois convaincant parce que notre ami le douanier n'est pas chaud du tout pour te relâcher. Qu'est-ce que tu as de frais à me raconter ?

Lorenzo et Lopez étaient assis face à face dans une salle du poste de douane. Lorenzo était extrêmement tendu. Lopez lui, jubilait intérieurement.

— Qu'est-ce que vous voulez savoir Commissaire ?

— Tout ce que tu as de nouveau sur notre clique de millionnaires déjantés.

— Vous avez entendu parler de la vente aux enchères d'un Derain à la fondation de Pézenas ?

— Oui bien sûr. Qu'est-ce que tu as à me dire à ce sujet ?

— Tout simplement que la toile qui a été envoyée au client est un faux et que la fille Casanova a gardé l'original.

— Qui a réalisé la copie ?

— Je n'en sais rien, mais c'est le peintre Cristo qui m'a confié la toile à expédier, juste après la vente.

— Pas mal… Pas mal… Mais on est loin du compte. Qu'est-ce que t'as d'autre ? Encore deux ou trois comme ça et je devrais arriver à persuader mon collègue de te laisser rentrer chez toi.

— Mais je ne sais rien d'autre…

— Pense à ta petite Dolores qui t'attend et que tu risques de ne pas rebaiser avant quelques temps. Finie la petite pipe du matin. Finis ses nichons se balançant sous ton nez et son petit cul tendu qui se trémousse. Et tout ça pour quelques malheureux grammes de cocaïne. C'est ballot !

Quand il était en position de force Lopez avait tendance à laisser aller ses instincts sadiques. Et là il se régalait.

— Et d'abord d'où tu les tiens ces infos ? Qu'est-ce qui me prouve que c'est vrai. ?

— Tout simplement parce que c'est moi qui étais chargé par la fondation de la sécurité des toiles. Celle qui est partie à Singapour et que j'ai moi-même mise dans sa caisse n'est pas l'original. L'original est au domaine des Casanova… C'est bon ? Je vous en ai assez dit ? J'peux me casser… ?

— Nan nan... Je te tiens, je te garde. M'en faut plus. Tu connais Catherine de La Tour ? Et Sandrine Chassagne ?

— Chassagne, je ne sais pas grand-chose d'elle, à part qu'elle passe son temps à peindre des autoportraits, plutôt réussis il faut reconnaitre. Des selfies artistiques en quelque sorte. Et je sais aussi qu'elle est prête à tout pour réussir, y compris à se soumettre aux perversités de la mère Casanova. Catherine de La Tour, elle, son truc, c'est l'authentification des « faux-vrais » à travers le monde.

— C'est à dire... ? des « faux-vrais » ?

— Oui, des toiles qui ne sont pas des copies d'œuvres réalisées par l'artiste mais « dans l'esprit de » par de talentueux faussaires … mais avec le certificat d'authenticité qui va bien. L'idéal pour ça c'est d'être de mèche avec les ayants-droits. Et son carnet d'adresse en est rempli.

— Et qui lui fournit les œuvres ?

— Ça j'en ai pas la moindre idée. Je vous le jure commissaire. Par contre, j'ai une info « gratuite » à vous offrir…. L'écrivain et l'éditeur Meyer organisent une grande sauterie tout le week-end prochain avec tous vos suspects sur un yacht qu'ils ont loué pour l'occasion, au large de Sète. Vous devriez y aller faire un tour… Si vous décrochez une invit'… Moi, j'ai la mienne.

Lundi 06 Août
14 h 30
Montpellier - Bureaux du SRPJ

Lamy et Bronston étaient remontés à bloc. Ils ne supportaient plus d'être trimbalés par ce tueur qui jouait avec leurs nerfs et comptaient beaucoup sur leurs « brocanteurs » pour faire bouger les choses.

— Bon on procède comment, demanda Lamy aux deux enquêteurs parisiens ?

— Je vous propose que l'on commence par Lacaze. D'abord une petite perquisition chez lui pour vérifier s'il ne reste pas une toile ou deux cachées derrière une vieille armoire ou dans un grenier.

Ensuite il faudra récupérer les toiles actuellement au chaud dans le coffre de leur avocat, Maître Payet. Et également, si possible, une copie de leur Pacte.

Il faut que l'on obtienne au plus vite une commission rogatoire pour perquisitionner son cabinet. Et ce n'est pas gagné… La perquisition doit être effectuée par le magistrat instructeur et en présence du Bâtonnier qui peut s'opposer à certaines saisies. Dans ce cas, les documents sont mis sous scellés et la décision de leur usage dépend exclusivement du Procureur de la république. Les vices de procédures sont fréquents avec ces gens-là. Ça va être chaud !

Après on les passe aux rayons-x, aux ultraviolets et aux infrarouges pour voir ce qui se cache dessous et vérifier l'authenticité. Et pour finir on les passe dans la moulinette « TREIMA » au cas où ça matcherait avec des œuvres volées.

Idem ensuite chez Chantal Casanova, Mèzon et Costa dont les toiles sont, a priori, encore chez eux. Pour le Banquier, tout est dans un coffre à ses bureaux de Montpellier d'après nos infos. Il serait bien d'aller aussi chez le peintre Cristo pour jeter un œil à ses toiles. Mais avec le peu que l'on a contre lui, il va être difficile d'obtenir une commission rogatoire.

— Ça dépend, lui répondit Lamy. Il a quand même livré une toile à Lacaze juste avant sa chute. C'est une toile de lui qui a été volée à Céret et surtout… il était présent sur toutes les scènes de crime, hormis la dernière chez Meyer. On a quand même des arguments.

Soudain le téléphone de Bronston sonna et interrompit leur discussion.

Il décrocha de suite et resta un moment silencieux à écouter son interlocuteur. Un large sourire apparaissait sur son visage au fil des secondes qui s'écoulaient.

— *Yes, yes…* Ça y est, je la tiens ! J'avais raison. Mon intuition ne m'a pas trompé. Je vais lui faire cracher la vérité, annonça-t-il après avoir raccroché.

— Quoi ? De qui parles-tu… ?!

— Clotilde Casanova. C'est bien elle qui a diné avec McCoy juste avant sa disparition. Le sommelier est rentré de sa balade en traineau. Il a vu la photo. Il est formel. C'est elle ! L'écrivain est donc hors de cause. C'est elle la dernière personne à avoir vu McCoy vivant.

Mercredi 08 Août
16 h 30
Montpellier - Bureaux du SRPJ

L'inspecteur Laures et son co-équipier de l'OCBC entrèrent dans le bureau de Lamy l'air surexcité.

— Qu'est-ce qui vous arrive les gars ? Vous avez retrouvé un « Caravage » dans la cave de Lacaze ?

— Non mais on a la preuve que ses tableaux sont tous des faux.

— Vous avez eu le temps de tous les faire analyser en 48 heures ??!!

— On n'a pas eu besoin. On a trouvé une lettre qu'il a écrite juste avant sa mort, cachée derrière le tableau du peintre Cristo, accroché dans le hall d'entrée. La seule toile encore dans la maison. Il y explique tout. Et surtout pourquoi… il s'est suicidé…

— SUICIDÉ !!! Répondirent en cœur Lamy et Bronston, les yeux écarquillés.

— Oui. Il en explique les raisons et apporte des informations qui devraient vous plaire.

— Genre… ?

— Genre, qu'il se tapait la femme du député. Et qu'elle l'aidait à écouler des toiles…

— Waouh les gars… Trop forts… s'exclama Lamy.

— Et donc, le Derain vendu aux enchères aussi est faux. Si les infos que Lopez a eues par *son* Lorenzo se confirment, la fille Casanova va être contente d'apprendre qu'elle a fait faire un faux pour en remplacer un autre. Je suis impatient de lui annoncer la nouvelle, conclut Bronston avec un sourire ironique au coin des lèvres.

Chapitre 28

Levrette et gendarmettes

Mercredi 08 Août
22 h 30
Mèze - Villa de Chantal Casanova

Cela faisait maintenant plus d'une heure que les deux jeunes inspecteurs avaient pris la relève de leurs collègues devant la villa de Chantal Casanova. La nuit venait de tomber. Elle allait être longue, comme d'habitude. Dans les enceintes de la 208, *FIP* enchainait, vieux blues langoureux, jazz rock délicat et techno deep-house avec une subtilité propre à cette radio. Ils étaient sur le point d'allumer leur premier joint de la soirée quand ils virent un « Cayenne » sortir de la villa, conduit par Édouard le majordome, avec Chantal Casanova à l'arrière.

— Mets ta ceinture, laisse tomber le bédo et fais-nous plutôt un bon rail, on va en avoir besoin, dit celui qui était au volant à son collègue en démarrant.

Mercredi 08 Août
23 h 30
Le Cap d'Agde - Discothèque le Libert' Inn

Les soirées « Eyes Wide Shut » du Libert' Inn avaient toujours un grand succès. La boîte était pleine à craquer. La majorité des clients avait joué le jeu du *dress code* de la soirée et portait de longues capes noires avec capuches et masques vénitiens. Pratique pour pouvoir s'encanailler sans être reconnu. Cachées derrière un masque, les inhibitions s'effacent.

Une femme accroupie sous le bar prodiguait une fellation à un homme accoudé au comptoir. Sa main gauche appuyait sur la tête de la fille, pendant que la droite tenait une coupe de champagne en suspens à quelques centimètres de ses lèvres entrouvertes, d'où sortait un léger râle saccadé. Puis il lâcha brusquement son verre qui éclata sur le bar. Quelques secondes plus tard la fille se releva, s'essuyant la bouche d'un revers de main. L'homme, l'air réjoui, recommanda deux coupes de champagne.

L'établissement ayant des règles strictes concernant les tenues vestimentaires, nos deux inspecteurs se retrouvèrent confrontés à un dilemme à l'entrée de la boîte où venaient de s'engouffrer la veuve avec son majordome tenu en laisse. Soit montrer leur carte de police aux videurs et entrer sans problème avec leurs jeans baskets et tee-shirts au risque de se faire immédiatement repérer. Ou aller faire un tour dans les boutiques de la galerie marchande juste à côté et s'habiller « incognito ». Ils choisirent la deuxième solution à contre cœur mais ils préféraient rester discrets. Un autre problème se présentait à eux... L'entrée de l'établissement était réservée aux couples.

— On fait comment dit l'un des deux un peu désemparé ?

— J'ai une idée. Viens, on va téléphoner à la gendarmerie d'Agde.

— Oui commandant, c'est bien cela.... Oui deux gendarmettes, habillées le plus sexy possible, pour nous accompagner dans un club échangiste... Oui je sais commandant, ce n'est pas courant comme demande, mais c'est vraiment très important…. Oui je sais, il est tard, mais il s'agit d'une grosse affaire… La vie d'une femme est en jeu… Voire de plusieurs. Ok… On les attend dans trente minutes à l'entrée de la boîte. Merci commandant. A charge de revanche.

Allez viens, on va faire notre shopping en attendant…

Les deux gendarmettes, qui habitaient ensemble à l'autre bout du Cap, arrivèrent, en scooter, pile-poil trente minutes plus tard, toutes deux vêtues à l'identique. C'est bien la gendarmerie ça. Même déguisées en pute, elles restaient en uniforme. Chemisiers blancs transparents, jupes rouges ultra-courtes, bas résilles et talons de douze centimètres. Les deux inspecteurs avaient, quant à eux, opté pour des ensembles chemise et pantalon en lin clair avec sandales en cuir marrons. Autre chose que leurs jeans baskets habituels. Ils briefèrent rapidement les filles sur la situation et les entrainèrent à l'intérieur.

Les deux gendarmettes partirent directement danser sur la piste. Pour « se mettre en condition » affirmèrent-elles. Les deux inspecteurs, eux, restèrent au bar d'où ils avaient une vue d'ensemble des lieux.

Le dancefloor était surtout occupé par des filles. Peu d'hommes s'y aventuraient. C'était généralement le lieu où ces dames faisaient connaissance, se testaient, se chauffaient, avant de se présenter mutuellement leur compagnon… Ou parfois de partir sans eux dans un des « coins câlins », les abandonnant seuls au bar. L'émancipation des femmes s'était aussi produite dans les milieux libertins. Peut-être même plus qu'ailleurs, contrairement aux idées reçues. Aujourd'hui ce sont elles seules qui décident où, quand… et avec qui. Fini le temps où monsieur emmenait madame en partouze pour pouvoir la tromper en toute « légalité ». Maintenant c'est l'inverse.

Quand les deux inspecteurs virent la Veuve attacher son majordome-chauffeur-esclave au bar et descendre seule au sous-sol, ils vidèrent tous les quatre d'un trait leurs mojitos et la suivirent.

Édouard se sentait ridicule, assis sur ce tabouret de bar, nu sous sa cape, avec ce collier autour du cou et cette laisse attachée à un crochet prévu à cet effet sous le bar. Le pire était cette cage métallique enserrant son sexe, sorte de ceinture de chasteté, version mec, lui interdisant toute éventuelle érection. C'était pour lui une vraie torture avec le spectacle qui se déroulait autour. Sans parler des filles qui l'avaient repéré et venaient l'allumer en frottant leurs seins sur son torse ou glissant leurs mains entre ses cuisses. Un si bel Antillais aux yeux bleus, avec un sexe enfermé, les rendait folles. Il se demandait si au final, cela n'aurait pas été plus simple de se dénoncer à la police pour le vol des vidéos plutôt que de signer ce nouveau contrat avec sa patronne. En tout cas, il aurait eu l'air moins con !!

Cela faisait maintenant un petit moment que sa « Maîtresse » avait décidé d'aller faire un tour, seule, au sous-sol de la boîte. Elle l'avait abandonné à son triste sort, lui ordonnant de ne pas bouger jusqu'à son retour…

Chantal Casanova avait décidé de « switcher » ce soir-là. Dans ce lieu anonyme et discret elle allait renverser les rôles. Enlever sa carapace de dominatrice pour lâcher prise dans la soumission. Inverser les sensations et passer de l'autre côté.

Elle descendit fébrilement les escaliers menant au sous-sol où l'ambiance était bien différente. La première chose qui surprenait en arrivant était le silence. Personne ne parlait. Seuls des soupirs venus de nulle part. Il faisait très sombre. En s'habituant à la pénombre on finissait par distinguer des petites salles où des corps s'emmêlaient, se pénétraient, s'avalaient, allongés sur des matelas de skaï.

Elle avança dans le couloir qui longeait ces alcôves jusqu'à ce qu'elle entende, un peu plus loin, des claquements de fouet entrecoupés de petits gémissements. Elle s'approchait du but. Mais avant de pouvoir se diriger vers la pièce d'où venaient les bruits, une main s'agrippa à son bras et la tira en arrière, l'entrainant dans l'un des recoins. Elle se retrouva au milieu de trois hommes qui la regardaient, sans un mot, dans un silence envoûtant. L'un d'eux lui attacha un bandeau sur les yeux.

Elle était aux anges. Elle réalisait son fantasme… Être un jouet sexuel entre les mains d'un groupe d'hommes inconnus.

La dope, les mojitos et l'ambiance aidant, nos deux flics, qui n'avaient pas quitté Chantal Casanova des yeux, planqués dans une alcôve adjacente, commençaient à avoir une autre perception des choses. La tenue des deux gendarmettes accrochées à leur bras commençait à provoquer chez eux des débuts de processus érotique sans équivoque. Pour l'instant, la Veuve était tranquillement en train de se faire sauter par tous ceux qui passaient à portée. « Pas besoin de se prendre la tête à la surveiller. Profitons de l'instant » se dirent-ils d'un commun accord.

— Ça vous dirait les filles un p'tit rail, osa l'un des deux flics ?

— Non, la coke c'est pas notre truc les gars, désolées… Par contre… une petite levrette, on n'est pas contre… Et puis, on passerait plus facilement incognito…

L'argument était recevable. Et dans un souci de bonnes relations entre la police et la gendarmerie, nos deux inspecteurs se ruèrent sur leurs collègues.

Édouard n'en pouvait plus. Les filles s'étaient passé le mot et il était devenu l'attraction du bar. Elles étaient toutes venues le voir, l'avaient caressé, embrassé, s'étaient frottées, lui avait susurré des horreurs et riaient de sa situation. Et pendant ce temps-là sa patronne, ou sa maîtresse, il ne savait plus comment dire, qui ne revenait pas.

Chantal Casanova ne comptait plus ses orgasmes. Les trois inconnus avaient été rejoints par d'autres. Deux femmes passant par-là s'étaient aussi arrêtées un instant pour jouer de leurs langues avec son corps. Et en particulier ses tétons, endroit hautement érogène chez elle. D'autant plus, caressés par des femmes. Tellement plus habiles et efficaces pour ce genre de choses. Cinq hommes au moins l'avaient pénétrée à tour de rôle. Peut-être plus. Elle n'était plus qu'un sexe, qu'une bouche, qu'un corps offert et soumis. Puis, un à un, les participants quittèrent la pièce en silence et la laissèrent seule. Elle resta un moment allongée à reprendre ses esprits, son bandeau toujours sur les yeux pour prolonger le mystère... Puis elle sentit une présence s'approcher…

— Vous avez passé avec brio votre examen d'entrée, lui dit une voix masculine. Nous allons maintenant passer aux choses sérieuses. Suivez-moi. Et surtout gardez votre bandeau. L'enlever interromprait irrémédiablement notre jeu.

Puis une main saisit la sienne et la releva avant de la diriger vers le fond du couloir où se trouvait une porte avec une grille en fer.

« Je connais cette voix » se dit-elle en la franchissant….

— Nom de Dieu, elle s'est barrée… !!! cria soudain l'un des policiers.

La pièce où ils avaient vu entrer Chantal Casanova, accompagnée d'un homme vêtu d'une longue cape, était vide. Les deux gendarmettes les avaient détournés de leur mission. Pour une autre, plus agréable.

— On va se faire flinguer, répondit son collègue. On est bon pour finir notre carrière aux archives. Il faut absolument la retrouver.

— Commençons par remonter voir si son majordome est toujours accroché au bar.

Édouard était toujours là. Toujours accroché au bar.

Après l'avoir rapidement cuisiné, les enquêteurs conclurent que Chantal Casanova avait été enlevée. Sinon, pourquoi aurait-elle abandonné son chauffeur… et les clés du *Cayenne* avec ?

Ils interrogèrent ensuite les employés de l'établissement, mais pas facile de reconnaître quelqu'un sous une cape et un masque ! Aucun ne put apporter de témoignage intéressant.

Dehors, la voiture était toujours sur le parking.

Il devenait urgent de prévenir les collègues. Seulement ils ne parvenaient pas à s'y résigner, tétanisés par l'engueulade qui les attendait. Ils décidèrent de se séparer en deux binômes et de ratisser tout le secteur, du port jusqu'à la plage. Il était trois heures trente du mat'. Ils se donnèrent une heure de plus avant d'appeler la cavalerie.

Jeudi 09 Août
05 h 10
Le Cap d'Agde - Discothèque le Libert' Inn

— Mais comment avez-vous fait votre compte, *fucking guys ?* Si on la retrouve morte je vous étrangle de mes mains !!

Bronston était furieux. D'abord parce qu'il avait été réveillé une fois de plus en pleine nuit, alors qu'il dormait paisiblement dans les bras de sa chérie, pour rejoindre encore une scène de crime. Et surtout à cause de ces deux inspecteurs qui n'avaient pas été foutus de garder Chantal Casanova en visu non-stop. Mais d'un autre côté, cela lui donnait l'occasion de découvrir le « village » du Cap, se dit-il pour relativiser.

— Vous avez tenté de la joindre sur son téléphone au moins j'espère ?

— Oui bien sûr. Mais ça ne décroche pas, répondit l'un des deux, fébrile.

— Et le bornage ?

— C'est en cours, on attend les résultats. Mais s'il est resté éteint c'est mort.

— Et vous, racontez-moi tout ce qui s'est passé, demanda Bronston en se tournant vers Édouard, trop heureux d'avoir été « délivré ».

— Rien de spécial, Madame Casanova a voulu que je l'accompagne ici ce soir. Ensuite, elle a décidé de m'attacher au bar et de descendre dans les backrooms. Et je ne l'ai plus revue depuis. Le barman peut en témoigner.

— Vous appelez cela « rien de spécial » vous… ? Ben dites-moi qu'est-ce que ça doit être quand c'est « spécial » !!

— Avec Madame, vous savez, tout est possible… même le plus étonnant.

— Lequel de vous deux a les clés de la voiture et du domaine, enchaina Lamy ?

— Moi… sauf que je n'ai plus que celle du Cayenne. Celles du domaine ont disparu de ma poche.

— Comment ça « disparues » ??

— Un certain nombre de femmes sont venues me voir au bar au cours de la soirée. C'est peut-être l'une d'entre elles qui me les a volées dans la poche de ma toge.

— Donc, autant Chantal Casanova est morte, enterrée dans le sable tout près d'ici et quelqu'un est en train de vider sa villa. Allez, on fonce là-bas.

Jeudi 09 Août
06 h 10
Mèze - Villa de Chantal Casanova

Le portail était entr'ouvert. Aucun bruit ne s'échappait de la maison. En y entrant ils constatèrent que tout était apparemment normal.

Le jour se levait tranquillement.

— Vous deux, vous fouillez toute la maison, ordonna le capitaine aux deux inspecteurs qui n'en menaient pas large. Édouard, vous les guiderez et vérifierez que rien ne manque. La commissaire Lamy et moi on s'occupe du parc. Au fait, où se trouve le « donjon » de votre patronne ?

— En bas du parc. Au fond à droite, derrière les rangées d'oliviers, répondit Édouard, un peu dépassé par les événements, mais content d'être rentré au domaine.

Lamy et Bronston n'eurent pas de mal à trouver le fameux donjon. Une ancienne capitelle en pierres sèches, assez grande, qui avait été rénovée avec goût. Aucune fenêtre n'avait été ajoutée. Une grosse porte de bois en était le seul accès.

— Alors c'est ici que Madame la Veuve organise ses petites soirées spéciales, dit Lamy en faisant le tour de la bâtisse.

— Viens voir darling, il y a une clé sur la porte. Entrons.

Malgré la pénombre, ils reconnurent de suite les lieux qu'ils avaient vus sur les vidéos. Par contre il leur fallut quelques secondes de plus pour reconnaître Chantal Casanova, accrochée à sa fameuse « croix de Saint André ». Elle semblait endormie. Entièrement nue, sans masque ni bandeau.

Des « hashtags » étaient inscrits au feutre sur son corps : « #casanovasalope », « #veuveperverse», « #casanovapute » et d'autres du même genre.

Lamy et Bronston étaient perplexes. Qu'est-ce que tout cela voulait dire ?

Un médecin dépêché sur place déclara qu'elle avait été droguée aux somnifères et au GHB. La difficulté pour la réveiller ainsi que son amnésie totale de la soirée en étaient la preuve.

La commissaire et le capitaine décidèrent de la laisser se reposer et de revenir plus tard l'interroger.

Vendredi 10 Août
12 h 30
Sète - Restaurant sur le port

Lamy, Bronston et Lopez devaient se voir pour faire le point. Ils avaient pour cela jeté leur dévolu sur un petit resto sétois réservé aux autochtones, avec ses daurades et ses rougets frais achetés à la criée du matin.

Ces derniers jours les choses avaient pas mal avancé. Il faut dire que l'inspecteur Laures et son adjoint de l'OCBC avaient travaillé vite et efficacement. Sans parler des infos révélées par Lorenzo et par la lettre trouvée chez Lacaze. Il ne restait plus qu'à obtenir les résultats des analyses aux rayons X de certaines toiles, en particulier celles de ce Cristo. La réponse au mystère du tableau volé de Céret se cachait peut-être sous les autres « Tableaux de Vie ». Et il restait surtout à découvrir qui était le mandataire de la fille Casanova dans la vente du Derain… Bronston était convaincu qu'il s'agissait de McCoy.

Les conclusions du moment étaient les suivantes : l'épouse du député avait été tuée, ou par jalousie par son mari, ou bien par peur de révélations par Lacaze qui se serait ensuite suicidé. Costa et Mèzon auraient été éliminés par le Banquier. Concernant le meurtre de ce dernier, deux pistes étaient envisageables. D'un côté, Chantal Casanova, la dernière survivante du Pacte et sa fille avec le mobile de l'héritage du Pacte. Mobile solide au vu de la valeur des œuvres récupérées. D'un autre côté, la jeune Emma, pour se libérer du complice de son souteneur, aidée peut-être par son amant l'écrivain. Mais nos enquêteurs y croyaient peu. Pourquoi aurait-il pris de tels risques pour une fille qu'il ne connaissait que depuis quelques semaines. Et puis elle s'en serait prise aussi à Mèzon. A moins que ce soit elle qui ait supprimé les deux et essayé de mettre le meurtre de l'un sur le dos de l'autre. Du coup, ça expliquerait aussi l'émasculation du Banquier. Le signe d'une vengeance. Sinon, il était établi que Clotilde Casanova connaissait l'éditeur McCoy, et avait fait réaliser un faux du Derain, sans d'ailleurs savoir qu'il était lui-même une copie.

Et pour conclure, ils venaient d'apprendre, grâce à Lopez, que la maîtresse de cette dernière, Catherine de La Tour, écoulait, via sa galerie de Collioure, des « faux-vrais » authentifiés.

Au vu de l'ensemble des éléments réunis, nos trois enquêteurs pensèrent qu'il était temps de passer à la vitesse supérieure. Ils en avaient marre de tourner en rond, et surtout de se faire trimballer par leurs suspects. Ils décidèrent d'appeler le juge d'instruction afin d'obtenir une commission rogatoire « collective ». L'idée était de les interpeller tous en même temps. De les mettre en garde à vue et d'enchainer interrogatoires et confrontations. Il y en a bien un ou une qui finirait par craquer. Le problème, c'était le député. Il allait falloir demander une levée de son immunité parlementaire mais c'était jouable… mais cela allait prendre du temps. Dans un premier temps ils l'entendraient comme simple témoin. Le souci était de les lever tous en même temps. Ce qui n'était pas évident au vu de la vie qu'ils menaient.

— J'ai la solution pour les interpeller facilement et tous ensemble en même temps annonça fièrement Lopez aux deux autres avec un grand sourire.

— Mais encore... ?

— Bob Meyer et l'écrivain ont loué un yacht pour y passer tout le week-end à partir de ce soir au large de Sète.

Ils ont invité toute la bande. Ils fêtent la fin du manuscrit de l'écrivain. Ils seront tous présents.

— Comment es-tu au courant de ça ?

— Lorenzo... Mon Lorenzo les bons tuyaux... On peut lui faire confiance. Il m'a dit y être aussi invité. Je vous propose qu'on les interpelle demain matin à 6 heures après avoir vérifié qu'ils sont bien tous à bord. Mais ça, ça va être facile. Ils doivent rejoindre le yacht ancré au large avec un *Riva* qui les attendra au bout de la jetée, près du phare. Il sera facile de les avoir en visu sans se faire repérer. On demande à la brigade maritime de mettre une vedette rapide en place avec une équipe de plongeurs en renfort au cas où ils auraient des velléités de prendre le large.... Et demain midi... tout le monde est au poste, conclut Lopez avec un grand sourire.

— On a quelques heures devant nous pour tout organiser. En espérant que le juge suive et qu'on ait les CR avant demain matin.

C'est juste à l'instant où le serveur posa les plats sur la table qu'un sms arriva sur le smartphone de la commissaire… Un message des brocs … « L'ADN des petits bouts d'os trouvés dans les pigments de la toile du peintre Cristo matchent à 99,9 % avec l'ADN de Ken McCoy »…

Lamy faillit vaciller. Comment expliquer à son chéri ce qu'elle venait de lire. Son McCoy, qu'il souhaitait tant retrouver, avait été transformé en peinture… et de surcroît sur un tableau qui illustrait un roman… dans lequel il était l'un des personnages !!! « Ce peintre est un grand malade. Mais pourquoi avoir fait ça ? » se demanda-t-elle.

Son teint devint blême et ses mains se mirent à trembler.

Lopez et Bronston se regardèrent l'air surpris et inquiet.

— Ça va... ? Tu pourrais nous expliquer ce qu'il se passe, *Honey*…

Lamy respira un grand coup et lâcha.

— Voilà. Il y a de fortes probabilités que McCoy soit mort et que le peintre Cristo en soit le responsable. En tout cas il est certain qu'il est impliqué dans sa disparition…

— Quoi … ? Qu'est-ce qu'ils ont trouvé ? Raconte ! lança Bronston, surexcité

— Des éléments matériels qui prouveraient que le peintre a été en contact « post-mortem » avec McCoy. J'aurai des précisions tout à l'heure. Si tu veux bien, on en reparle plus tard quand le dispositif sera complètement en place. Maintenant l'urgence, c'est d'aller à la gendarmerie préparer l'opération avec la cavalerie.

Bronston sentait bien que sa chérie l'embrouillait et lui cachait quelque chose. Mais bon, ce n'était peut-être pas le moment pour lui prendre la tête. Il préféra s'occuper de l'énorme daurade qui l'attendait, l'œil triste, dans son assiette.

Chapitre 29

Matisse et filets de pêche

Vendredi 10 Août
21 h 50
Au large de Sète

La vue était unique. D'un côté, les lumières de la ville scintillant au loin sur le mont Saint-Clair. De l'autre, la lune, déversant son reflet argenté sur la mer. Entre les deux, un ciel bleu nuit électrique.

Tout le monde était intégralement vêtu de gris, le dress code de la soirée. Le bateau, lui, était intégralement blanc. Il s'en dégageait un sentiment de puissance avec sa proue effilée défiant l'horizon. A l'arrière deux jet skis étaient à disposition pour qui aurait envie de sensations fortes. Mais aussi tenues de plongée, paddles et pédalos. Bob avait fait le plein de coke et de champagne. Et moi, de gasoil et de macarons.

Tous les invités avaient répondu présent pour ce week-end à bord du « Matisse », ça ne s'invente pas, un « Azaléa » de 38 mètres pouvant accueillir une vingtaine de passagers avec ses dix cabines. Nous étions tous là. De Bob à Dolores. Du député à l'avocat.

Ma chérie picorait au bar avec sa Valérie collée à elle. La Veuve et Sandrine Chassagne étaient en grande discussion. Certainement une autre séance en perspective. La galeriste semblait avoir pris goût aux fantaisies de ma veuve.

Édouard, ce cher Édouard, attendait sans bouger à quelques pas derrière elle. Catherine de La Tour et Clotilde Casanova avaient décidé quant à elles de squatter le pont supérieur pour elles seules. Décidemment elles ne se quittaient plus.

Et moi, je jubilais. Tous mes personnages réunis autour de moi pour fêter ensemble la sortie prochaine de mon roman.

Dès que j'avais avancé l'idée, Bob l'avait de suite validée.

Vendredi 10 Août
23 h 35
Port de Sète

Policiers et gendarmes mobilisés représentaient près d'une cinquantaine de fonctionnaires. Tout le monde était en place. Impossible de rejoindre la rive ou partir au large sans être repéré et interpellé. Lopez, qui adorait la mer et les bateaux avait choisi de passer la nuit sur la vedette de la gendarmerie. Lamy et Bronston, eux, avaient pris leurs quartiers dans les bureaux du commissariat de police, sur les bords du Canal Royal.

Une cellule de crise y avait été installée. On voyait sur un des écrans le yacht filmé à la verticale par un drone.

— Ce sont quand même des outils extraordinaires ces drones, non, dit Bronston en se tournant vers l'inspecteur à ses côtés ?

— Oui, quand on a les budgets qui vont avec, lui répondit-il. Le problème des drones c'est l'autonomie des batteries. Et nous, on a des trucs pourris avec à peine trente minutes de charge. On est obligé de les rapatrier sans arrêt pour remettre des batteries pleines. Et ce soir, en plus, on en a un des deux en panne. On ne va pas pouvoir surveiller non-stop jusqu'à six heures du mat. C'est impossible.

— Ne vous inquiétez pas, il ne se passera rien d'ici demain matin, le rassura Bronston. C'est au moment des interpellations qu'il faudra être vigilant. Vérifier que rien ni personne ne passe par-dessus bord.

— Bon, tu n'as pas faim ? Il y a un kebab encore ouvert à deux cents mètres d'ici. On y va ?

Sans attendre sa réponse, Lamy saisit son chéri par le bras et l'entraina vers la sortie.

Une fois dehors, alors qu'ils longeaient le canal où étaient amarrés de gros chalutiers, elle glissa son bras autour de la taille de son cow-boy, pencha sa tête sur son épaule et frissonna de bonheur. Les lumières orangées des lampadaires donnaient un air irréel à l'endroit. A cette heure-ci la ville dormait. Seules quelques mouettes insomniaques passaient par instant au-dessus de leur tête en poussant de petits cris discrets. Comme pour ne pas déranger.

— Vu qu'on va l'interpeller demain matin, il faut que je te dise maintenant la vérité sur Cristo et McCoy. Mais je te préviens à l'avance, tu vas vivre un des moments les plus improbables de toute ta carrière… un truc inimaginable.

— Vas-y, raconte, ne me fais pas languir.

— Tiens on est arrivé au kebab. Viens, on va les chercher avant. Je te raconte après.

— Non, tu abuses…

— Je préfère que tu aies le ventre plein pour t'expliquer. Et prend-toi une grande canette de bière. Tu risques d'avoir la gorge sèche après m'avoir écoutée.

Leur kébab en main, ils allèrent ensuite s'installer un peu plus loin, dans une petite barque de pêcheur amarrée discrètement entre deux gros thoniers.

— Voilà, tu sais que le peintre Cristo a utilisé de la cendre pour créer certains pigments de la toile commandée par l'écrivain. Eh bien, figure-toi que de tout petits fragments d'os y ont été trouvés et analysés…

— Et ils appartiennent à McCoy… ?

— Oui mon chéri.

— « *My God* »... Je vais lui faire la peau à ce peintre. Quatre mois que je courre après l'éditeur et pendant ce temps-là, lui il m'offre des macarons à quelques mètres de ses cendres ! Il s'est bien foutu de nous. J'vais te le compresser à la « César » et sans certificat d'authenticité… « *Fucking guy* »

— Encore six heures à attendre pour ça mon chéri. Reste calme. Garde ton énergie pour demain. La journée va être longue.

— T'as raison… « *fucking killer* »…

— Cela dit, utiliser ses cendres ne veut pas dire l'avoir tué non plus.

— De toute façon il est au minimum complice du tueur... ou de la tueuse. Pour moi les choses sont claires. Clotilde Casanova et Cristo ont tué et fait disparaître McCoy ensemble. Certainement pour récupérer le Derain, et d'autres œuvres aussi sûrement. Il faut les faire avouer. Leur mobile est là.

— Et l'écrivain dans tout ça ?

— Au mauvais moment au mauvais endroit. Lui n'a aucun mobile. Au contraire. Il était là pour signer un contrat d'auteur avec la plus grosse maison d'édition de Manhattan. Il a beaucoup perdu dans cette histoire.

Le problème c'est qu'on ne pourra jamais établir la vérité sans autopsie. Et là ça risque d'être compliqué. On sera obligé de s'en tenir aux aveux. Et ils vont encore nous embrouiller. Vivement qu'ils soient derrière les barreaux.

— T'inquiète, on les tient. Demain au réveil ils vont avoir la surprise de leur vie.

- Dis-moi, on est bien ici, sur cette petite barque. A l'abri des regards avec vue sur les étoiles. Et si on passait la nuit ici… ?

Pour toute réponse Nathalie Lamy plaqua son partenaire dans les filets posés au fond de l'embarcation et commença à lui dégrafer la ceinture de son « 501 »

Samedi 11 Août
02 h 10
Yacht « Le Matisse »

Confortablement installé dans un fauteuil – blanc - sur le pont supérieur, je regardais mes invités, en contrebas, buvant, riant, dansant, flirtant. Le week-end démarrait bien. Cette virée en mer était un moment important pour moi. Le résultat de quatre mois incroyables où ma vie avait pris un tournant inattendu. J'étais devenu « écrivain ». Un vrai écrivain, avec un vrai manuscrit et un véritable éditeur.

Comme la rencontre avec McCoy me paraissait loin. Il s'était passé tellement de choses depuis. Des histoires d'amour, forcément. Des morts aussi ! Beaucoup. Heureusement d'ailleurs. Ils m'ont été bien utiles pour enrichir la trame de mon roman. Paix à leur âme. C'est le meurtre de l'épouse du député qui m'a le plus peiné. J'aurais bien aimé la rebaiser encore.

J'en étais là dans mes réflexions quand Cristo apparut devant moi.

— Alors mon ami. Que fais-tu là tout seul ? Tu attends ton « inconnue aux yeux d'émeraude » ?

— Tais-toi donc. Elle n'est pas réapparue depuis la soirée chez Stéphanie Costa. Disparue. Envolée. Je n'y comprends rien. Remarque, cela ne fait que quinze jours. Elle peut réapparaitre à tout moment.

— Tu es sûr que tu ne l'as pas rêvée ta messagère mystérieuse ?

— Parfois je me le demande. Je ne sais toujours pas pourquoi elle a essayé d'orienter mon enquête avec ces petits mots. Et surtout pour le compte de qui ?

— Et toi, dis-moi. Tu ne m'as toujours pas raconté le pourquoi du comment de ce vol de ton « Tableau de Vie » à Céret. Ne me dis pas qu'il n'y a pas une embrouille là-dessous. Raconte…

— Oh, c'est une histoire sans intérêt. Un petit service que j'ai rendu à un ami.

— T'as fait bouffer sa nana par des piranhas... ?

— T'es con. Non, en fait, de la même façon qu'il existe des « faux-vrais » tableaux, ben là c'est un « faux-vrai » cambriolage. Mon client m'avait commandé une fresque pour l'anniversaire de sa femme. Sauf qu'un gros imprévu à séché son compte en banque entre temps et il ne pouvait plus me payer. Comme il m'avait déjà acheté pas mal de tableaux et que l'on se connaissait bien, je lui ai proposé un plan : Je surfacturais le prix. Il planquait la toile dans sa villa en Thaïlande et la déclarait volée. Il touchait l'assurance. On partageait en deux et il la récupérait ensuite. J'ai demandé à Lorenzo d'être notre « faux-vrai » cambrioleur, histoire d'avoir un vrai PV de police, avec une vraie enquête pour l'assureur.

— Et alors… ?

— Il a accepté. On l'a fait et ça a marché sans aucun bug. En prime ça a fait grimper ma cote grâce aux articles de presse parus sur l'affaire dans les revues d'art. Un artiste volé doit forcément être un artiste coté.

— Et sinon, ça ne t'inquiète pas plus que ça que les flics aient saisi tes toiles pour les analyser ? Qu'est-ce qu'ils cherchent ?

— Ils vérifient que mes toiles ne cachent pas un tableau célèbre sous mes propres couches de peinture. C'est une technique parfois utilisée pour dissimuler une œuvre majeure. Mais c'est une technique délicate. Concernant les quelques œuvres de ma collection privée, ils doivent vouloir vérifier si ce sont des originaux. Pas de quoi flipper plus que ça. Par contre j'ai eu chaud. J'ai livré la semaine dernière à un collectionneur privé japonais, une série de dessins de *Miró* que j'ai réalisée, sur le thème de la femme, une thématique récurrente chez lui.

— Mais pour les faire authentifier tu fais comment ?

— Je m'en remets à Catherine… de La Tour… C'est elle la pro du truc. Les catalogues raisonnés, les ayants-droits, les tampons, les actes de vente, les historiques, etc… c'est elle qui gère.

— Ah ben merde alors. Tu as du pot que mon roman soit terminé, sinon j'aurais volontiers fait un chapitre sur toi et les « fausses-vraies » œuvres. Ça mériterait même un bouquin entier… le prochain peut-être. Bon je vais te laisser. Je vois qu'Emma me fait signe en bas. J'ai comme l'impression qu'elle est pressée d'aller essayer notre cabine. Faut dire qu'avec son lit king size, son jacuzzi et ses grandes baies offrant un panorama de fou sur la mer, c'est tentant d'aller se coucher. Tu m'excuseras.

— Pas de soucis. Et sa copine elle a droit aussi au king size avec vous ?

— Valérie ?... Non, elle a décidé de se taper la petite espagnole, la fille qui accompagne notre Lorenzo. Et d'après ce que m'a dit Emma elle n'a pas lésiné sur le GHB pour la convaincre.

— A propos de GHB… et notre veuve ? Tu n'as pas peur qu'elle déboule en pleine nuit dans ta cabine ?

— T'inquiète, Emma est capable de la jeter par-dessus bord si elle s'y risque. Au fait, tu es au courant de ce qu'il lui est arrivé avant hier à Madame Casanova mère ?

— Non, raconte.

— Un truc de malade ! Elle est allée au Libert' Inn pour la soirée « Eyes wide shut » et il paraîtrait que quelqu'un l'ait kidnappée pour aller l'enfermer dans son donjon. Des photos d'elle en situation… comment dire… insolites, circuleraient sur les réseaux sociaux à grand renfort de hashtags. Elle ne se souvient de rien, a priori à cause d'une dose massive de GHB. Pour une fois que c'est elle qui se fait piéger, moi ça me fait bien marrer.

— Et moi je vois que ma Monica est collée au bar depuis un bon moment et qu'il est peut-être temps que je la couche aussi. On se fait une balade en *jet*, demain matin, après le p'tit déj ?

— Ça marche pour moi. Ok. Bonne nuit.

Samedi 11 Août
05 h 05
Sète - Commissariat de police

Ils avaient peu et mal dormi dans leurs filets de pêche, mais Lamy et Bronston tenaient une forme inhabituelle, surexcités à l'idée d'aller interpeller la clique de collectionneurs névrosés sur leur bateau. Tous les responsables de l'opération étaient réunis, l'air concentré. La machine à café tournait à plein régime. Les écrans de contrôle étaient allumés et les ordinateurs ouverts.

Lamy prit la parole.

— Mesdames, messieurs. Le capitaine Bronston, le commissaire Lopez et moi-même vous remercions tout d'abord pour votre collaboration à cette intervention et pour avoir pu répondre à nos demandes dans des délais aussi courts. Cette opération est effectuée dans le cadre de cinq instructions judiciaires portant sur des homicides et une disparition. Tout cela sous la tutelle des juridictions de New York, Montpellier et Perpignan. Je vous rappelle que nous avons des mandats d'amener pour treize personnes dont je vais vous communiquer la liste et les photos, ainsi qu'une convocation à témoigner pour le député. D'après la surveillance effectuée on peut affirmer qu'ils sont bien tous à bord du « Matisse ». Les dernières images du drone laissent penser que leur soirée est terminée et que tous les invités sont maintenant couchés.

Puis elle prit une pile de feuilles et les distribua à chacun.

Sur la liste on trouvait les noms de Chantal Casanova et de sa fille, de Cristo, Bob Meyer, Catherine de La Tour, Sandrine Chassagne, Monica Breizh, mon Emma, sa Valérie, Lorenzo et sa Dolorès, et même Édouard. Sans oublier le député Vigneaux et votre serviteur. Ne manquait que Payet, l'avocat de la bande, dont les « brocs » s'occupaient de leur côté.

— On a de la chance, le jour ne se lève qu'à six heures vingt-trois. Cela augmente nos chances de surprise. Allez, on décolle à 50. Prévenez les équipes et demandez à la vedette de se rapprocher à trois cents mètres du yacht.

Samedi 11 Août
05 h 48
Sète - Commissariat de police

Lamy était sous pression. C'est elle qui dirigeait l'opération et tout reposait sur ses épaules. Bronston ne la quittait pas des yeux. Il se rendait bien compte qu'il était complètement amoureux, qu'il le veuille ou non. C'était comme ça. Ses phéromones l'avaient piégé. Si tout se passait comme prévu il devrait rentrer à New York rapidement après. Et ça il n'en avait pas du tout envie. Il commençait à regretter que l'on ait retrouvé la trace de son éditeur disparu, du moins ce qu'il en restait.

Un des talkies-walkies se mit à grésiller au moment où ils quittaient les bureaux du commissariat pour rejoindre un « Bombard Commando C4 » de la gendarmerie amarré, moteurs tournants, sur le quai juste en face.

— V2 à PC… V2 à PC…

— Oui, PC à V2 que se passe-t-il ?

— D'après les images du drone il y avait deux jet skis à l'arrière du bateau hier soir… Il n'y en a plus qu'un ce matin.

— Nom de Dieu, y en a un qui s'est barré annonça la commissaire en se tournant vers son chéri.

— Ou deux… on tient à deux sur un jet ski, précisa-t-il.

Lamy le foudroya du regard.

Il décida du coup d'en rajouter une couche…

— A moins qu'il ne soit simplement allé chercher des croissants en ville pour sa chérie…

Lamy haussa les épaules et se tourna vers le commandant de gendarmerie.

— Prévenez immédiatement les équipes à terre. Qu'elles sillonnent tout le littoral. Il faut déployer tous les hommes encore disponibles.

— On annule l'intervention du coup, Commissaire ? lui demanda-t-il

— Non, non, on fait comme prévu. Le gros poisson s'est peut-être enfui mais il nous reste toute la friture à mettre dans l'épuisette.

— Le drone, on le garde stabilisé au-dessus du bateau ou on l'envoie à la recherche du jet ski ?

— Je ne sais pas, mon commandant… Je ne sais plus…

— Je pense qu'il nous sera plus utile pour rechercher le jet ski.

— Pour l'instant on le garde en stationnaire au-dessus du yacht pour l'abordage et après on l'envoie à la chasse au jet ski. Allez, c'est parti…

Samedi 11 Août
05 h 56
Au large du port de Sète

Il n'y avait pas de vent. La mer était calme. Le Bombard, surfant sur les vagues, traçait droit vers sa proie. Le silence régnait à bord. On voyait la silhouette de la vedette se rapprocher doucement, tous feux éteints.

Samedi 11 Août
05 h 58
Yacht « Le Matisse »

Comme toujours, Bob n'arrivait pas à dormir. Il était beaucoup trop tôt. Bob ne se couchait jamais sans avoir salué le soleil qui le croisait en se levant. Il avait fait tout ce qu'il avait pu pour prolonger la fête mais tous les autres avaient préféré aller se coucher tôt, du moins pas très tard, pour profiter au mieux de la journée qui s'annonçait sportive et ensoleillée.

Affalé dans un transat il regardait s'éteindre les étoiles les unes après les autres, avalées par les premières lueurs du soleil encore caché derrière l'horizon. Il était sur le point de s'endormir quand un bruit de moteur lui parvint. Il se leva, essaya de voir dans la pénombre d'où cela venait quand il aperçut un hors-bord fonçant vers lui…

Samedi 11 Août
05 h 59
Yacht « Le Matisse »

Bob n'eut pas le temps de voir la vedette arrivant sur l'autre bord.

Jamais son cerveau n'avait pris un tel flash. Aucune coke, ni autres drogues ne lui avait jamais produit cet effet-là. Une immense lueur blanche l'enveloppa, dégageant une douce chaleur qui se diffusait dans tout son corps. Il revit brièvement le parc de son enfance où il aimait aller jouer avec son frère. Puis un sourire de sa mère le tenant dans ses bras, juste avant qu'il ne sente son corps éclater et se disperser en milliers de morceaux qui retombèrent dans un rayon de cinquante mètres autour de lui. Il faut dire qu'il avait mal choisi son endroit pour s'endormir... Sur le pont arrière... Juste au-dessus des réservoirs à gasoil... Là où deux pains de cinq cents grammes de TNT venaient d'exploser.

Samedi 11 Août
06 h 00
Bombard de la gendarmerie

— Bordel de merde... Qu'est-ce que c'est que cette histoire... !!! hurla le lieutenant de gendarmerie aux commandes du Bombard.

Lamy, Bronston, et les cinq inspecteurs qui les accompagnaient, n'en croyaient pas leurs yeux. Le yacht où se trouvaient tous leurs suspects venait de voler en éclats. Un feu d'artifice digne d'un 31 décembre à Hong Kong. A quelques secondes près, ils sautaient avec. Des débris du bateau retombaient en pluie autour d'eux. Coupé en deux !! Le yacht avait été coupé en deux !!! Les deux parties coulant tranquillement sous leur regard ébahi.

Le cerveau de Bronston tournait à plein régime.

— Un, celui qui a fait ça savait que nous allions arriver et s'est enfui avec le jet ski avant de tout faire sauter... Certainement pour qu'aucun complice ne puisse parler. Mais alors, pourquoi n'a-t-il pas attendu que nous soyons à bord, au point où il en était ? Deux, il ne savait pas que nous venions, et alors, la question se pose... Pourquoi a-t-il fait ça... ?

— Dans un premier temps voyons s'il reste des survivants à repêcher, enchaina Lamy, pragmatique.

Jeudi 16 Août
10 h 30
Montpellier - Bureaux du SRPJ.

La commissaire Lamy était rivée à l'écran de son ordinateur. Les résultats d'analyses du coupe-papier trouvé dans la voiture de l'écrivain venaient de tomber dans sa boîte mail.

Elle n'en revenait pas.

— Eh *honey*, raconte… Qu'est-ce qu'ils disent ?

— Un truc incroyable mon chéri. Ils ont retrouvé sur la lame des traces de sang de McCoy, du Banquier et de Mèzon… et les empreintes de l'écrivain sur le manche.

— Trois homicides résolus d'un coup avec une seule pièce à conviction. Pas mal *darling.*

— Oui mais il nous reste encore les dossiers de la femme du député et de Stéphanie Costa à boucler. Cette dernière ayant a priori été éliminée par le Banquier. Et cela, seul l'écrivain peut nous le confirmer… ou pas. Et pour l'épouse de Vigneaux, n'oublions pas qu'il a été reconnu comme étant le dernier à l'avoir vue vivante, et donc le principal suspect.

— Il faut d'abord comprendre ses mobiles… puis le retrouver… et le faire enfermer… Ce mec est fou…

Épilogue

Manhattan
Six mois plus tard…

Assis sur un banc du parc, à l'ombre d'un immense cèdre du Liban, je regarde Manhattan face à moi s'éclairer petit à petit, au fil de la nuit qui tombe. L'air est doux pour un début d'automne. On entend au loin le bruit des hélicoptères se posant sur le toit des buildings. Quelques joggers courent dans Jefferson Park, juste en face, sur l'autre rive de Harlem River.

Je suis heureux d'être ici. Je suis bien. Plus aucune contrainte. Fini les soirées mondaines, les obligations sociales, les sms qui pleuvent... Fini tout ça. Enfin seul et l'esprit libre de toute contrainte.

Je vais pouvoir me consacrer entièrement à l'écriture. A plein temps. Le jour, la nuit, aux aurores, au crépuscule.

Elle devrait arriver d'un moment à l'autre. Elle m'a promis de passer aujourd'hui. Je suis si impatient de la revoir.

En plus elle va me donner des nouvelles de mon roman. La Presse raconte que je suis schizophrène. On dit que je commets des meurtres pour générer des intrigues... Alors que je ne suis qu'un écrivain ordinaire qui tente de distraire ses lecteurs en ouvrant simplement leur imaginaire sur des mondes inconnus…

Je ne suis pas FOU. !!... Je suis É-CRI-VAIN…

Cela dit, qu'ils continuent de le croire… ça booste mes ventes…

« L'important ce n'est pas l'éditeur. L'important, c'est qu'il y ait un meurtre dès la cinquième page ».

Et dire que c'est de cette simple phrase que tout est parti. En la prononçant, Ken McCoy ne pouvait bien sûr pas savoir tout ce qui en découlerait. Mais les choses sont ce qu'elles sont. J'en étais à la quatrième. Et ce coupe-papier, si beau, si fin, sa forme de pinceau avec son manche en ivoire posé entre nous. C'était si simple, si facile, si évident. Je l'avais mon intro qui déchire. Un éditeur new-yorkais froidement assassiné par un écrivain inconnu. Ne me restait plus qu'à trouver la suite. Et surtout enlever toute trace de mon passage. Peu de sang avait coulé, il était mort sur le coup. Il faut dire qu'il a eu de la chance. La lame est passée entre deux côtes pour aller se planter direct dans le cœur. Non, ce qui est dommage pour lui c'est qu'il n'aura jamais su pourquoi il était mort.

Je suis assez content d'avoir pensé à appeler mon ami Cristo pour m'aider à faire disparaître le corps. Je ne savais pas encore qu'il y trouverait aussi son intérêt. Il s'était gardé de me dire que sa copine Clotilde Casanova connaissait McCoy et que ce dernier lui avait donné un mandat d'un million de dollars pour « faire ses emplettes » dans les galeries occitanes. Mais qu'importe. Il a eu ensuite un rôle important tout au long de l'histoire. Sans lui, pas de Bob Meyer. Pas de contrat. Pas d'Emma. Et même pas de macarons. Et puis c'était mon pote, mon complice, mon confident.

Je suis sûr que vous vous dites « Mais, la femme du député ? Qui ? Pourquoi ? »

Moi, bien sûr. Parce que ma trame stagnait. Parce qu'il me fallait trouver un nouvel événement fort. La conjointe d'un député retrouvée, morte, nue, dans un jacuzzi ça en jetait je trouvais. Pensez bien que si j'avais trouvé quelqu'un d'autre je l'aurais fait. Elle était sympa cette femme. Ça matchait bien entre nous. Et aussi, cette façon de vous aspirer… Et ses seins si charmants… Mais je n'avais qu'elle sous la main. Elle était au mauvais endroit, au mauvais moment. Pourquoi aussi cette envie de recommencer. De revenir vers moi. Trop gourmande, ça l'a tuée. Assez facilement je dois dire. En réalisant que j'allais la noyer au lieu de lui faire l'amour elle a bien essayé de se débattre un peu, mais assommée par l'alcool, elle n'a pas pu lutter longtemps.

J'avais vu dans une série télé que lorsque l'on appuyait fortement sur un corps, des traces de pression apparaissaient à l'autopsie. Pour éviter çà j'ai pris une épaisse serviette de bain en éponge dans les mains avant de lui enfoncer la tête sous l'eau. Ni vu ni connu. Noyade accidentelle. Dans un jacuzzi, même grand, faut le faire. Mais c'est passé, comme un mail sur le cloud…

Lacaze lui, par contre, il était au bon endroit au bon moment. Son suicide a été une superbe opportunité pour la suite. En découvrant qu'il faisait partie d'un Pacte j'ai pu orienter les enquêteurs vers une fausse piste en laissant supposer qu'il avait peut-être été poussé de sa terrasse par l'un des autres membres du Pacte. L'ombre *d'Agatha Christie* apparaissait en arrière-plan. Ça avait de la gueule… Et je n'y étais pour rien. Le travail était déjà fait.

A partir de là, pour appuyer la thèse du Pacte, il allait falloir éliminer tous les autres. Mais dans quel ordre ? De quelle façon ? Là encore c'est le hasard qui a bien fait les choses. Cet abruti de Banquier qui laisse trainer la bouteille de champagne avec ses empreintes dessus à la soirée chez Stéphanie Costa. Et moi qui le vois en passant par là. L'affaire était entendue. Il serait le suspect N°1 du prochain meurtre. Mais le meurtre de qui ?

Il n'y avait que l'embarras du choix. Tous les autres membres du Pacte étaient présents. Chantal Casanova, Costa et Mèzon. Mais il était plus courtois d'offrir cette fin « hollywoodienne » à la maîtresse de maison. De plus, une actrice oscarisée et cocaïnomane, c'était quand même d'un autre niveau qu'une simple femme de parlementaire, alcoolique et frustrée. Retrouvée dans un congélateur de surcroît. Juste pour embrouiller le légiste et jouer sur le timing des alibis. Et ça a marché. Je dois avouer que j'étais assez fier de moi d'avoir pu mettre ça sur le dos du Banquier, en utilisant sa bouteille de champ' pleine d'empreintes.

On prenait de la hauteur... Mais il fallait maintenir le niveau. Complexifier les situations. D'où l'idée de mettre aussi la mort de Mèzon sur le dos du Banquier... Mais avant, il fallait déjà le tuer... le Banquier.

Son meurtre a été le plus difficile à réaliser, mais il a aussi été celui qui m'a procuré le plus de plaisir. Presque jubilatoire. Cela dit j'en étais à mon quatrième homicide et je commençais à gérer. Par contre, c'était le premier que je préméditais. Lui, depuis le déjeuner chez Bob, je rêvais de lui faire la peau. Sa formule « je prends aux pauvres pour prêter aux riches » m'était un peu restée en travers. Je n'ai rien contre les riches... bien au contraire... sauf quand ils volent les pauvres. Et surtout, Monsieur faisait du recel avec le cul de ma chérie. Et ça, c'était carrément pas possible. Du tout, du tout.

Je ne savais pas encore que la police avait déjà identifié ses empreintes sur la bouteille de champagne et devaient débarquer le lendemain matin sur sa péniche pour l'embarquer. Il a bien failli m'échapper, c'était limite.

Tout d'abord, il avait fallu que je repère une barque de promenade électrique, et donc silencieuse, à voler facilement, chez l'un des loueurs installés sur les bords de l'étang. Hors de question de m'approcher de la péniche en voiture. Trop repérable. Et j'avais également besoin d'une embarcation pour la suite.

Bob m'avait proposé de venir dîner avec lui et les deux autres au Buket's ce soir-là. Mais j'avais décliné. L'occasion était trop belle pour aller attendre le Banquier chez lui.

Je m'étais caché dans la soute où se trouvait le local technique et les moteurs. Une horrible odeur de gasoil envahissait l'habitacle. Il y avait peu de chance qu'il y descende. Quand on est Banquier et que l'on rentre d'un dîner à deux heures du mat, on ne se lance pas dans la mécanique.

Il est arrivé à deux heures trente, bien éméché, à deux doigts de passer par-dessus bord plusieurs fois. Heureusement il a eu la bonne idée d'aller s'affaler dans une chaise longue, en me tournant le dos, à l'avant du pont face à l'étang.

Je me suis dirigé doucement vers lui. Les lames de teck craquaient sous mes pas.

En m'approchant, j'ai constaté qu'il s'était endormi. La question qui se posait du coup était de choisir entre, le tuer endormi, ou le réveiller avant ?

N'était-il pas mieux de mourir en dormant, sans le savoir ? Manque de pot pour lui, je tenais à voir son regard au moment où la vie lui échapperait et j'ai choisi la deuxième option.

J'ai commencé à le secouer délicatement en l'appelant. Il a ouvert doucement les yeux en fronçant les sourcils. Un grand sourire est apparu sur son visage lorsqu'il m'a reconnu. Suivi d'un drôle de rictus lorsqu'il a senti le coupe-papier lui traverser les entrailles. Encore une fois, j'avais réussi à atteindre le cœur direct. Mort foudroyante… et pas de traces de sang…

L'avantage quand votre victime meurt sur le coup, c'est qu'il y a très peu de sang qui s'écoule. Vous avez moins de nettoyage à faire. Si vous voyez beaucoup de sang, c'est qu'elle a dû mettre du temps à mourir et souvent dans d'atroces souffrances.

Oui je tue facilement, me direz-vous. Mais avec bienveillance. Je souhaite toujours une mort rapide à mes victimes. Il n'y a pas de raison de les faire souffrir. La mort en elle-même est déjà suffisamment dure à supporter... Enfin, surtout pour les vivants.

Il me fallut tout d'abord le sortir de sa chaise longue et le trainer jusque dans le carré, à l'abri des regards. Ensuite le déshabiller et lui mettre la combi' de plongée que j'avais remarquée en arrivant. Avec deux ceintures de plomb fixées à la taille, de quoi bien l'aider à couler.

Mais croyez-moi ça n'a pas été facile. Enfiler soi-même une combinaison n'est pas chose aisée, mais la mettre à un cadavre - pas encore raide, j'en conviens - relève tout de même de l'exploit. Mais c'était important pour brouiller les analyses du légiste et l'empêcher d'évaluer le jour du décès.

Le risque que quelqu'un me voit était possible bien que l'endroit fut très peu fréquenté, surtout à cette heure-ci. Il fallait faire vite, et sans laisser de traces. Pour ça, je m'étais préparé. Gants latex bien sûr mais aussi charlotte sur la tête, lunettes hermétiques, chaussons et surblouse. Même un virus n'aurait pas pu passer au travers.

Une fois mon Banquier vêtu pour aller rendre visite aux poissons, j'ai pris le temps de prélever un peu de son sang et de lui couper une mèche de cheveux. Mes pièces à conviction pour le suivant.

Il ne me restait plus qu'à le transporter dans ma petite embarcation et d'aller le jeter au milieu de l'étang, là où il est le plus profond, au niveau de la crique de l'Angle, près des parcs à huîtres.

Laisser trainer des cheveux du Banquier sur le corps de Mèzon pour lui faire porter le chapeau était une idée qui me plaisait bien. Le seul problème était qu'il reste au fond de l'eau assez longtemps, pour me permettre de trucider son ami, avant de refaire surface.

J'ai eu de la chance que le pêcheur de palourdes ne vienne pas 48 heures plus tôt. Tout mon plan serait tombé à l'eau... C'est le cas de le dire...

Pourquoi lui avoir coupé les couilles me demandez-vous... ?

Une petite vengeance personnelle pour avoir utilisé le corps de ma chérie pour se faire du fric. Puni par où il a péché. De plus, ça donnait une piste supplémentaire à explorer pour nos enquêteurs... et quelques jolies lignes pour mon manuscrit...

Après, on est arrivé au cas de Mèzon. Cet enfoiré. Je l'aimais bien pourtant au début. J'ai gardé un bon souvenir de ma soirée, passée à picoler des grands crus toute la nuit avec lui. Il semblait être un brave mec quand on le voyait au milieu de ses vignes vous raconter l'histoire de son terroir. Le salopard.

Vous avez bien compris que mes premiers homicides n'étaient perpétrés que pour enrichir mon manuscrit. Mais avec Mèzon c'était différent. Plus fort qu'avec le Banquier. Une véritable envie de tuer ce mec qui forçait ma petite Emma à se prostituer. Mais fallait être patient. Attendre le bon moment. La soirée chez Bob tomba à pic.

Avec Mèzon la difficulté était le peu de temps dont je disposais pour agir. Je devais faire très vite et ne pas me faire repérer par les hôtesses qui elles, ne portaient pas de bandeau.

La chance que j'ai eue a été qu'il choisisse de se cacher dans le labyrinthe. Tout au fond de la zone de jeu. Heureusement, j'avais pris avec moi, on ne sait jamais, le coupe-papier déjà utilisé pour le Banquier... et bien entendu, pour McCoy. Oui je l'avais gardé. Je le trouvais très beau avec sa forme de pinceau. Et très efficace également.

Mais c'était chaud. Il fallait que j'aille le chercher dans la boîte à gants de ma voiture, garée un peu plus haut sur le parking de la villa sans me faire repérer.

Il m'a été facile de le surprendre par derrière après avoir fait le tour du parc. En revanche, il a fallu que je déploie toute mon énergie pour parvenir à l'étouffer. Il était costaud le gaillard.

Vous vous demandez sûrement : « Pourquoi ce coup de coupe-papier post-mortem ? ».

Tout simplement pour embrouiller une fois de plus les cerveaux de nos trois enquêteurs... Un tueur en série ? Deux tueurs ? Un tueur différent pour chaque victime ? Je leur offrais plusieurs pistes possibles. Sympa non ?

Et aussi pour moi, une sorte de signature. Comme un peintre.

Je l'aurais bien émasculé comme le Banquier mais le temps m'a manqué.

Ensuite je suis retourné à ma voiture pour y ranger le coupe-papier avant de rejoindre les autres.

C'est là, en voyant le vieux portable à carte prépayée au fond de la boîte à gants, que l'idée de prévenir nos enquêteurs m'a traversée l'esprit. Juste pour le plaisir de les réveiller en pleine nuit… et bien sûr de rajouter une couche de mystère à leur enquête. Une demi-heure plus tard ils étaient là.

Venons-en à Chantal Casanova, ma chère Veuve.

Elle, je ne voulais pas la tuer. Je lui devais bien ça pour le rôle qu'elle avait tenu tout au long de l'histoire. Par contre, lui donner une petite leçon me plaisait bien. Et c'était une occasion de plus de faire tourner la maréchaussée en rond.

C'est en discutant avec Emma que l'idée s'était précisée. On venait de passer la soirée à faire l'amour et boire des mojitos sur la terrasse de ma chambre. Là où nous avions échangé notre premier baiser..

Elle s'était levée, avait pris un drap qu'elle avait transformé en cape avant de se présenter devant moi en me sortant sur un ton langoureux :

— *Chéri, ça ne te dirait pas que l'on aille à la soirée « Eyes Wide Shut » au Libert'Inn demain soir ?*

— *C'est marrant que tu me proposes ça. Chantal Casanova m'a appelé tout à l'heure pour m'y inviter. Elle y va, accompagnée de son Édouard. Tu sais, le majordome.*

— *Oui je vois. Un bel Antillais aux yeux bleus.*

— Ça me donne d'ailleurs une idée. On va y aller aussi à cette soirée.

— Une idée ? genre ?

— Chérie, on est bien d'accord ? Notre veuve est bien une femme perverse et manipulatrice sous des allures de notable respectable, non ?

— Oui, carrément.

— Et bien nous allons la montrer sous son vrai jour. Je t'explique l'idée...

Mon idée était de « kidnapper » Chantal Casanova au cours de la soirée à grand renfort de GHB. De la sortir du club et de la ramener chez elle pour l'enfermer dans son donjon, après avoir pris soin de la photographier dans les situations les plus sordides possibles. Et avec tous les accessoires qu'il y avait dans son antre, on avait de quoi faire. Et pour finir, bien sûr, de poster tout ça sur les réseaux sociaux.

Emma, elle, avait comme mission, de me faire entrer dans le club. Les femmes seules peuvent entrer... mais pas les mecs. Situation totalement discriminatoire à mes yeux… mais bon, passons. Elle devait aussi surveiller ce cher Édouard, ce qui avait eu l'air de bien lui plaire. Et surtout de lui piquer les clés du domaine. Et tout ça au nez et à la barbe des inspecteurs qui la surveillaient. L'affaire n'était pas gagnée d'avance. Il faut reconnaître qu'avec son idée d'attacher l'ami Édouard au bar, la veuve nous a bien rendu service..

Et enfin, il y a eu l'explosion…

Cela a dû vous faire un choc… Moi aussi. C'est triste de devoir couler un si beau bateau…

C'est en repensant à la tristesse des personnages de ma préface que l'idée s'est forgée dans mon esprit. Mon roman s'achevait. J'allais devoir abandonner ceux qui étaient devenus au fil des pages mes compagnons de route, voire, mes histoires d'amour.

Les laisser à leur triste sort, errant pour l'éternité entre les pages... Je ne pouvais pas leur faire ça. Il fallait que je les délivre avant la dernière phrase et le point final. Et pour ça il n'y avait qu'une solution. Les faire tous disparaître. En même temps. Et rien de tel qu'une petite fête entre amis sur un yacht pour ce faire.

Je ne vous cache pas que j'ai eu beaucoup de mal à l'idée de faire disparaître ma douce Emma et mon pote Cristo. Mais je ne pouvais faire autrement par respect pour les autres personnages. Cela aurait été injuste.

Et puis, toutes les pistes s'évaporeraient d'un coup. Plus de suspects. Plus d'aveux. Plus de pièces à convictions. Plus de mobiles. Aucun coupable.

La difficulté était de trouver l'explosif qui va bien. Mais mon ami *Google* m'a bien aidé. Trop génial ce truc. Tu lui demandes : « comment faire exploser un yacht de 30 m » et en 0,035 secondes il te propose des milliers de solutions.

Finalement, j'ai opté pour du TNT.

Ce que je n'avais pas prévu, c'était que les pandores seraient de la partie… et que cela allait relancer l'enquête.

Si je l'avais su il est clair que j'aurais attendu qu'ils soient à bord pour déclencher la bombe. Au point où j'en étais. Mais je ne les ai pas vu venir. J'étais déjà loin du bateau au moment de l'explosion.

Étant sur place ils ont pu repêcher immédiatement les corps, ou du moins ce qu'il en restait, Il ne leur a pas fallu longtemps pour s'apercevoir que j'étais le seul à manquer à l'appel.

Le port et ses environs étant cernés par la police, j'ai choisi de tracer plein sud en longeant la côte avec le jet ski plutôt que de prendre la route avec ma voiture. Le plus ennuyeux était que j'y avais laissé mon coupe-papier auquel je tenais tant. Le seul souvenir de tout ce que je venais de vivre.

J'en étais là de mes réflexions quand je vis venir vers moi une belle femme aux longs cheveux noirs, vêtue d'une robe blanche, tombant jusqu'aux genoux.

Elle avait donc tenu sa promesse. Elle me rendait visite. Une bouffée de bonheur m'envahit soudainement.

C'est une fois face à elle que je vis ses yeux… Bleus, très beaux, mais bleus… Pas « vert émeraude » !! Mais qui était cette femme ? Pas celle que j'attendais en tout cas.

— Allez mon « *Hemingway* » c'est l'heure. Il faut retourner dans votre chambre. Les plateaux repas, sont servis dans un quart d'heure, et vous avez votre traitement à prendre avant, dépêchez-vous…

— Non, pas encore. J'attends quelqu'un. Elle va arriver d'une minute à l'autre.

— Ça suffit. Je vous l'ai dit cent fois. Elle ne viendra pas, ni aujourd'hui, ni demain… ni un autre jour… « Émeraude »… n'existe pas.

C'est à cet instant précis qu'un petit lapin blanc traversa la pelouse du parc avant de disparaître dans les fourrés.

« *Ce matin, la directrice du Manhattan Psychiatric Center de Wards Island a été retrouvée pendue dans son bureau. Les premiers éléments de l'enquête ne permettent pas de dire s'il s'agit d'un suicide ou d'un acte criminel. Le capitaine Bronston du NYPD de Manhattan a été chargé de l'affaire. Plus d'informations dans notre prochaine édition* »...

Je l'avais pourtant prévenu Bob, lors de notre premier rendez-vous, que je rêvais de me mettre dans la peau d'un schizophrène. Il aurait dû se méfier…

FIN

Glossaire

BUCKET : Seau à cocktail que l'on boit à la paille à plusieurs.

CAPITELLE : Cabane en pierre sèche servant autrefois d'abri temporaire pour les outils des paysans dans la garrigue.

COUSIN : Terme utilisé par les policiers pour désigner leurs indicateurs.

C.R. : Commission Rogatoire.

DINER : Restaurant américain typique des années 50.

FAED : Fichier Automatisé des Empreintes Digitales.

Fauvisme : Courant de peinture expressionniste né en France vers 1903 pour s'achever dès 1910, dont les chefs de file étaient Henri Matisse et son ami André Derain.

FNAEG : Fichier National Automatisé des Empreintes Génétiques.

GHB : Drogue de synthèse aussi appelée « drogue du violeur ».

IML : Institut Médico-Légal.

MoMA : Musée d'Art Moderne et Contemporain de New York.

NYPD : *New York Police Department.*

OCBC : Office Central de lutte contre le trafic des Biens Culturels

PTS : Police Technique et Scientifique.

SALVAC : Système d'Analyse des Liens de la Violence Associée aux Crimes.

SPACE CAKE : Gâteau à base de résine de cannabis.

SPHP : Service de Protection des Hautes Personnalités.

SRPJ : Service Régional de la Police Judiciaire.

TREIMA : Thésaurus de Recherche Électronique et d'Imagerie en Matière Artistique.

Remerciements

À mon ami Christophe… bien entendu pour la réalisation de l'illustration de couverture, à travers ce chatoyant « Tableau de Vie ® »… mais aussi pour m'avoir soutenu, encouragé et conseillé jusqu'au bout, et ce, depuis la première page.

À Mathilde, son épouse, lectrice avisée de la première heure, qui a su me donner la confiance en moi nécessaire pour me lancer dans une telle aventure… et qui a eu aussi la gentillesse de lire et relire inlassablement mon manuscrit durant ces deux années passées.

À Gilles pour ses nombreuses relectures ainsi que son fervent soutien.

À ma sœur, Coryne, pour son travail pointu de relecture et ses conseils avisés...

À Rim pour sa disponibilité et son professionnalisme pour la réalisation de la maquette, bien entendu, mais aussi pour son regard fort utile sur l'écriture et l'édition.

À Catherine, pour ses conseils et son rôle de « lectrice-cobaye »…

À Noëlle pour ses conseils éclairés en criminologie…

À Alexandre pour ses conseils en édition.

À tous mes amis qui ont suivi mon projet sur les réseaux et l'ont encouragé par leurs commentaires et leurs partages.

Et surtout… à toute ma famille, Ilona et Nathalie en tête, qui m'ont supporté… et encouragé durant toute cette période.

Table

Printed by Amazon Italia Logistica S.r.l.
Torrazza Piemonte (TO), Italy

46667780R00188